有栖川有栖

有栖川有栖

孤島之謎

有栖川有栖◆著

陳祖懿◆譯

登場人物介紹

有馬麻里亞……英都大學二年級學生
有馬鐵之助……麻里亞的祖父
有馬龍一……麻里亞的伯父
有馬英人……龍一的長男
有馬禮子……龍一的養女
有馬和人……龍一的次男
牧原完吾……龍一的義兄
牧原須磨子……完吾的女兒

牧原純二……須磨子的丈夫
犬飼敏之……龍一同父異母的弟弟
犬飼里美……敏之的妻子
園部祐作……醫師
平川　至……畫家
江神二郎……英都大學四年級學生
有栖川有栖……英都大學二年級學生

目錄

孤島之謎

獻給三輪良孝

序曲　拼圖

第二堂的債權總論總算結束了。大講堂的出口湧進飢腸轆轆的學生，相互推擠著準備衝向學生餐廳。既然擠不出去，我乾脆在出口附近找個座位坐下，等待人群散去。

「你總是那麼悠哉悠哉耶，有栖。」

耳邊突然傳來熟悉的聲音。我轉身回頭，瞄到一件蘇格蘭迷你裙以及一雙可愛的膝蓋。一抬頭原來是她。

「啊！麻里亞，眞巧。」

故事的一開頭就是兩個奇怪的名字，各位請勿見怪，敬請往下看。

我的名字叫有栖川有栖，是日本英都大學法學院二年級的學生。站在我面前的是有著一頭半長紅髮的有馬麻里亞，也是法學院二年級的學生，性別不用說當然是女性。

我們兩人就讀的英都大學，位在號稱擁有一千兩百年歷史的古都——京都，正面面對著皇宮。爲什麼我們這群乳臭未乾的小子，會在這個古都相識？可以說是造化弄人。

「江神那票人，不是說他們今天早上沒課。正等著我們嗎？快走吧！」

麻里亞催我起立。她很快地穿過雜沓擁擠的人群，並巧妙地撥開人潮往前進。我在後面一邊追趕一邊喊著「喂，等等！」

餐廳「里拉」位於出川路與新町路的交叉口，離學校稍微偏北，是學生們常去的咖啡屋。雖然遠了點，但那兒的鱈魚子義大利麵超讚，加上又可待上好一陣子，算是我們常去的店。我們稱它爲「里拉別墅」。

「喂！你們已經開始吃啦！」

一進門，麻里亞很快地就往位在角落桌子的夥伴們走去。三位學長好像還沒吃飽，正唏哩呼嚕地吸吮著鱈魚子麵。

「噢！來了，來了。」織田嘴裡含著滿滿的麵條一邊說：「等很久咧！」

「對不起，遲到了。」

麻里亞一邊說一邊從隔壁桌拖來一張椅子坐下。我則在江神旁邊的空位坐下。

「先吃吧！」

坐在對面的望月舉手叫服務生。

這裡的五人全是推理小說的狂熱分子，也是推理小說研究社的社員。坐在我旁邊的是文學院哲學系四年級的資深社員江神二郎，已經待在學校七年了。他留著一頭微鬈的披肩長髮，正默默靈巧地轉著叉子。他的對面是有著一頭俐落短髮的織田光次郎，是經濟學院三年級的學生，喜歡騎腳踏車和冷酷派推理小說。江神的隔壁是戴著金邊眼鏡的望月周平，和織田一樣是經濟學院三年級的學生，是艾勒里·昆恩的忠實讀者。

三位學長加上我，共有四名男生。麻里亞則是今年春天才加入推理小說研究社。我與麻里亞的姓都是ARI開頭（註：有栖川的日文讀音是ARISUGAWA，有馬的日文讀音是ARIMA），所以學號相連。此外我們不止一起修語言學，開學後第一位跟我說話的女生也是她。不過，我發現麻里亞是懸疑推理小說迷，竟是一年以後的事。

那是有天我與一些學長們在學生會館大廳閒聊，她跑來向我借筆記。當時我們正在討論桃樂絲・賽兒絲，望月說想讀她的代表作品——已經絕版的《九個裁縫》（Nine Tailors），麻里亞非常乾脆地說：「我有，要不要我借你？」

滑落在椅子裡的望月伸出右手說：「借我。」

就這樣，我們推理小說研究社第一位女性會員誕生了。雖然麻里亞好像不知道我也是社團中的一員，也不知道這個社團的存在。但春天好不容易降臨到社團，因此男士們全都熱烈歡迎新進女會員。

「眞羨慕江神和有栖。」織田用紙巾一邊擦拭嘴唇一邊說。

「南島一週的假期，如果可以眞希望和你們交換。」

望月接著說：「我也是。」

「麻里亞，爲什麼不早點告訴我們那個計畫？」

所謂「那個計畫」，是招待我們去麻里亞的伯父——有馬龍一——位於南島的別墅度假。

光是在庵美大島往南五十公里的小島上過暑假，就令人興奮不已，何況計畫還不只如此，還有一項超有趣的安排。

「那也沒辦法呀！」我略表同情地對兩位學長說：「信長兄又不能不參加姊姊的婚禮；而望月兄又已經繳了二十萬駕駛訓練班的學費。」

信長是織田的綽號。

「眞是的，說什麼懷孕了，一定要趕在今年夏天結婚，我眞是有夠看不起我姊。」

織田把他老姊貶得一文不値，望月也在一旁嘀咕。

「我也可憐，本來去年就該回老家拿駕照，結果一拖再拖，眞可惜！」

望月敲了桌子一聲，這個舉動讓送麵來的服務生，皺了一下眉頭，露出不悅的表情。

「南島的假期也就罷了。只要存了錢，隨時都能去。」織田趨身向前，「問題是尋寶。尋寶！對，就是這項有趣的安排。

「望月兄和信長兄既然這麼說，至少要看看地圖。地圖我帶來了，不過光看這個可能……」

望月急忙說：「別這麼說，給我看，給我看。」

剛進門時，望月就幫我們先點了麵，好不容易等到義大利麵上桌，麻里亞連叉子都還沒拿，大夥就嚷嚷著要看地圖。眞拿他們沒辦法。在這群懸疑推理小說迷前面，講到藏寶圖，就像是貓聞到了魚腥味那樣地迫不及待。

由於說不過他們，麻里亞打開肩袋的皮包，拿出摺得很整齊的地圖。望月、織田，當然還有江神以及我，全都不約而同地趨身向前，四個人的頭紛紛向桌子中間靠攏。

「哇，這個呀……」我不禁喃喃自語。

嘉敷島是一個形狀奇怪的島嶼。它有著像鐮刀或牛角的形狀，又有點像月牙形。凹狀的地方是海，左右兩岬彎曲，兩岬上分別有一棟房屋。兩戶住戶之間有一條沿著小島形狀的道路相連。看地圖會覺得往返這兩家並不方便。島上沒有其他東西，唯有一些搞不清楚的記號散落在四處。

「這個左側角落的地方，也就是西邊的房子，是我們要去的望樓莊。東側是畫家平川至老師的別墅。島上就只有這兩戶人家。」

望月突然打斷麻里亞的說明。

「等等，這個記號，是表示南太平洋復活島上有名的摩埃巨石嗎？」

麻里亞好像發現自己到現在還沒吃午餐，兩手放在膝蓋上，咳了一聲。

「對，雖然也叫作摩埃石，可是跟復活島上的石像不一樣，它是木製的。」

「很大嗎？」我問。

「不很大。大概跟電線桿一樣粗，從地面伸出高約一公尺左右。模仿復活島上的摩埃石像，作了類似木頭雕刻的臉。但是雕刻並不精細，好像是圓空佛像那種粗略雕刻。」

「圓空的摩埃？」江神一邊笑，一邊點燃了一枝 cabin 香菸。

「有幾個？」

「全部共有二十五個摩埃矗立在島上。據說復活島上的摩埃石像，全都面向島的內側，然而此處的木雕摩埃，則各自面對不同的方向。應該就是解謎的關鍵。」

我們四人認眞地注視著桌上的地圖。在大家喃喃自語的同時，麻里亞匆忙地扒了幾口麵塞進嘴

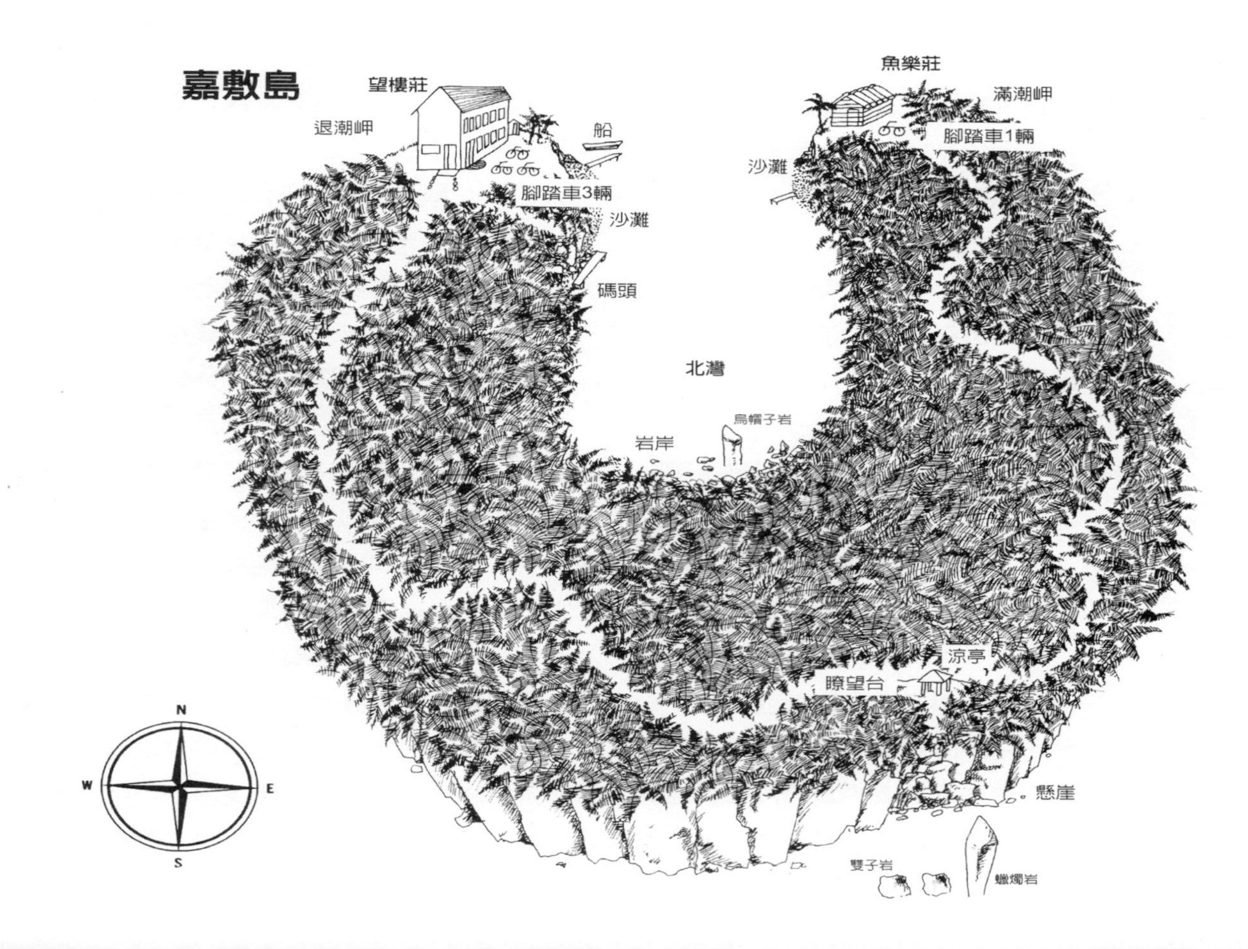
嘉敷島
望樓莊
退潮岬
船
腳踏車3輛
沙灘
碼頭
魚樂莊
滿潮岬
腳踏車1輛
沙灘
北灣
烏帽子岩
岩岸
涼亭
瞭望台
N
W
E
S
懸崖
雙子岩
蠟燭岩

裡。像吃立食拉麵似，發出唏哩呼嚕的聲音，我愣了一下也開始仿效。

「光這樣看不出什麼名堂，只能看作是拼圖的一部份。」

江神社長好像興致高昂。

「聽說是一個很奇怪的人建造的，就是麻里亞的祖父。」

麻里亞嘴邊掛著長長的麵條，一邊用力點頭。

「眞的很特別。他是一個拼圖迷。尤其喜歡山姆・洛伊德（譯註：Sam Royd，一八四一～一九一一年，美國著名的難題大師，製作出許多益智玩具）以及路易斯・凱洛（譯註：Lewis Carroll，一八三二～一八九八年，英國數學家、邏輯家、作家，《愛麗絲漫遊奇境》是其最著名的作品），收集了很多他們的原文書。雖然一生忙於事業，但唯一的興趣卻是玩拼圖。」

麻里亞的祖父——有馬鐵之助，爲中型文具製造商「ARIMA」的創始人。他從大阪發跡，在昭和三十年代，往東京發展。最初從紙製品開始做起，公司最後成長到營業項目內包含了所有辦公室所需的機器用品。他七十歲退休，將事業交給三位兒子繼承，在五年前逝世。現在的社長是長男龍一，次男龍二是副社長，身爲三男的龍三則是總經理，也是麻里亞的父親。「ARIMA」是典型的家族企業。

總經理千金麻里亞於東京出生，東京長大，升大學時考遍所有東京的學校，結果都落榜。趁著到京都旅行時，順便參加英都大學的考試，沒想到竟然收到錄取通知單。她說服雙親以後，輕輕鬆鬆地來到京都。

「他對設計拼圖也有興趣嗎？」我忍不住地問。

「特別對解謎有興趣。像塡字遊戲、數理拼圖、迷宮等等。啊！還有紙版拼圖。已經去世的祖母說，他常常一個人跟拼圖奮鬥到三更半夜。自己設計的拼圖只有這個摩埃，跟遺書放在一起，死後才被發現的。」

將拼圖委託給律師後就去世，眞符合有馬鐵之助愛開玩笑的個性。連孫女的名字也是這樣。麻里亞之所以取名成麻里亞，是因爲她的出生日期正好與聖母瑪莉亞同是九月八日，但這只是表面上的理由。眞正的理由是「有馬麻里亞」（ARIMAMARIA）是一種回文句式，也就是說從不論從哪個方向讀，意思都一樣，很有意思。也因爲有這樣愛開玩笑的祖父，麻里亞才在日後碰到災難。

望月兩手繞在胸前死盯著地圖，一副難解的表情。他突然想起什麼似地問麻里亞：

「所謂寶藏，究竟是什麼？難道是不知埋在何處的寶石嗎？」

「對，就是寶石。」麻里亞斬釘截鐵地說。

「祖父非常喜歡鑽石。祖母的生日、結婚紀念日，或值得紀念的日子，祖父就會買鑽石裝飾品送她。祖母過世以後，祖父花掉其中一些，便把大部分的鑽石都藏在一個地方。他說在他死前會將收藏地點告訴大家。結果，還沒來得及告訴任何人，就在五年前突然腦溢血過世。祖父藏起來的鑽石估算至少價値五億圓，大家正傷腦筋不知該如何是好時，突然發現這張藏寶圖跟遺囑一起放在律師那兒。」

「大家都很焦急吧！」織田說。

「是啊！大家都以爲鑽石應該放在銀行的金庫裡，沒想到竟然藏在一個無人島上，大家全都無言以對，並對此感到幼稚。想想，祖父刻意在島上蓋別墅，本來就不尋常。他大概想實現少年時期對寶島的夢想吧！所以才蓋了一座四周圍繞著椰子樹和棕櫚樹，充滿南國風味的大城堡。」

「這五年來大家不都卯足了勁地找？」望月接著說：「結果還是苦尋不著，才有機會讓我們這些英都大學推理小說研究社的菁英挑戰囉！噢！原來如此。」

「對呀，我們是英都大學推理小說研究社挑選出來的！對不對？」我開玩笑地插了一句。望月竟生起氣來。

「挑選什麼，你不過是比我和信長閒而已，憑你？既然我不能去現場，就用這個地圖當線索，找找看寶藏的位置。」

麻里亞隨即搖了搖手，「應該不行，望月。這張地圖只是在有摩埃石的地方畫上X記號，其實現場每個摩埃石面對的方向都不太一樣，都含有特別的意思。就像是解謎一定要有的參考資料。實際上，已經有人……」

不知爲何，她突然噤聲不語。氣氛一時僵住，江神忍不住地問：「爲什麼？」

「嗯！其實三年前的夏天，我堂兄爲了尋寶，曾經大費周章地試過一次，那時我也在島上。他好像查到相當祕密的部分。我還記得在他搜尋的第五天，得意洋洋地對我說：『我繞了一圈調查摩埃石的方向。這個著眼點應該是對的吧！麻里亞。』那時，我還沒來得及問他細節。不過聽他那麼一說，倒是令我想起一些事情。祖父在立摩埃石的時候，聽說帶了測量師來。」

「嗯。」望月點頭。

「結果，他也沒找到？不知道是不是方向錯了？」

麻里亞突然停頓。

「我的堂兄死了，在他自信滿滿地對我說話的第二天……」

「死了？眞可惜。爲什麼？」

「在海裡溺死的。眞不敢相信，堂兄很會游泳的，眞的……那個時候簡直就嚇呆了。」

說完，麻里亞才稍微平靜。南海孤島上的尋寶遊戲，似乎在大家的天眞期待裡，蒙上了幾分陰影。但她立刻抬起臉微微一笑。

「對不起，突然想起這些事來。比我大七歲的堂哥，是非常好的人。我們每年夏天都會在島上一起度過一個禮拜的假期，他的死令人很傷心。這件事先暫且擱置一旁。爲了要彌補堂哥的遺憾，希望江神兄和有栖兄加油，要是找到了，我好跟堂兄報告。」

不知道麻里亞對我們這群人寄望多大。我原本以爲是因爲我說今年夏天想去較遠的地方度假，她才提議到她伯父的別墅，順便尋寶的。可是，看今天的情形，搞不好是因爲有很多位挑戰者已打退堂鼓，她才當我們是解開謎底的王牌。這麼說來，她煞有其事地說想完成堂兄的遺願，透露出她內心已考慮很久的事——希望江神社長親自出馬。這麼一來更讓我們興致高昂地想要試試看。

「可是責任重大呀，江神兄。」

或許織田也有相同的想法，所以試探性地看看社長的反應。雖然麻里亞已說過只看地圖是沒有用，但望月還是不死心地緊盯著地圖。我猜他一定會影印一份。

「望月兄，你眞的想解開這個謎題嗎？」

麻里亞這麼一問，望月毫不畏懼地說：「當然。」

「雖然不到現場無法解開這個拼圖，不過爲了讓望月在這裡幫忙，給你一個提示。搞不好會是解謎的關鍵。」

「提示？有提示怎麼不快說？」

「跟這個地圖一起被公開的遺書裡提到：『解開這個進化拼圖的人，就可以繼承這些鑽石。』這個拼圖是一種進化的拼圖。」

「進化的拼圖？什麼意思，我不懂。」

「就因爲不容易懂，所以才是拼圖的關鍵呀！除了我不清楚外，大家對於這個提示也是百思不得其解吧！」

「嗯，是嗎？好……」望月一個人喃喃自語著。

「沒有你們的現場報告，可能什麼都不知道。不過有了這張地圖再加上提示，答案可能很接近了。反正江神兄和有栖也會去現場解題，我等你們的報告。」

「這張地圖就是你今年夏天的好朋友，趁每天涼爽的早上，好好想一想吧！」江神挖苦道。

走出「里拉別墅」，望月往街角的書店走去，除了影印了一份地圖，還順手買了一本達爾文的《物種起源》。

第一章 拼圖遊戲

1

八月二日，自大阪出發。

搭乘日航 JAS933 班機，降落在庵美大島機場已是早上九點五十分。飛行時間只有短短的一個小時又五十分鐘，但是下了飛機以後，才是眞正辛苦旅程的開始。在名瀨港登上租來的渡輪時，我就有不舒服的感覺。船隻異常搖晃，眞是漫長又痛苦的三個小時。

「嗯，眞不舒服。」耳邊傳來船的鳴笛聲，我四肢慵懶地倒在船艙的座椅上。吃了暈船藥，至少該發揮一點作用，卻還是暈得不得了。

「還好嗎？有栖？」坐在對面大廳椅的麻里亞問我。

不知是體質關係，還是已經習慣，她顯出若無其事的樣子。江神學長則是帶著冷酷的表情，一個人一直在甲板上眺望著海面。

「今天天空萬里無雲，根本沒海浪，還會暈船。現在的年輕人眞不中用。那麼耐不住！」說這話的是在名瀨港與我們集合的園部祐作，他跟我們一樣是望樓莊的客人，是年約五十歲左右的禿頭醫生。

「園部先生，您別罵我耐不住，這是體質的關係吧！連尼爾遜提督都一輩子爲暈船所苦，不是嗎？」

我一邊壓著呼之欲出的嘔吐感，一邊反駁園部醫生，他竟然毫不生氣地從鼻孔嗯了一聲：

「口才倒是挺厲害的嘛！竟然知道尼爾遜提督！沒錯，有些人的體質的確會因爲交通工具的關係而暈眩。」

「嗯，我只怕坐船。」

「我們知道了，你別說了。」麻里亞幫我解圍似地要我閉嘴，並說：「要不要喝水？」

「不要。」

「那就躺躺吧！應該過一下就好了。我要上甲板，海風會讓人心情舒暢。」

麻里亞揮了揮手，走上狹窄的階梯，丟下我和園部醫生兩人。

「可以抽菸嗎？」

他手裡拿著菸斗。應該是在問我吧！但語調未免也太客氣了，讓我這少不更事的小毛頭感到相當意外，我過了一會兒才說：「可以。」雖然初次見面時，園部醫生讓人有難以相處的感覺，還好不會太彆扭，蠻有紳士風度的。

「不好意思，身爲醫生還不知養生，總戒不掉。」

他手裡拿著一個紋路很美的布萊亞菸斗，熟練地將菸絲放入。既是登喜爾品牌的菸斗，搭配的應該也是登喜爾特製的菸絲吧！難怪完全沒有味道。他用高級火柴點燃，深深地吸了一口。果眞香氣四溢，紫色的煙霧冉冉昇上屋頂。事業有成且全身散發著成熟男人味道的他，自信又威嚴的模樣，讓人內心嚮往。

「醫生每年都來島上度假嗎？」

「不，每隔三年才來一次。我跟你們不同，是從橫濱來的，離嘉敷島實在太遠了，不能每年都來。間隔兩年來應該比較妥當。我從春天就開始期待來島上。在島上我既不游泳，也不釣魚，只是發呆放空一個禮拜，應該說是去清洗一下俗世的煩惱吧！我是一家小型私立醫院的院長，平常因工作雜事而忙得團團轉。如果每隔三年不換換新鮮空氣，比病人還先死得快。」

醫生的話漸漸多起來了。可能是因爲接近目的地，人也變得神采奕奕。想到他藉著六天假期忙裡偷閒，假期結束以後要再回橫濱處理六天以來堆積如山的工作。我突然對於自己如貴族般的優雅清閒，感到些許的內疚不安。

「醫生您是有馬家的家庭醫師嗎？」

「上一代鐵之助老先生跟我父親是同鄉，也是慶應划船社的團員，因此感情很好。我父親是醫生，碰巧我也是醫生。而現在的主人有馬龍一跟我同年，以前兩家人就常往來，應該說從小就很熟吧！」

園部醫生一邊說話一邊搖著令他洋洋得意的菸斗。煙霧裊裊升起，高級的菸草香味撲鼻而來，從不抽菸的我，卻毫無不舒服的感覺。

「其實呢，」他的心情好像愈來愈好，「雖說來這個島除了與有馬兄敘舊，並忙裡偷閒一個禮拜外，還有另一件挺有意思的事，就是與你們這些年輕人相處。跟年輕人說話輕鬆些，讓人心情都變年輕了。偶爾聽聽無聊幼稚的話也好，我們這些老頭有時也該學點新東西。也想跟你和那位長頭髮的學長喝酒聊聊。」

「彼此彼此。」

不知是聊天的關係，還是胃裡的東西已經消化光了，突然覺得輕鬆不少。麻里亞說海風會讓人心情舒暢，想上甲板透透氣。跟園部醫生建議後，他露出滿口黃牙笑著說：「好啊，走吧！」

一登上貼滿柚木的甲板，強烈的海風讓我瞇起了雙眼。江神兄與麻里亞並排站著，江神的長髮與麻里亞的紅髮，在風中如火焰般飛舞著。

「啊，有栖，好點了嗎？」不知是否掛心，麻里亞注意到我上了甲板，她的手放在駕駛座上回頭問我。我沒開口地「嗯」了一聲。

「可是你步伐還跌跌撞撞的，好像白天的殭屍。」

「別管我！」

我在她面前彈了一下手指。

「還有多久才會到嘉敷島？」

「兩個半小時前說一共需三個鐘頭，應該還有三十分鐘吧？不過，有栖，可以看到了。」

麻里亞把身體轉過來，遙指遠方。深藍的海水延伸出一道湛藍的晴空。仔細一望，水平線上似乎浮著一個微小的黑點。「是那個嗎？」我低聲自語，麻里亞不知道我指著什麼，卻馬上回答說：

「對，對。」

「眞令人興奮啊！我已經三年沒來了。而這次還有江神和有栖兩位優秀的年輕人在身邊。」麻里亞撥了撥散亂的頭髮，順勢抬頭仰望天空。

萬里無雲的一片藍天。

2

放眼望去是一片亞熱帶植物，這是座綠意盎然的小島。船隻繞著島的右側前進。我們的右手邊是即將停留的望樓莊，船隻從北邊的海灣進入，抵達的地方是海灣內的西岬灣，好像叫作退潮岬。能靠岸的好像也只有這裡。船隻慢慢地駛進狹小的碼頭。

將我們放下後，船隻立刻折返回頭。匆忙離開的船隻要等到我們預定回內陸的日期，也就是五天以後才會來。目送逐漸消失的船隻，我內心稍感不安。

「現在就是想家也回不去了。」

我對麻里亞說：「我是不會想家，要是有人臨時生病，或是受傷的話，怎麼辦？」

「你是擔心？還是缺乏常識，一上岸就問這麼無聊的問題。園部醫生不是在這裡嗎？所以沒問題的啦！」

「不，我是說我們在的時候碰巧有醫生在，但在他來之前，或他離開之後呢？醫生難得休假，他不是來當家庭醫師的吧！」

麻里亞夾雜著一聲嘆氣：「你放心吧！我們有緊急時可用來聯絡的無線電，伯父跟堂兄都有業餘無線電的使用執照。這樣可以嗎？」

「可以。」

走在我們前面的是園部醫生跟江神。園部醫生必須仰著頭才能跟身材高大的江神對話。

「你們好像是偵探小說研究社的人。我對偵探小說沒啥興趣，太虛幻且不實際。看書本來就不事生產，若是再沉迷於偵探小說，生活不就太放蕩不羈了嗎？我年輕時曾涉獵過一點德國文學，偵探小說太浪漫了。不過這是你們的自由啦！」

這位醫生是否有躁鬱症？面對饒舌多話的醫生，我們沉默寡言的學長，只是不置可否地隨聲附和著。照這情形看來，今天晚上一定會叫我們陪他喝酒。我們從碼頭一步一步地走向上坡小路才能到望樓莊。因爲日照強，所以汗水直冒。走完約一百公尺的羊腸小徑後開始爬坡，這時道路變得寬敞。看到一座充滿南美風味，有著白色油漆的外牆──那就是望樓莊。那是座窄窄長長的兩層樓建物，陽台上有個大大的落地窗。

「啊！到了。各位辛苦了！」

麻里亞第一個跑向門邊。正要抓住門把時，門開了。

「啊！禮子，妳好！」

「好久不見，麻里亞，旅途遙遠，很累吧！」

從房屋裡出現的是一位身材苗條，有著一頭短髮的女子。她穿著民族風味花色，無袖無領的連身裙，掛著民俗風味的首飾。手腕上戴著木製的手環，讓白皙纖細的手腕顯得更加細緻。

「終於到了，禮子。妳看起來精神很好。」

園部笑容滿面地打招呼。被稱爲禮子的女子輕輕地低下頭說了聲：「嗨！」

「禮子，這兩位是我大學社團裡的學長江神二郎和我的同班同學有栖川有栖。我們都是推理小說研究社的社員。」

「你們好，我是麻里亞的堂妹有馬禮子。謝謝你們照顧麻里亞。」

「哪裡哪裡，我們不客氣地跑來，眞是麻煩你們了。」

我配合著江神的客套，連忙一鞠躬。

「對不起，請進，請進。這是拖鞋，請進來。」

一進入屋內就是大廳。右手邊並列著籐製的桌椅，對面陽台上的落地窗敞開著。白色蕾絲窗簾迎風搖曳，遙望著碧海藍天。大廳的左邊是通往樓上的寬敞樓梯。角落放了一張有著玻璃桌面的桌子；正面是餐廳；右邊則是一路延伸到底的長廊。

「請坐那窗邊的椅子上。先喝點飲料，再領大家進房間。行李放在這道牆壁下。……啊，麻里亞，不用啦，請坐，請等一下。」

禮子引我們在窗邊舒服的椅子坐下，並阻擋想起身幫忙的麻里亞。她獨自走進餐廳。我若無其事地靜靜觀賞著她的背影：直挺挺的背脊，雙肩微搖，眞是優雅的姿態。

「禮子很漂亮吧！」

麻里亞一邊看著江神和我一邊說。江神只是笑笑，我「嗯」了一聲，用力地點了點頭。

「眞不愧是我的堂妹，你們是不是想說我們有美女的血統吧？」

麻里亞搖了搖頭，很遺憾地說：

「其實禮子跟我沒有血緣關係。我說過三年前在這個島上意外過世的堂兄吧！他叫作英人，禮子是他的未婚妻。對禮子而言，英人的死太突然，簡直就是晴天霹靂。她突然精神恍惚，住在醫院好一陣子。甚至不能言語，有段時間讓人不忍卒睹。大約過了一年，才比較正常。我伯父就收她爲養女。當然是因爲英人很愛禮子，再加上伯父也很喜歡她。他們兩人相伴撫平英人過世的悲傷。也幸好伯父把她當自己的親人。說幸好有點奇怪，其實禮子父母雙亡，可說是孑然一身。」

麻里亞話一說完，邊聽邊點頭的園部，短短地應了一句：「這樣很好。」

「我也很喜歡禮子。」

麻里亞一說完，禮子出現在大廳。托盤上四杯飲料，裡面的冰塊，發出喀嗤喀嗤的聲音。

「啊，禮子，謝謝。」

麻里亞起身，兩手接過杯子，放在園部和江神的面前。而禮子那雙纖細的手在我面前晃動。

「啊，眞舒服！」

我面對著寬敞的落地窗，一邊眺望無垠的大海，一邊放下吸管。昨天還身在喧囂熱鬧的大阪街頭，今天就置身於四面環海的孤島上，這一切猶如夢境。有時環境的巨變，會讓人感到茫茫然不知所措。瞬間，只有海浪聲貫穿我耳。

「有馬兄呢？還有其他人呢？」園部問。

「父親正在午睡。牧原先生和犬飼先生夫婦他們去平川家玩，和人先生跟須磨子夫婦，應該在下面的海邊。」

「真的，今年可以見到犬飼夫婦啊！那就更熱鬧了。」

醫生慢慢地拿出布萊亞菸斗。

「這回還是頭一次見到須磨子小姐的先生。除了他、江神和有栖之外，其他的人都與三年前一樣。」

園部沒察覺禮子默默地垂下雙眼。麻里亞則不好意思地將視線移向窗外。江神也注意到她倆人的異樣，只有園部毫無警覺，悠然自得地點燃他的布萊亞。醫生不記得已經有人不在了嗎？在禮子的面前最好不要提「三年前」這三個字。我感覺到這次的尋寶遊戲，不會平安無事。

3

「叩、叩……」一陣敲門聲。

「我是麻里亞，可以進來嗎？」

江神回答：「請進。」

門開了，麻里亞穿著一件露肩露胸慢跑衣。

「你們也換上輕鬆的衣服啦！很乾淨的房間吧？」

「啊！不好意思。」

江神坐在床上，伸手將枕邊半開的窗戶打開。

「還能看到海。」

「望樓莊不管開哪一扇窗都可以看到海。也只能看到海。——不過我最喜歡的是島上的夜晚。小小的島宛如一個獨立且與世隔絕的世界，漂浮在宇宙星辰之中。既孤寂又恐怖地面對自己內心深處的各種想法，會感覺肉體逐漸消失。眞是不可思議！微塵渺小如卻又確實存在的我，將隨著海浪聲逐漸遠去。這種感覺只有在夜裡才有。」

凝視著窗外的遠方，麻里亞的眼睛閃閃發光。流暢的語言毫不羞怯地從她嘴裡冒出來，眞是罕見。嗯，知道了。今晚要好好地體會島上的夜晚。

「明天再游泳可以嗎？還有尋寶耶！」

麻里亞從夢中的少女，瞬間變回平常的她。

「先帶你們參觀這間房子，再看看這個島的樣子。——啊！腳踏車都不在。」

「這裡有腳踏車呀？」

聽我這麼一問，她拉了一下肩帶，繼續說：

「這個島雖然小，但因為呈現C字形的關係，走到另一邊的岬角，要花很長的時間，所以有三輛腳踏車當交通工具。這裡是退潮岬，另一邊岬角是滿潮岬，那是畫家平川老師的別墅，走路到那裡需要一個半鐘頭。平川老師自己也有腳踏車。」

「可以在島上騎車兜風真好，明天的尋寶勘查可以輕鬆地繞一圈了。但現在卻碰巧三輛腳踏車都不在。」

「剛才禮子不是說了，因為牧原先生跟犬飼夫婦去平川家，所以三輛都被騎走了。」江神突然想起。

「哈，江神，你可眞會記名字。讓人覺得你好像見過牧原跟犬飼夫婦似的。——沒錯，三輛都被他們騎到對面去了。」

「不。」我接著說：「我是說明天騎車兜風，現在要用走的，用走的。」

「好，走吧！」

我們的房間在二樓的最裡面。隔壁的右邊是通往樓下和屋頂閣樓的樓梯，左邊隔壁有三個門，再過去是通往大廳的樓梯，樓梯再過去，還有兩個房間。每間房裡面海的牆壁都有窗戶，可以眺望海面。

「看，那就是滿潮岬。」麻里亞指著說，「跟這裡一樣，岬角的前端部分有房子。那是平川老師的魚樂莊，是一間小木屋式的別墅，小雖小，卻很漂亮。」

望樓莊平面圖

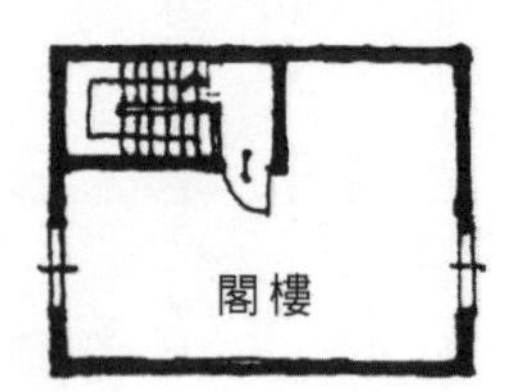
閣樓

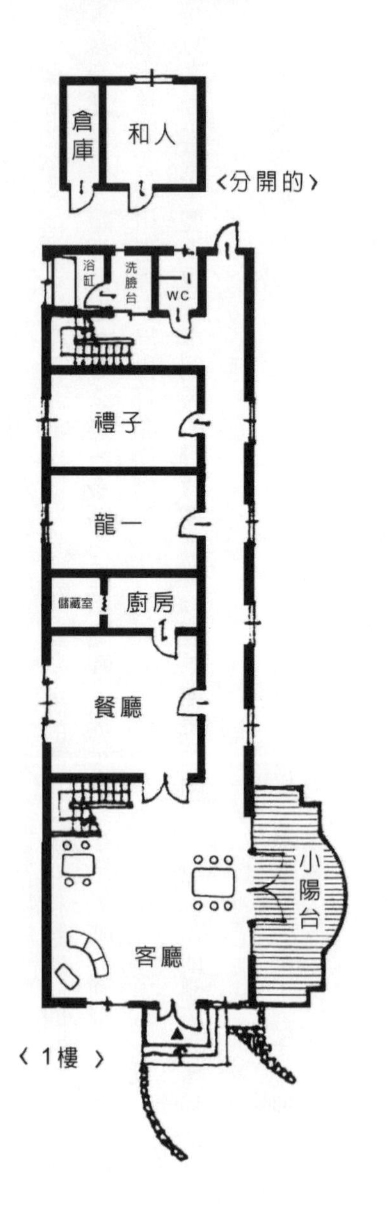
倉庫
和人
<分開的>
浴缸
洗臉台
WC
禮子
龍一
儲藏室
廚房
餐廳
小陽台
客廳
〈 1樓 〉

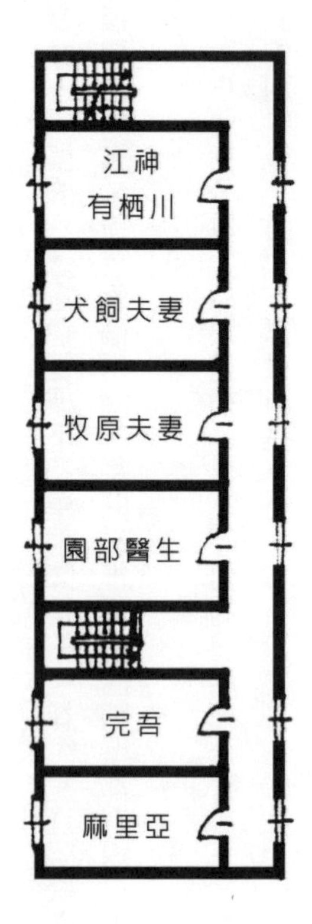
江神
有栖川
犬飼夫妻
牧原夫妻
園部醫生
完吾
麻里亞
〈 2樓 〉

這兩棟房子好像雙胞胎一樣地面對面。從這裡可以看到東岬角平坦的房子，直線距離大概有三百公尺。若是中間沒有隔著海的話，走一下就到了。聽說沿著島上的步道走，要走一個半鐘頭。這裡唯一的鄰居眞是咫尺天涯。

「平川老師是從哪來的？」

「東京人。他與我們來的時間配合，也是七月下旬到八月中都會在這裡。如果不這樣，糧食要用船運來，自己一個人太不符合經濟效益了。」

「他是畫風景畫的嗎？」

「好像擅長風景畫，不只這樣。我還有一位堂姊牧原須磨子，曾在三年前當過他的模特兒，他幫她畫過人像畫。」

「欸？」

又是三年前。雖然麻里亞已有三年沒來這個島了，但是她的話聽起來很自然，不過好像有什麼關聯。這之中似乎有我和江神不清楚的故事情節。

「這層樓一直到屋頂閣樓的房間都有客人住嗎？」

江神一邊說一邊望著並排的六扇門和最裡面的樓梯。

「屋頂閣樓不是臥室，像間倉庫。那裡堆了一些祖父蒐集卻不完整的貝殼裝飾，或是一些破舊的拼圖書籍。以後再說，先下樓吧！」

我們走在麻里亞的後面。一邊走，她一邊介紹著。我們的隔壁是犬飼夫婦的房間，再過去是牧原須磨子夫婦的房間，然後是園部醫生的房間。隔著一道樓梯是牧原完吾的房間。最後是離我們最遠的一間是麻里亞的房間。

「我不懂。」我問道：「早就分配好房間了嗎？來這裡也沒見妳問過其他人。」

「沒事先問。可是今年的客人跟三年前完全一樣，所以房間分配也跟當時一樣。不同的是，現在江神和有栖住的房間原本是禮子的。須磨子原來一個人住雙人房。」

「禮子小姐今年住樓下？」

「欸。她三年前還是英人的未婚妻，所以住客房。今年應該是住樓下最裡面的房間吧！那在三年前是英人的房間。禮子跟有馬伯父在樓下。和人住樓下另一邊。」

住在死去未婚夫的房間，她的感覺如何？會不會從心底深處湧起無限的哀傷、往昔的痛苦與思念？這些疑問，不過是我的多管閒事罷了。

樓梯的牆壁上掛了幾幅類似複製的名畫，各自崁在名貴的畫框裡。下樓梯時定睛一看卻不然。有林布蘭的「夜警」、莫內的「睡蓮」、梵谷的「系衫」、雷諾瓦的「浴女圖」，秀拉的「格蘭島夏天的周日午後」。全都是拼圖，並非是複製畫。每幅大概有兩千片，因爲夠大，所以畫工精緻，像是高級品。

「啊，有栖，你以爲是眞畫嗎？這個家裡沒有畫。裝飾品全都是完整的拼圖。不是說過我祖父是拼圖迷嗎？有栖也試試看？」

「不，謝了，難得夏天來這個島，做這無聊的事，太沒意思了。——對不起，我太直接了？」

麻里亞毫不介意的樣子。「說得也是，不過，拼圖也不是那麼無聊的事喔！樓下大廳樓梯旁的大桌子上，放了很多拼到一半的拼圖紙片。很多豪華客船上的娛樂室也有不是嗎？」

「我，眞巧沒坐過。」

「嗯，我也沒坐過，你沒看過電影嗎？桌上亂七八糟的放了很多拼圖紙片，有興趣的客人利用空閒時間，一點點地完成。就是有這種瘋子，搭船時什麼事都不做，只是一心一意地與大家一起共同完成拼圖。——這裡也一樣。剛剛瞄了一下，現在拼的好像是盧梭（譯註：Henri Rousseau，一八四四～一九一〇年，巴黎人，後印象主義時期畫家）的『玩蛇的女人』。」

說著說著，我們已下了樓梯。大玻璃桌面上放的正是進行到一半的紙版拼圖。只拼好週邊的部分，另一部分是茂盛的熱帶植物，左上角是一輪滿月。整體來看大約完成了兩成。

「怎樣，有栖，頭痛了吧？」

「不，好像蠻有意思的。」

突然我的想法變了。完整拼圖看起來工程浩大，但進行到一半的拼圖碎片，好像也很有意思。『怎麼樣？試試看吧？』暗地裡有個聲音呼喚著我，勾起了我的興趣，要我將它們按照順序，重新拼湊起來。雜亂無章的拼圖，看起來眞是迷人。

「要在今年夏天完成的話應該很難。有栖只要拼一片或兩片就好了。」

禮子從餐廳出來。這次托盤上放的是柳橙汁。

「啊，你們要出去散步嗎？」

麻里亞回答：「嗯，但腳踏車還沒回來。須磨子他們還在海邊？」

「犬飼他們要傍晚才會從平川老師那兒回來。須磨子說要回來幫忙做晚餐，不過還沒回來。」

「我也來幫忙，禮子。」

「不用了，麻里亞，妳才剛到，今天算是客人。明天中午和晚上再請妳幫忙。」

「好吧！」麻里亞爽快地回答。禮子注意到她眼睛注視著柳橙汁。

「啊，我正要端這個過去。父親醒了。他通常午飯過後休息兩個小時，睡醒後喝杯柳橙汁。」

「噢，待會兒再去向伯父請安。禮子，妳趕快端去。冰塊要融化了。」

「嗯，這就去。」

禮子對江神和我露出親切的笑容，看著我們離開。

「禮子看起來蠻快樂的。」

一到外面，麻里亞自言自語地說：「她精神耗弱症好了以後，還是不太行。偶爾笑著，也是病態似的樣子。看起來令人心疼。」

「妳很關心禮子。」江神回頭瞄了一眼說，「麻里亞想要個姊妹吧？的確，她有麻里亞所沒有的女人味。」

「我那麼沒女人味呀？真奇怪！從小也沒人說我像男生。」

「我不是說妳像男生。麻里亞在女孩子當中，是像個靦腆少男型的女生。」

「江神，我很傷心喲！你怎麼那麼說，亂七八糟的。」

「不是，不是，我這麼說，是說妳很有味道。」

多餘的解釋，被她瞪了一眼。

與碼頭相連的小徑外，可以看到望樓莊的後面有另一條通往海邊的小路。眼前的棕櫚竹遮住了視線，不知這條小路通往哪裡？

「啊，走下了那條路，就是沙灘。」不等我們問，麻里亞反應靈敏地解說：「這島嶼能游泳的海岸很少。只有這下面的海邊跟平川老師的魚樂莊下面可以游泳。須磨子他們應該就在下面游泳。我們待會兒再去向他們打招呼。由於明天還要實地勘察，現在先帶你們看看有摩埃的地方。從他們毫無畏懼的表情，燃起我們高昂的鬥志吧！」

「毫無畏懼、表情、燃起鬥志……」

「什麼？」

「遣詞用字怎麼那麼不可愛。」

「有栖，你很討厭耶！囉囉嗦嗦的。」

4

小路緩緩地向右彎行，左手邊隱隱可見的海水被濃綠的樹蔭遮掩。終於藍藍的海在右手邊出現了。看似彎彎曲曲的水平線，展現出大海的雄姿，不禁讓我駐足讚嘆。

「走吧，有栖，前面還有風景更美的地方。」

她應該不是故意打斷我這個初來乍到的菜鳥對大自然的感動吧！噢！耶！走吧！麻里亞只是天眞地想要告訴我，這個島上還有更棒的地方！雖然我才說她一點都不可愛，其實心裡完全沒那個意思。右手邊就是遠在天邊近在眼前的大海。我一邊望著令人眩目的湛藍海面，一邊沿著上坡小徑緩緩而行。

「欸，就在對面。啊，看到了！看到了！」

麻里亞停住腳步，指著對面稀疏的黑松樹林。海面上波光粼粼，一眼望去好像懸崖邊有個柱子般的黑影。

她小心翼翼地走進草叢。正當我要跟進時，麻里亞叫住說：「等一下。」

「我看看，這裡還可以。因爲有波布蛇，所以一邊走一邊要注意腳邊喔！」

我立刻縮了回來。我不是個自負的傢伙，可是就怕蛇。平常打開動物圖鑑，若有「蛇」這個項目，都會不經意地嚇一跳。況且波布蛇可是日本最毒的毒蛇呢！我心頭突然浮上一層陰影，感到這是一片離天國很近的小島。

「啊，有栖，不用那麼害怕，也不要嘀嘀咕咕的。說實在，我也只看過兩次。那時看到波布蛇往茂密的草叢裡喀哧喀哧地逃走。晚上的話比較恐怖，白天的話無須特別擔心。小心就好了。」

「啊，雖說是尋寶，我可不想冒著生命的危險！」

我亦步亦趨地跟在麻里亞與江神的後面。離開道路的十公尺左右，就是會墜入大海的懸崖。懸崖並沒有設柵欄，我伸出腰向前眺望。大概十五、十六公尺的懸崖下面，海浪正拍打著岸邊，激起白色的浪花。

「危險啊！有栖。」麻里亞在背後叮嚀著。

「看這邊啦！這個暗示寶藏所在卻沉默不語的摩埃像。」

回頭一看，麻里亞指著說：「這個這個。」江神一邊手叉著腰一邊很有興趣地盯著摩埃。

「眞是做得不錯。」江神敲了敲摩埃的頭。

如同我們聽說的，摩埃大約跟電線桿一般粗，高約一公尺左右，材料應該是松木吧！從中間開始有鑿刻的痕跡，頭部是粗略的雕像，跟相片上的復活島出名的石像臉孔一樣。麻里亞說摩埃有著毫無畏懼的表情，其實是因爲它有凹陷的雙眼，高高長長的鼻子下面是突出的雙唇。說可愛還比較貼切，好像是南國的地藏王。

「就算摩埃不是解開拼圖的關鍵，也可當作島上的幸運之神吧？在島上的其他地方還有很多跟這個一模一樣的東西。它知道寶藏的位置卻不說，眞是個假裝有一副善心臉孔的可恨小鬼。」

江神用手撫摸著摩埃的臉頰背部。這是他的嗜好。連參觀京都古寺，他都會疼惜似地用手撫摸那歷經百年歲月風霜現已泛黑的樑柱及門檻。他的動作優雅，簡單不造作。江神的手停了下來，站在摩埃的正後方，稍微蹲下，與木像眼部齊高。莫非他想從摩埃的眼裡找出什麼？麻里亞與我繞到江神的背後，越過他的頭注視著前方。

「有什麼？只能看到路對面的樹林。」

「那是當然。」江神依然看著前方說著，「喂，麻里亞。那個對面——很多樹的對面，有什麼特別的東西嗎？」

「對面只有海。」

江神小聲地嗯了一聲。慢慢地站起來，拍了拍碰到地面的一個膝蓋。

「島上的摩埃都各自面對不同的方向嗎？」

「是的。嗯，不過，我沒查過所有摩埃的方向。英人大概查過吧！」

「過世之前？」

「因爲他邀請禮子來，大概想給她一些驚喜吧！發生意外的前三天，他曾大費周章地調查了島上所有摩埃。英人的個性，很容易迷上一樣東西，何況埋在這個島上的又是鑽石。若是找到的話正好可以送給未婚妻。這是我的想像啦。」

「我懂。」我說。

「不過，祖父是一個格局很大的人。英人可能也想挑戰看看，是否可以打敗祖父的頭腦。多少也有這種心態吧！二十幾歲男人的心理，怎樣？」

「我懂。」剛滿二十歲的我說。

「英人過世的時候幾歲？」

被江神這麼一問，麻里亞眼睛往上一翻想了一下說：

「二十四歲。禮子今年二十六歲，當年二十三歲。他們是很相配的一對。」

「妳說英人差一點就找到答案。算是完全解開拼圖？」

這回麻里亞歪著頭想了一想。動作和表情都極其豐富，「不是的。我不記得他正確地說了些什麼，只記得曾經說過：『摩埃所面對的方向是關鍵』、『這個想法好像是對的』。以上這些是當天晚餐後，他在我洗碗時跑到我身邊，很高興地在我耳邊說的……。可是當晚，他就溺斃了。所以，我聽到英人的最後一句話是：『找到的話，送妳一對耳環。』我反駁他說：『眞有自信耶，等你挖到拿出來再說吧！』結果我贏了……。」

「別喪氣，少女偵探。」江神用食指指著麻里亞，「我們一起爲令堂兄哀悼，但不要太感傷，好嗎？」

「是，少女偵探加油。」麻里亞抬起臉露出了笑容。

爲什麼女生不能加入少年偵探隊？愛看《少年偵探隊》和《紅髮安妮》的麻里亞，很喜歡江神叫她「少女偵探」。

「英人那時透露過或暗示些什麼嗎？譬如說哪個角度，位在什麼地方，怎麼埋的？」

「沒有。江神，不要猜測。應該直接針對拼圖解答。這個拼圖是由人設計出來的，所以應該可以解開。江神拿出你的智慧。有栖也是。」

「爲了麻里亞。」

眞的能幫上忙嗎？其實我們並沒有自信。我比較擅長塡字遊戲，像這種不知如何著手的拼圖，如果看書，我都很不長進地先看解答。希望麻里亞不要對我們寄望太高。

「好吧，方向決定了。」江神回頭眺望遠方海面，「姑且相信英人的話，從摩埃所面對的方向查起吧！明天起，就把地圖上的摩埃一個一個勘查一遍。」

「好吧，就這麼辦。」

麻里亞對著社長的側面說。

江神眺望著波光粼粼的海面，麻里亞跟我則面對著海風。三人沉默不語地並排佇立。

5

夕陽西下，三人回到望樓莊。六點稍過，離南方的日落還有些時間。靠窗邊的藤椅上坐了一對年紀不到三十歲的夫妻。玻璃桌前坐著園部醫生，他駝著背正努力專心地拼圖。

「歡迎，麻里亞小姐。」

坐在窗邊的女子用愉悅的語調招呼我們。對面的男子也轉頭看這邊。

「好久不見，須磨子。你好啊！牧原兄。」

「噢，歡迎。」

麻里亞向我們介紹她的堂姊夫婦。牧原須磨子比麻里亞大八歲。從她溼淋淋的一頭髮看得出來剛剛曾在海裡游泳。剛化好妝的眼線與口紅讓她的五官更加分明。她穿著花色鮮豔的連身裙，露出膝蓋以下一雙修長的小腿，而胸前那串軟木材質的項鍊更顯得時髦。

老公牧原純二就不像須磨子那麼好看。他有著一頭硬梆梆的短髮和稍黑的臉孔。嘴邊的鬍鬚長短不齊，給人髒兮兮的感覺，下巴也很明顯地沒刮乾淨，就算是故意的，也難以給人豪放粗獷的印象。他穿著一件黃色的夏威夷，細細的頸子上掛著一條波狀銅板墜飾的項鍊，一雙稀疏腿毛的小腿在白色短褲下更顯單薄。啊！等等。我是不是幾秒之內，對他就抱持著相當的成見？男人在輕鬆休閒的時候，不愛打扮雖是理所當然。只是與他太太相比，落差實在太大了。

「那邊是小麻里亞的男朋友囉？嗯，手上拿的是花吧？」

「男朋友兼私家偵探。」

她介紹了江神和我。一聽說我們是來挑戰摩埃拼圖的推理小說迷，須磨子奇怪地笑著說：

「麻里亞還在讀推理小說呀？妳從小就喜歡。妳爸媽老是發牢騷說：『要是唸書也這麼用功就好了。書架上竟是些殺氣騰騰的書。』——啊！對不起，妳朋友也是同好，眞是失言失言。」

須磨子裝腔作勢地聳了聳肩，燃起一根薄荷菸。

「不過也蠻有意思的。麻里亞，靠你們三人的智慧，搞不好眞的可以解開謎題。那不是很有意思嗎？」

「對吧？」不知爲何她朝我拋下了一句。我猜她要是說：「對嗎？有栖？」我應該會閉嘴，不過還是回答了：「欸！」

「敬請期待。」麻里亞把手背在後面，挺著胸說道：

「須磨子，妳不知道我們江神偵探的厲害，現在他只是客氣罷了！——在這之前我因感冒而咳嗽不停，還裝模作樣地多咳了兩下，他馬上看穿說：『最後兩聲是假的。』讓我嚇了一跳。」

須磨子的表情彷彿想說：「這跟尋寶有啥關係？」

純二搶先說了：「等著看你們的本領囉！」

「這個島上的寶藏我們是求之不得，可是因爲還要解什麼拼圖之類的東西才放棄。你們要是找到鑽石，可得讓我們見識見識。」

「一定會找到的。欸，江神。」

「不能說一定。」麻里亞對江神這種回答稍嫌不滿。

「噢！今天很順利。」大廳的另一邊傳來醫生的聲音。正在拼圖的他露出高興的微笑：「欸，大概是這片吧！嗯？不對的話還有別的。月光反射的河面。」

他一邊撥開拼圖碎片，一邊喃喃自語。但可能是故意大聲讓我們聽到。

「嗯，那位醫生很專心喲！」

純二一副想說「眞無聊」的樣子。

「眞搞不懂製作拼圖的人。明明是一幅完整的畫，硬要把它拆開來，再重新組裝回去，不知是哪一種閒人想出來的遊戲。與其在這個樓梯掛這些東拼西湊的東西，還不如掛些普通的假畫或海報來得好些。」

不是多高雅的語氣，大概怕園部醫生聽到，故意壓低聲音小聲地說。

我覺得這些說法像在說推理小說。推理小說的作家費盡心思，架構光怪陸離的陷阱，先一個個拆解，再一層層組裝回去。讀者卻能藉著參與過程而得到快感。——眞不知是哪一位閒人想出的遊戲。他應該也是這樣想的吧！

「醫生，你很有興趣耶！」麻里亞不理會純二的話，朝著園部大聲地說。

「噢，我開竅了。有馬在房間看書，叫妳過去。」

「好，我馬上去。」

麻里亞向我們示意了一下逕自往長廊走去。她本人想輕鬆自在地走，我卻從她歪斜的腳步中，看出她的心浮氣躁。

「坐嘛，你們兩位那麼高大，別站著。」

園部這麼一說，我們連忙在他對面的椅子上坐下。似乎進行得很順利。我看了看拼圖，想知道完成了多少，兩千片的拼圖跟我們原先看到的分不出有何不同。

「喂，幫忙啊！」

被他這麼一喊，我們看著反向的拼圖。原本就已不好拼，加上方向顚倒，更增加了困難度。我撿起了一片好像是夜空的碎片，卻找不到可以拼得上去的地方。

「這個是蛇的頭吧？」

江神把一片挪到他的手邊。

「醫生，你拼那邊有水的地方，我來拼蛇。」

園部安靜地點點頭。江神撥開一堆的碎片，開始分類。他用手指很靈巧地挑出蛇黑影的部分並收集起來。他先不拼上去，只是繼續蒐集蛇的部分。

「嗯，我知道竅門了。」醫生瞄了一眼江神的動作後說。

「只能這樣不是嗎？」聽了江神的話，園部微微一笑。兩人眼神相對，社長也會心地一笑。

我斜眼看了一眼牧原夫婦。只見先生苦笑著，而太太則對著窗外吞雲吐霧。

6

園部跟我們在大廳玩拼圖直到七點吃飯爲止。麻里亞向伯父問安後，直接進廚房幫忙。百般無聊的須磨子跟在麻里亞後面。純二在窗邊坐了一下後，便無所事事地步出戶外。

七點前聽到幾輛腳踏車停在門口的聲音，應該是去魚樂莊的人回來了。

「麻里亞小姐不是要帶朋友來嗎？還有好久不見的園部醫生。」伴隨著一位男子的聲音，玄關的門被打開來。

「啊！來了，來了，醫生，歡迎歡迎！」

第一位進來的男士用沙啞的聲音對醫生說。他年約六十，身高將近一米八，以這個年紀來看實屬罕見。頭髮幾乎全白，臉上的皺紋多且深，但氣色相當紅潤。

他風度翩翩緩緩舉步過來。

「完吾，精神很好啊！你永遠都那麼年輕。我則是愈來愈老了。」

「什麼話。我才聽說有人從伊勢佐木町的聶恩海游一圈回來呢！」

「別傻了。你少套我。那是很久以前的事了。早游不動了。我現在只是活著，連什麼好玩的都不知道，是個可憐的歐吉桑罷了。」園部說完，介紹了江神和我。

「你好，我是牧原完吾。是這裡的主人有馬龍一的乾哥哥，也是麻里亞的伯父。歡迎歡迎。」

他伸出粗大的手掌，跟江神和我握手。

另外兩人是夫妻。大約三十五歲左右。兩位都身材瘦小，親切地跟我們打招呼。

犬飼敏之除了粗粗的眉毛外，有著一張娃娃臉，穿著白色T恤，才三十六歲，據說已是福岡、佐賀等地九家連鎖餐廳的老闆。聽說他是六十二歲的有馬龍一的弟弟，我著實吃了一驚。

「當然不是同一個母親所生的兄弟。」他先回答了我們的疑問。

「龍一跟我是同父異母。我是父親五十歲之後所娶的妾生的。不過父親和有馬家的人都對我們很好，我們不曾因世俗眼光而辛苦過。尤其自從有馬太太過世以後，我們更能公開出入。母親過世後，我在家鄉博多開始投資事業，受到有馬家很多經濟援助，此外，每隔幾年還招待我們來望樓莊度假。」

不愧是位年輕的實企業家，說起話來面面俱到。一旁的完吾聽了敏之的話也頻頻點頭。既是有馬龍一的弟弟，雖然跟牧原完吾的關係較遠，但也算是兄弟。

「眞是托大家的福，創業之初確實辛苦了好一陣子，不過沒多久就上軌道。已經不會爲了周轉不靈而睡不著覺。這回是第二次跟太太來望樓莊度假。眞的很高興。」

他的妻子叫里美。好像是在勉強開第三家店時，客戶介紹而認識的。兩人在最辛苦的時候結婚。他說由於太太的鼓勵，才有今天的成就。敏之順勢誇獎妻子。——他的話裡常常出現「托福」兩字。

里美穿著一件無袖的白色夏季短衫和一件針織裙。寬寬的前額配上長長的臉蛋，典型的日本婦女臉型。棕色的頭髮跟麻里亞不同，大概是染的吧！站在一旁聽著敏之流暢地談論兩人相識相戀的過程，她緩緩地、無意識地露出了無名指上的戒指。

走筆至此，已經介紹了幾個人。有馬禮子、牧原純二、牧原須磨子、牧原完吾、犬飼敏之和犬飼里美，一共六人。尙未見面的有兩位。分別是主人有馬龍一跟兒子和人。那兩位應該會在晚餐的桌上出現吧！

禮子穿著圍裙從廚房出現。

「回來啦！晚餐馬上就好了，請稍微等一下。先端冰茶出來。」

「我來，我來。」里美一邊搖頭一邊說，「對不起，禮子小姐。我們都只顧著玩。晚餐過後我來洗碗。」

「不可以，妳是客人。太太，一直都受您照顧，謝謝。」

兩個女人一邊說「哪裡！哪裡！」一邊往廚房走去。

「對這些女人家眞不好意思，我們男人什麼忙也幫不上，只能坐著等吃飯。」完吾一邊說一邊往窗邊靠近，在藤椅子上坐下。犬飼敏之也坐在對面。里美端茶出來分給每一人。

「眞的都讓女人照顧，不過，快要有我們男人的工作了。」

園部一邊說一邊回去拼圖。

「這兩位年輕人也需要幫忙了。」

「什麼事？」

「颱風呀。今天早上的新聞說石垣島南方，有個十二號的颱風逐漸形成。好像正快速往東北前進。可能明晚就登陸了。」

我也聽到了颱風新聞。不過島上也沒人架帳棚。在南海的孤島上，體驗一下眞正的颱風也蠻滿有趣的。我問了一下園部：「醫生，這個島直接遇過颱風嗎？」

「眞正的颱風應該只有一次，已是十年以前的事了。」

「怎麼樣？」

「狂風暴雨的。不止這房子後面的鳳凰木全毀了。連無線電也不能用。颱風過後的海浪還是很大，船晚了兩天才來。」

「那個颱風眞的很大。」大廳的對面傳來完吾沙啞的聲音。

「眞的很大。半夜登陸的吧！這裡有自動發電機，倒不擔心停電，但整個房子咯吱咯吱地響，蠻恐怖的！」

「這房子位在島邊端的最高點，加上強風呼呼地吹，當時的腦海裡就一直擔心要是房子垮了，先要抓住什麼。」

「當時，義父確實……」

大廳的兩邊夾雜著園部與完吾回憶十年前的對話。我偶爾「啊！」或「眞的嗎？」附和著。江神依然專心地繼續將拼圖的碎片分類。這傢伙雖然對拼圖沒啥興趣，一旦開始也是全力以赴。這就是我喜歡他的原因之一。

「各位，久等了。晚餐已經準備好了，請進餐廳用餐。」禮子出現在大廳裡。同樣穿著圍裙的麻里亞也出現說：「我去叫伯父。」對我們微微招手後往迴廊走去。

「跟犬飼他們一塊騎車到滿潮岬，讓我肚子餓了。」完吾話畢率先起身，男士們也慢慢地往餐廳移動。

7

橡木作成的大型餐桌，周圍坐滿了十二人。我們因爲是第一次參加，加上又是剛到的客人，所以被帶到主客的座位。在座的有幾位德高望重的長輩，讓最年輕的我不免侷促不安。

菜色非常豐盛，有奶油蘆筍湯、烤羊排、蒸魚和海鮮沙拉。啤酒是海尼根。

「歡迎今天四位遠來的客人到這個什麼都沒有的小島。請盡量放鬆心情。」有馬龍一沉穩地說。他有著一頭整齊後梳的白髮，一雙溫和的眼神和稍嫌木訥的神態，是位風度翩翩的老紳士。

「姪女承蒙你們照顧了，今天略表感謝之意。請盡情享用，不用客氣。」他一邊說，江神跟我連忙低頭回禮。我們兩人要在這裡當一星期的食客，對麻里亞的照顧根本不値一提，誠惶誠恐地連忙點頭回禮。

「不過，麻里亞的朋友兩位都是男生，我倒很意外。噢，不，我聽說她要帶兩位私家偵探來幫忙尋寶，但不知是男？是女？現在看到這兩位頭腦好像很好的男士才知道。」坐在我對面的有馬和人笑著說。他額前劉海齊眉，肩膀稍窄。有馬和人比麻里亞大五歲，是死去的英人的弟弟。他纖細的手指夾著香菸，一邊吐著白煙一邊說。

「我以爲是兩位聰明的女大學生，所以今早就開始心神不寧。進餐廳以前也沒人告訴我麻里亞的朋友是男生，害我嚇了一跳。其實，麻里亞你們今天散步回來，要進玄關時，我從二樓的窗戶稍微瞄到。當時看到的就是你——江神的頭。我誤以爲是女生。那時覺得這個女生長得眞高啊！長髮很適合你，不過夏天怎麼受得了？」

眞是一個多話的男人。這還不打緊，竟然對著別人的頭髮議論紛紛。雖然不是在說我，但我眞想跟他說：「你管別人是光頭還是綁辮子。」

「我一年沒理髮。因爲頭髮可培養通靈能力。」

江神用認眞的表情回答。和人頓時愣了一下，我抿著嘴憋住笑並瞥見麻里亞也抖動著雙肩。

「西洋人也常常這麼說。」園部也一副認眞的表情：「據說頭髮是能量的來源。你們知道《霸王妖姬》（譯註：Samson and Delilah，內容講述侯爵的心上人將他賣給他人，於是侯爵進行復仇的故事）這部電影嗎？不過那應該只是西洋的傳說吧？」

和人以爲大家在談他所不清楚的事情，於是噤聲不語。二十四歲的他，好像還是學生。因爲大學已慢了兩年，加上留級一年，因此現在是大三學生。這也沒什麼。我們的社長——江神二郎，已經二十七歲了，還在讀大四。

「犬飼先生，聽說今年秋天你要在小倉再開一家分店？」

牧原須磨子對著犬飼敏之說。敏之停住正要送往嘴裡的叉子：

「欸，有人介紹一個不錯的案子，我們勉強接下，一直在自己逼自己，這也是天性沒辦法。」

「不過，很高興的是——」妻子里美接著先生的話說：「今天下午我們拜訪平川老師，談到新開的店，他說要送我們一幅畫放在新開的店裡。問我們說像有明海、不知火海（譯註：兩者位於九州）那樣大幅的畫如何？」夫婦相互對望笑了一下，敏之的叉子停在空中繼續說：

「對呀！預定十一月就要開店，怕來不及。沒想到老師會主動提要送我們一幅裝飾店面的畫。讓我們很期待。這次的店我們打算全力以赴，裝潢也要豪華一點，應該是一間很好的店。」

敏之興致勃勃地說著，須磨子卻露出無聊的神情置若罔聞。

牧原純二靜靜地吃飯，像喝水似地大口喝著啤酒，微黑的臉立即轉紅。和人大概認爲跟我們說話無趣，乾脆放棄，轉身向隔壁的禮子，談論他今年夏天所看的電影。龍一向麻里亞跟我們詢問近來大學生的情況後，便幫從小認識的園部斟滿啤酒，開始談論兩人的近況。

整體說來還算是氣氛溫和的晚宴。飯後還有冰淇淋和咖啡。

之後，牧原完吾跟純二到大廳的角落，坐在只播放ＮＨＫ電視的前面，兩手交叉胸前，毫無交談地一同欣賞著海外旅行的節目。須磨子一邊說下午游泳好累，一邊跟犬飼敏之上樓。和人則坐在窗邊的藤椅上翻閱雜誌。園部好像和龍一有聊不完的話，兩人走向龍一的房間。禮子跟里美一起洗碗盤，而想要幫忙的麻里亞被禮子擋住說：

「麻里亞，今天眞的不用了。妳跟江神和有栖聊聊明天的計畫吧！」

最後麻里亞聽從了禮子的話。「走吧！」她約我們上樓。說要帶我們參觀塞滿雜物的閣樓。我們三人依序走上樓梯。

「望樓莊的玩具箱喲！」麻里亞一邊說著一邊打開了門。

那是一間鋪著木地板的房間，兩邊牆壁各有一個附有拉門的書架與貝殼的陳列台，此外，沒有任何椅子，頗殺風景。我原本想一定充滿霉味，結果卻是打掃得很乾淨，不見一絲塵埃。

陳列台的玻璃盒裡，有上百種的貝殼全埋在陳舊的脫脂棉花裡。有卷貝和兩片貝以三比二的比例，依照耳貝、珠貝、船貝等分類排序置放。上面各自用卡片標示著名稱、採集地點、採集日期。卡片全部都已經泛黃。飄著一股主人已逝的淡淡哀愁。

當我走向書架，看看有些什麼書時，卻發現門邊的牆壁上掛著一枝來福槍，不禁駐足。

「這個，是裝飾品嗎？還是眞的來福槍？」

「是眞的。」麻里亞若無其事地回答。

「聞聞看槍口就知道了，和人在今年夏天好像打了幾發，應該有煙硝味吧？」

生平第一次拿眞槍的我，戰戰兢兢地把槍口對著臉靠近鼻子。

「哇，好大膽，有栖。有子彈的話是很危險的。」

麻里亞這麼一說，我趕緊把臉轉開。那樣子大概很好笑，連江神都笑了出來。

「你眞可愛，有栖。」

她有點自負地說。

「不過，他可能拿過眞槍，才敢對著鼻子，也眞特別。」

「囉嗦！」

我重新拿起槍對著麻里亞的胸口。她立刻變了臉色。一邊說：「不要這樣」，一邊躲到江神的背後，又再說了一次：「不要這樣」。無論如何，我確定了這是一把貨眞價實的眞槍。知道是眞槍以後，我覺得玩笑開得太過分了，便把槍口對著天花板。光這樣的動作都讓我覺得自己是一個眞正的士兵。槍械這東西還眞是恐怖。

「妳竟然把我們社長當作擋箭牌，太過分了。」

「你才過分哩！槍口對著人簡直就是瘋子。」

麻里亞躲在江神的背後生氣地說。我想她站出來應該沒有什麼關係，但可能是因爲我手裡還拿著槍，讓她不得不小心吧！本想再感受一下槍枝拿在手裡沉甸甸的感覺。但想想算了，還是先放回去。

「對不起，不好意思。」

她從社長的背後走出來，放鬆地從鼻子大大吐出了一口氣。

「你這傢伙，還好跟和人不一樣。」麻里亞似乎還在生氣。

「他可是玩眞的。」

「這枝來福槍是和人的呀？」江神問道，麻里亞點點頭。

「是的。說是朋友讓給他的。可是和人沒有任何執照，這樣是違反刀槍管制法。他說反正不會拿出這個小島，只在這裡爲了紓解壓力，才偶爾打打靶，不算犯罪吧！這是來過島上的這些人之間的祕密。大家也都好奇地打過幾次靶。」

「麻里亞也打過？」江神問。

「兩三次，我也是罪犯囉。大家都是罪犯了。啊！犬飼例外，他在學生時代就是射擊選手，雖然沒有槍，好像有正式的執照。」

「犬飼先生？就是那個開餐廳的犬飼？欸？感覺不同耶！」

「你別看他個兒小，可是運動健將喲！游泳很厲害。跟某人可不同。」

「我啊？我可是很會游泳的。可能是個性使然，游得不快。」

「我不是說你。我是說和人，他是一個旱鴨子。」

看得出來麻里亞對和人堂兄沒有什麼好感。兩相對照下，很明顯的，當談到過世的英人，她立刻變得沉靜。連我都對他那浮躁的說話方式沒什麼好感，不過看起來也不是壞人。

「原來如此，都是拼圖的書。」江神站在書架的前面，眼睛掃了一下書目。

「很多有意思的書吧！喜歡的話可以拿到房間，挑戰一個晚上。」麻里亞說完，江神卻說：「

不要！」然後將手上的書啪地一聲闔上。

「不要。我要爲明天養精蓄銳。這整個島就已經是一個拼圖了，爲什麼還要在這裡爲拼圖而傷腦筋？」

「照你這麼說不就是——人生本就是拼圖，爲何還要爲拼圖傷腦筋？」

不對，應該這麼說。

——這個世界本身就是一個迷宮，沒有必要再另建迷宮。

這是波赫士寫的。

8

麻里亞說閣樓是「望樓莊的玩具箱」未免也太誇張了。因爲也沒其他好玩的東西，所以最後我們到麻里亞的房間商量明天的計畫。她的房間與我們的相同。只有一張床，同樣的壁紙，同樣的窗簾。

麻里亞興致勃勃地坐在床上，彈簧發出小小的聲音。江神坐在夜燈桌前的凳子上，沒有別的椅子，我只好坐在麻里亞的旁邊。

「這裡的早餐在七點半到八點之間。之後呢？要早上游泳呢？還是要騎車兜風一圈？」她說，

「想先兜風一圈。」我說，「不是漫無目的地繞喲，順便勘查摩埃的方向。」

「但是會很辛苦喔！摩埃不只是在島的這一邊。——好吧，騎車兜風吧！先做一趟巡視。繞一下島上有名的地方。這個島上有很多山丘奇岩。順道去平川老師的家。下午再去海水浴場。」

因爲沒事，明天的行程她一個人很快地就決定了。江神和我都不是在餐廳看別人點什麼，也說「我也一樣」的男人。但如果有麻里亞在場，事情大都很快就能決定。就像今天這樣。

「我今晚想要早點睡，雖然帶了露絲·藍黛兒的新作來。」

「藍黛兒嗎？寫得不錯。可是剛開始看時不會給人驚恐的感覺。」

「啊，有栖，你太嚴格了。沒有別的作家能寫出那樣的文章。我要在秋季的社刊裡寫《論藍黛兒》。她可是一代大師。對不對，江神？」

談話內容突然變成英國推理小說的座談會。歸根究柢還是個人偏好的問題，姑且省略掉我們的辯論內容。——話題轉到探究科林·德克斯特這位作家的能力如何。

「不行！」

聽到這個聲音。我們一齊噤聲不語。

「不行啦！爸爸難得來此休假，我不想讓他生氣，怎麼可以在這裡提錢的事。時間不對。」

「趁爸爸現在心情好，比較好談啊！因爲心情開朗，不會計較小事。我又不討爸爸的歡喜，可愛的女兒一撒嬌，雖然會嘮叨一下，錢包還是會打開的不是嗎？」

「我不好開口，你自己說？」

「就是因爲難以啓齒，才找妳說。由我來說？妳別開玩笑了。他一聽我的事馬上就會像機關槍一樣不停地說教。不用撒嬌的方式，他一定會像羅生門取下鬼的頭顱一樣，得意洋洋地攻擊我的人格。妳也知道由我開口是最糟糕的。」

「可是……爸爸是很難應付的人。」

聲音來自下面的窗戶。是牧原純二和須磨子夫婦。兩人好像在計畫著什麼似的，他們說話的聲音不知不覺間愈來愈大。好像並未發現頭頂上的房間裡有人。

「眞的不好應付。找找看四周一年到頭說教的人，只有妳那位大聲公爸爸。一點也不像個通情達理的父親，簡直就是個……」

「拜託，不要再說了，眞受不了，他可是我爸爸啊。這個世界上我的親人只有你和爸爸，你們彼此互相討厭，讓我很痛苦。你以前也不會那麼露骨地批評我爸……」

「我的講法還算是客氣的了。來這之前的一個晚上，爸爸在廚房裡跟妳說的那些話，我在浴室可是聽得一清二楚。說什麼一年沒來女兒家，妳以為怎樣。『妳應該知道吧！叫妳不要浪費青春，趕快回來。』他憑什麼那麼喋喋不休。不光是我，連妳，他也不把妳當成一個獨立的大人。」

「欸，我也認為他說得很過分。既然你聽到了，就應該知道我一邊敲著桌子一邊說：『爸爸純二也有很多優點，你也多少注意一點……』。」

「對呀。聽到這種對話，男人要是還不吭聲，多沒出息，妳也幫我想想看。」

「你……」

「明明有錢，拿五百萬借給女兒、女婿有那麼困難嗎？他那麼想看我的店倒閉嗎？當然和犬飼的連鎖店比，我的是小巫見大巫，但那可是我開了五年的卡車才賺到的錢呀。」

「欸，我知道。所以……」

「妳可以接受倒閉嗎？只因爲周轉不靈，我的店就要被別人搶去了。」

「不要再說了！你愈說愈氣……知道了。我會趁這個禮拜在島上的時間跟爸爸說。」

談話稍微中斷。

「早一點說。」

「明天說。——這個世界上對我最重要的人就是你了。」

「妳對我也很重要……」

是衣服摩擦的聲音，看來應是擁抱的樣子。接著是腳步離去的聲音。

留下默默無言的我們。

「有人經過，」我咳了一下，「被我們偷聽到了，不好吧！」

「是他們要走過來，又不是我們故意去偷聽的。說偷聽多難聽。」

麻里亞正色地說。

「很奇怪耶。聽到別人的祕密，我們三個人同時都噤聲。這是一般人的習慣，還是品行？」

才不是呢。祕密說到一半，如果讓他們發現樓上房間有人，不是很丟臉嗎？所以才不便出面。

讓我們聽到，我們也覺得很尷尬。

「他一直說『我的店，我的店』，牧原先生也有自己的店啊。跟犬飼一樣的餐廳嗎？」

江神一邊問麻里亞，一邊望著窗外滿天如絲絨般的夜空橫跨著一道銀河的星斗。

「牧原先生的店只是一間小酒店。他自己也說不能跟犬飼的連鎖餐廳比。不過好像經營上有困難。已經周轉不靈了，眞麻煩。」

「須磨子也可憐。可以想像若是丈夫與岳父交惡，是很痛苦的。麻里亞在選老公時，應該先算算跟父親的八字合不合。」

「須磨子也是很偏激。我聽到都嫌累。她以前是個非常自由開放的人，有陣子還一塌糊塗。」

麻里亞大概說了一下須磨子如何自由開放。她在國中與高中時期就是班上的女王。換過一打以上的男友。從事讓周遭的人都難以置信的類似護士的工作。不過一年以後因爲體力不支而放棄。二十三歲才上大學，讀的是法律。接著又迷上美術，在島上當平川畫伯的模特兒，有一陣子又迷戀那位中年畫家，等到冷卻後才遇上牧原純二。

「純二先生是須磨子大學同學的哥哥。好像是純二來接送參加音樂會的同學時認識的。兩人旋即展開熱戀。交往三個月之後，純二突然求婚，可惜他不被伯父賞識。之前伯父爲了幫愛女物色夫婿，大費周章地找了好多銀行或是大公司的菁英。不是第二代企業家的話，伯父還都看不上眼。」

「伯父在做什麼？」我問。

「跟同學一起開會計師事務所。雖然不是什麼大事業，卻在東京有很多土地。也因爲這樣，當初見到純二時，就瞧不起他，曾說了一些傷人的話。」

難怪純二心裡不舒服。

「不過，那也是純二心甘情願的，或許因爲愛須磨子，既然是入贅女婿，怎能不跟岳父同住？況且以前除了在財務上常接受伯父照顧外，當店碰到財務危機，也是找伯父解決。聽說還曾經因爲打麻將輸錢而跑來求援。淨是些不光彩的事。」

「入贅女婿同住？剛才不是說一年都沒來女兒家了，因此生氣不是嗎？」

「啊，剛剛在浴室裡聽到的話。——因爲兩人無法同在一個屋簷下和諧相處。純二也愈來愈無法忍受，最後以伯父家位在國立，距離位在川琦的店太遠爲藉口，帶著須磨子搬家。好像有些爭吵的樣子。眞的，須磨子也很辛苦。人生到這個地步還那麼不順。這次可能也是想協調雙方的關係，才安排三人來島上度假，看樣子應是徒勞無功。」

麻里亞打了一個大呵欠。不是瞧不起須磨子夫妻間的吵架，而是累了。

「好累。」

※

夜兩度拜訪了這個小島。一次是日落時分，另一次是寢室熄燈時。

昨晚睡眠不足，江神說要早早休息，十一點熄燈就寢。他好像到營造廠打工以賺取旅費。我只好關上枕邊的夜燈，望著天花板，把棉被拉到胸前。

房裡有月光投射，暗夜顯得份外柔和。窗簾敞開的枕邊微亮。海浪拍擊岸邊的潮水聲從窗外陣陣地湧進。我側耳傾聽著海浪呼吸的聲音。

麻里亞是否也和我一樣，在屋頂下聽著潮水的聲音？一想到這，心中就有一股奇妙的感覺。「這個小小的島是個孤獨與世隔絕的世界，漂浮在宇宙星辰之中。」——眞是一個麻煩的浪漫主義者。

據我所知喜歡麻里亞的人就有三位。其中有人以爲我是她男友，很羨慕。可惜我不是。

留在京都盆地的兩位學長不知在做什麼？是否因摩埃拼圖而睡不著覺。眞抱歉。

一幅幅的景象浮現心頭，又消失在波濤聲中。

進入夢鄉大概已經十二點了吧！

第一天的夜晚就如此結束。

第二章　密室拼圖

1

「有了，有了。喂，被那個樹蔭遮住了。」

我往麻里亞手指的方向望去，確實看到第五尊摩埃像。使用地圖和指南針進行搜尋，過程還算順利。我們停好腳踏車往樹林裡走去。因爲有蛇的關係，麻里亞穿著一件馬褲，盡量不露出腿部的肌膚。

「面對北北西。」

我等著指南針的指針停止跳動。

「麻里亞，寫了嗎？北北西，希區考克的北北西。」

「嗯，寫了。」

麻里亞在標記摩埃的地圖上，用箭頭畫上摩埃面對的方向。我們按照昨晚的決定，先用腳踏車在島上繞一圈，從近的地方開始，一個個勘查他們面對的方向。現在看的是第五尊摩埃。

「再往前走一點就是島的中央，那裡有個視野很好的地方，像是嘉敷島的瞭望台。如果這個島是觀光區的話，那裡一定是土產店和停遊覽車的地方。」

麻里亞一邊說著一邊將地圖插進筆記本裡，並綁在腳踏車的後座上，因爲沒有籃子只能這樣。

「去那裡，去那裡。」我跨上腳踏車。「很好玩。」

「那裡呀，那裡也有一個摩埃。只有那一尊是精細雕刻過，比別尊大，粗一點。好像有特別的意思，可能隱藏著什麼祕密吧？」

先看看再說吧。我們三人一齊用力踩著踏板。

馳騁在綠意盎然的小島上，海風吹在臉上，夾雜著夏天日照草叢所發出的熱氣，偶爾飄來陣陣海水的鹹澀味。遠處的海潮聲是大自然的背景音樂，我們三人心情愉快地踩著踏板前進。不久，道路緩緩地向左彎曲，前方出現了小小山丘的坡道。這小山丘的上面應該就是瞭望台吧。麻里亞放慢速度，並說要再騎一下。

「停。」

右手邊分出一條好像是通往山丘的小路。我們放下腳踏車，徒步走上。

途中，麻里亞停下腳步，指著路旁的樹枝說：「有個東西好像喜歡有栖。」

約在五公尺以外的距離有個高度與眼齊平的東西。細細長長的身體大概有五公分長，腳伸直的話大概有十二、三公分大，是一隻很可怕的巨型蜘蛛。牠正貼在一張織工精細的網上，一動也不動的，令人毛骨悚然。

「討厭蛇的有栖，也怕蜘蛛吧？」

「不。」我稍微勉強地說，「還好。這要是在臥室裡爬就很恐怖，戶外的話不就這樣嗎？」

「欸，你不像我想的那麼膽小嘛！那，仔細瞧。這是大女郎蜘蛛，是日本最大的蜘蛛喲！安心啦，她是棲息在野外的昆蟲。」

大女郎蜘蛛呀，連名字都那麼不可愛。確實我對蜘蛛、昆蟲都沒好感。我手指著昆蟲，贊同比利時的已逝詩人所說的：「跟我們這個行星相比，讓人不得不認為有更多光怪陸離，如地獄般無情的行星朝我們過來。」

登上了小古墳似的小山丘。草叢茂密的山丘上，毫無砍伐過的痕跡，也沒有一棵樹。大約有三百六十度的視野，一望無際。

回首來時路，約略窺得全島。從右邊（東邊）的滿潮岬，左邊（西邊）的退潮岬，好像兩隻手臂長長地擁抱著海灣。各自在岬角的前端蓋了一棟魚樂莊與望樓莊，宛如棋子被安置在棋盤上。木屋風格的魚樂莊，隱身於大自然裡，而白色的望樓莊則襯托出周圍的綠意盎然。

望向通往小山丘的坡道，樹木林立，而望樓莊則是若隱若現。

我宛如置身於模型裡的人，被這景致深深地吸引。可惜無法利用這裡的視野勘查摩埃的方向。從這裡可以看到兩三尊位於島邊緣的摩埃，但卻看不清楚他們所面對的方位。

「那邊休息一下吧！」

一邊說著，麻里亞一邊指著靠海的一座涼亭。用椰子樹作成的涼亭，有著南國風味的屋頂，桌椅是以柳安木製成。眞是設想周到。

眺望遠處的南海，看到昨晚麻里亞說的幾處奇岩，正被海浪沖刷著。有一顆岩石形狀像撲克牌中的方塊，下端好像被拉長似的，高約十公尺。遠處是兩顆矮胖岩石，大約只有那顆岩石一半高，矗立於海面上，恰似要逃離小島的樣子。

「左邊頭較大的是蠟燭岩，右邊是雙子岩。」

「噢！連這種地方的岩石都有名字啊？」江神笑道：「麻里亞妳取的名字眞沒學問。」

「是我祖父取的。很明顯的不以學問命名，只取很普通的名字。」

山丘的斜坡陡峭直入海裡，而下面就是岩石，好像可以慢慢地走下去。可是要回來就很麻煩，所以我們只站在這裡往下眺望。

眞是鬼斧神工的一座島嶼啊！大海中浮現的小島，宛如一座內容豐富的山水盆景，突出於海洋上，我不禁讚嘆天地間自然造型的美巧奪天工。再加上這裡蘊藏著人工製作的拼圖，只能說像個與世隔絕的小小宇宙。能有機會到此一遊，眞是我們這群推理小說迷的福報。

「怎麼了？」

江神一邊用手擋著海風，一邊用打火機點火，並問麻里亞。好不容易點燃香菸，紫色的煙霧隨風飄去。

「我又沉著一張臉嗎？——我常和英人來這裡。」

我重新眺望著波濤起伏的海面。這裡雖不是他落海的地方，但海浪拍打岩岸的聲響，著實讓人不寒而慄。

「我唸高中的時候，他曾經在這裡教我彈吉他。那年夏天我突然很想學吉他。跟英人說想在島上學，他特別帶了把吉他來。……在家裡彈，除了不好意思外，也怕吵到和人而被取笑。所以我們才跑來這邊。我彈了好幾個小時，彈到手指頭出血還不想停，英人也沒阻止我。我們在無人的地方，面對大海用簡單的C和Am和絃彈奏並大聲歌唱。」

「啊，我並沒有特別安靜呀。」她說話的同時，江神一直手裡拿著菸，並未吸。長長的菸灰被風吹去。

她並沒有特別安靜，可是來到這個島以後，麻里亞明顯變得不一樣。我想過世的有馬英人，可能像是她的初戀情人吧！——現在，這個小山丘上，只有風聲，沒有吉他，也沒有歌聲。

「麻里亞會彈吉他呀？」江神重新點燃香菸又問了一句。

「會呀，那個夏天我彈了一個禮拜的〈生命月光〉和〈禁忌遊戲〉。也不是什麼祕密，只是沒在人前彈過。一個人在房裡靜靜地自娛。」

麻里亞小聲地哼著〈月光〉。江神從中間開始吹口哨伴奏，我靜靜地側耳傾聽。兩人繼續地合音。

「江神，口哨吹得很好嘛！」

「英人也吹得很好嗎？」

江神微笑地問，麻里亞稍稍地搖了搖頭。

「他完全不會。但吉他彈得不錯，只是不會唱歌。」

不知是不是因爲移情作用，我開始對連相片都不曾見過的有馬英人產生好感。我歪著頭眺望北方，感覺很奇怪。海灣內異常地平靜，與南邊的波濤洶湧不同。我突然發現海面上有艘船。

「有一艘船。好像從望樓莊划向魚樂莊。」

江神與麻里亞也一同望向那邊。

「啊，眞的。是誰呢？好像是個男的。」她說。

「應該不是醫生。頭是黑的，也不是牧原完吾。是昨天很生氣的純二嗎？還是和人？」

「我們現在就要去魚樂莊了，等一下就知道是誰。啊，對了，差點忘記，要先看這山丘上的摩埃。」

那個摩埃位在山丘上的最高點，也是嘉敷島上最高的地方。靠近看的話，確實和目前看到的五尊摩埃有點不同。它的身高只有三十公分，也比較粗。鑿刻的痕跡較精細，再加上像是塗了油漆的光澤。啊，讓我不得不認爲，這尊摩埃一定握有揭開謎底的鑰匙。在解讀暗號的過程中，一定剛好符合某樣東西。噢，不，或許，這是一切的起始。

「有栖，拿出吃飯的傢伙。」

江神這麼一喊，我急忙從口袋裡取出指南針。站到摩埃的後方，勘查它所面對的方向。

「大概朝西北方。往北偏十度。麻里亞，妳的吃飯傢伙呢？」

「糟糕。放在腳踏車上了。我等一下再寫。」

這山丘上的摩埃在注視著什麼？我朝它的視線追去，是望樓莊。

「是望樓莊啊？它在看著望樓莊嗎？」

「不是。那樣還要更偏北？還差一些，若這樣就表示是望樓莊，未免也太粗糙了。」

說得也是。就算面對的是望樓莊，也不知道代表什麼意義。

「比西北更偏北，我在地圖上就這麼寫喲。下去吧！」

從山丘走下。那隻蜘蛛跟剛才一樣，一動也不動地掛在網上。

2

平川至畫伯的魚樂莊是用又粗又圓的原木蓋成的木屋。貼著橡木的陽台，有一把搖椅沐浴在晨光裡，空氣中飄散著一股橡木的香味。

就像郵差來訪一樣，一輛紅色的腳踏車停在門口。應該是平川畫伯的車吧！顏色雖然不同，但跟望樓莊的樣式一樣。我們把三輛腳踏車停放在紅色腳踏車旁。

玄關的門開著。麻里亞敲敲門，嘴裡喊著「老師」。

「噢，麻里亞。」

出來的是和人。剛剛划船來魚樂莊的人應該就是他。

「進來吧！我正要泡咖啡。老師正在等妳。」說完對著江神跟我說「請進」。

木質地板嘎吱嘎吱地響。低低的天花板上吊著一盞古舊的吊燈。吊燈下的桌子坐著身穿白麻襯衫的平川至。塗了油漆的柚木椅與木屋頗爲相稱。桌子四周地板上，鋪著一張很大的地毯，樣式像是波斯地毯，也像阿拉伯地毯。玻璃桌面上散落著紙版拼圖的碎片。噢！耶！

「好久不見，已經是大學生了吧？」

畫家抬起頭來對著麻里亞微笑。平川至年過四十吧！皺紋多，氣色比表情年輕。我是第一次遇見畫家，他讓人覺得像是一位教英文的好老師。這當然沒什麼根據，只是我有位高中老師跟他長得很像而已。

「喔，聽說有兩位男朋友一起來。歡迎歡迎。我是平川。」

字字句句，發音清楚。「我介紹完了，請繼續。」他好像在發號施令般。

我們立刻自我介紹後，他請我們坐下。和人從廚房端出放有咖啡的托盤。平川趕緊將桌上的拼圖碎片推到旁邊，空出放杯子的地方。

「請喝咖啡，即溶的就是了。」

「喂，和人，別說嘛！」

平川苦笑一下。桌旁椅子都坐滿了人，於是他將窗邊的椅子搬過來坐。

「麻里亞，三年不見，妳變成淑女了耶！眞高興。大學主修什麼？」

「法律，跟有栖一起。與須磨子一樣。」

「啊，須磨子也是法學院呀。我是美術大學畢業，一聽到『法律』總覺得拘謹古板，給人沉悶的感覺。最近學法律的女生也愈來愈多了，不過還是萬綠叢中一點紅吧！」

「大概是一成的比例吧。女生大多是律師的女兒。我有兩個同學都叫什麼『子』的。『法子跟典子』。」她在手掌上寫下兩個字。

「父母要女兒當律師繼承衣缽，還可理解，要是頭腦好的兒子也被叫來當事業繼承人，總讓人覺得沒出息。」

「欸，麻里亞不是這種人吧！」半開玩笑的和人瞄了一眼麻里亞說。

「我不懂人情世故，所以才來唸法律的。老師，我想透過法律認識整個社會的結構。日本所謂的法律，全都含在六法全書裡，雖然六法全書的解釋會隨著時代的變動而不同。但唸完一本書，等於從頭到尾都懂了，我最喜歡這種事了。」

「我不知道妳最後想表達什麼？」平川笑道，「總之趁你們還有時間的時候要好好用功。」

聽這種對話，就知道麻里亞的成績不錯。因爲她興趣的焦點正與法律相符。我剛好相反，興趣廣泛。除了主修科目之外，思想受到科學進化論影響，同時偶爾也有不錯的日文創作，反而專業科目不行。好像我的能力用錯了地方。

「老師，現在在畫什麼畫？」

被她這麼一問，畫家手指著房裡的畫架。面向這邊的歪斜畫布上，好像畫的是海和岬角。

「是望樓莊喲！日出時候的退潮岬。幾年前畫過日落的景象，想再畫一幅日出時的望樓莊，與此幅變成一對。和人，我畫好了以後，你再幫我拍照，作成拼圖。」

「老師也喜歡拼圖呀？」

聽我這麼一問，他一手端著咖啡杯，另一手搖著說：「不，不。」

「喜歡是喜歡，並不瘋狂。受上一代有馬先生的影響，想在這個島上過著有拼圖陪伴的優雅生活。總之想在這裡悠閒度日罷了。」

桌上的拼圖也是兩千片的等級，是一幅名畫。與西洋畫派的平川風格不同，是日本北齋的「神奈川沖浪」，平川由左半邊開始拼圖，才完成波濤滾滾的部分。

「老師，今晚您會來我家吧？」和人問道，「除了麻里亞他們，園部醫生昨晚也到了，今年夏天的會員全都到齊了喲！老師請一塊來吃晚餐。我們還可以一塊慢慢喝園部醫生的威士忌。要留下來過夜喲！」

「好吧，來這裡五天了還沒過去。而且騎車只要三十分鐘，一點也不麻煩，反而是你們的人過來較麻煩。」

「糧食沒問題吧？」

「嗯，昨天早上禮子坐船帶來了，還有很多。想到禮子，她很有精神的樣子，真好。」

「過了三年啊——」平川突然停住，轉問我們：「聽說你們在挑戰摩埃？」

「是。」江神回答，「麻里亞的命令。」

「你們才開始解讀吧！感覺如何？從什麼地方開始？」

「從摩埃所面對的方向開始。依照去世的英人所留下的暗示，正勘查所有摩埃面對的方位。」

「英人啊……他的心裡可能已經有解答了。他因爲頭腦好，從小就很厲害，拼圖或幾何都不輸他爺爺。小學五六年級的時候，曾問我說：『老師，什麼是黃金比例？』我隨便敷衍回答，他竟然很不滿意地說：『誰發明的？』、『爲什麼這樣？』，一直問得我啞口無言。」

說到這裡平川又停住，將杯裡的咖啡一口飲盡。

「加油！這個島的某處一定躺著很貴重的寶物。我以前也曾認眞挑戰過，因爲太難只好放棄。像我這種頭腦不靈光的人，只適合拼圖。花時間一直拼，最後一定會拼出來。我就當個旁觀者，期待你們年輕人的本領囉！」

看著牆上的鐘，麻里亞低聲說：「十一點了！」

「十一點了，怎樣？」和人問。

「我要快點回去幫忙禮子，我答應幫忙準備午餐。」麻里亞對平川說：「我們先回去了。今天晚上一定要來喲！」

「啊，我會過去。那麼，拼圖小子，加油！晚點再將你們的發現告訴我。」

我們向老師行禮後，步出木屋。這個魚樂莊蓋在岬角最突出的地方，後面就是有個狹小的砂岸的海，再下去是石階。石階旁邊好像是停船的地方。剛才和人划來的船綁在木樁上，在海浪的拍打下，上下搖晃著。

三十分鐘以後，我們繞著島又回到了望樓莊。

3

按照計畫，午後從事海水浴。我們和犬飼夫婦一起到海邊。敏之裸露上身，他那厚實的胸部，明顯的肌肉，眞不愧是運動選手的體格。江神經常出賣勞力地打工，體格也不錯。只有我最瘦弱。里美看起來並不想游泳，她蓋著浴巾坐在遮陽傘下，完全不下水，好像義務陪老公來海邊。而一身藍色連身泳衣的麻里亞，則認眞做著暖身操，準備游泳。

「那麼保守的泳衣，我以爲妳會穿更曝露的呢！」

麻里亞停止做體操，說：

「還是說了。我跟自己打賭，要是你什麼都沒說，我就送你羅森的《沒有頭的女人》。」

這本書是創元推理文庫中的有名出版品，已經絕版了。她如果是認眞的話，就太可惜了。在一旁的里美，聽到《沒有頭的女人》，不明所以地露出疑惑的表情。

游得眞過癮。

潛入清澈的海底，映在水裡的陽光閃閃跳動的景象，眞是美麗。我徜徉在大海裡。江神跟我相反，像是想變成海獺一樣地浮在海上仰泳，享受著漂浮於波浪間的樂趣。正當我發現敏之跟麻里亞不知游到哪兒時，看到他們已在很遠的地方。里美只摸了一下水，就一直躲在沙灘上的陽傘裡，呆呆地望著海面。

我道別了水底白砂上的條紋陽光，浮上海面，抬頭看到在樹林間若隱若現的望樓莊。今天主人有馬龍一也一樣在午睡嗎？牧原完吾邀請園部醫生至岬角後面的岩岸，說要釣晚餐用的魚，不知釣到了沒有？這些麻煩客人盡興遊玩的下午，應該是禮子休息的時刻。從這裡看不到她，說不定在陽台上看書。——在走廊上一排的窗戶，有個人影。我正聚精會神地想看看是誰時，「有栖，你在看什麼？」麻里亞叫我，用蛙式從後面游過來，跟我並排望著家裡。

「沒什麼，只是看看誰站在窗邊。」

「和人吧？啊，走了。他沒有玩伴，不知如何打發時間。只好唸書呀，唸書。」

我想起他還是學生。

「他說有個很難的報告要寫。那個人，讀的是政治系，這次帶了一台文書處理機和一本馬克思文庫來這個島上。既然帶來了還是寫完吧！」

麻里亞嘀咕了一下後又游開了。往沙灘上一瞧，犬飼敏之手裡拿著貝殼，正朝向里美的陽傘走去。

江神還悠哉悠哉地在海面上漂浮。

※

海邊回來以後，我沖好澡正要回房時，撞見從屋頂閣樓下來的和人。他手裡拿著來福槍，讓我嚇了一跳。

「我要去射擊。這是連發式的子彈。要不要試試看？平常沒有射擊的機會吧！射擊是很好的談話題材喲！」

「打靶嗎？」頭髮半乾的江神問道，和人點頭回答：「是的。」

「本以爲附近有打靶場，但其實什麼都沒有。只是把果汁罐放在地上，站立射擊，測試要多遠的距離才打得到。我技術不好。不過蠻好玩的。要不要試一下？」

「好像很好玩。」我回答時，走廊對面的門開了，是麻里亞。

「我問江神他們要不要一起去射擊。」和人抬起拿著來福槍的右手說，「麻里亞也來嘛！」

「我不要。好累喲！江神你們要是有興趣，可以去試試看。剛開始可能會像看探險小說一樣，馬上就產生興趣。但入迷的話，最好趕快停止。」。

我們沒學過，所以和人要讓我們試射幾發。麻里亞從我旁邊經過時，小聲地說：「槍口絕對不可以對著人。」她大概眞的累了，進入房間關上門。

走過樓下無人的大廳，步出戶外。兩輛腳踏車不見了，好像被牧原純二跟須磨子騎到瞭望台。和人帶領我們走在陽光反射的道路上，走了約五十公尺，突然轉進左邊的樹林。

「就這裡。」

我們跟著進去，穿過樹林就是可以眺望北灣的懸崖，懸崖之後沒有道路。大約有一百公尺遠的射程。

「我準備射靶，請拿著這個。」

和人說完，將來福槍交給了江神，他小跑步到五十公尺遠的地方。拿出運動飲料和可樂空罐當作射靶。把三個空罐放在不同距離的位置，立在地上，又跑了回來。

「分別是三十公尺、五十公尺和八十公尺的射擊距離。先射三十公尺的靶。」江神把槍還給和人之後說：「請先示範表演。」可能是喜歡這種說法吧，和人的兩頰放輕鬆了一些。

接著和人很熟練地裝塡子彈。

「因爲射擊靜止的東西，槍要穩住。」和人一邊說一邊架好槍，兩腳張開稍比肩膀寬。「身體稍微轉過來，準心對準目標。體重不可放在後腳，要兩腳平均……」

和人停止不語。伸出舌頭舔了一下下唇。我注視著槍靶。

碰的一聲，三十公尺以外的空罐，飛上天空。一發擊中。

「噢！」眞厲害。空氣瀰漫著濃濃的煙硝味。

「大概就是這樣。很簡單。」

和人很高興。感覺上用空罐當槍靶比較簡單。

「一開始就打五十公尺好像很難。我等一下再立三十公尺的靶。——先把其他兩個解決掉。」和人重新架好槍，瞄了幾秒後扣下扳機。又是一發命中。——兩瓶立在五十公尺和八十公尺的空罐相繼飛上天空。

他未免也太謙虛了！因爲他的射擊早已超越小孩子遊戲的界限。或許是我們太差勁，讓他顯得自信滿滿。從他抬頭，露出洋洋得意的笑容就足以證明。大概想炫耀自己的射擊技術才邀請我們來的吧！

「我過去排好罐子，這個再幫忙拿一下。」

和人小聲地哼著歌。不知他要來回跑幾趟？還是認爲我們根本打不到？

江神手裡拿著槍，若有所思的樣子。

「怎麼了？」我問。

「也不過是射擊地面上的空罐，何必要……」

「欸？」

「我看著他扣扳機時的臉。那傢伙，每擊中一次空罐，就會在嘴裡小聲地罵一聲『畜生』。」

眞是一個奇怪的傢伙。那怪人將空罐排好以後，心情愉快地跑了回來。

江神的視線移向海面。我不禁跟他一樣，發現水平線上一塊黑影。正疑惑著不知是什麼朝這邊飄過來，卻看到江神的頭髮隨風飄逸。

※

回到望樓莊以後，和人很快地上樓，將來福槍放回屋頂的閣樓。江神跟我則坐在落地窗邊的椅子上。

陽台上有人。一個是麻里亞，不知她是否睡了午覺？另一人是須磨子。兩人很舒服地坐在窗台上，不知在聊什麼。乘著海風，兩人的對話傳到我們的耳朵。

「麻里亞喜歡哪一個？」

「欸？」

「江神和有栖。誰是妳的眞命天子？還在猶豫嗎？」

她們沒察覺我們坐在後面。我跟社長對望了一眼。——麻里亞如何回答？

「討厭，我跟須磨子不同，沒法兒同時把兩個男人放在天秤上。」

「啊，我可從不曾把男人放在天秤上。總之，我的男朋友不會是迷戀愛慕我的人。……原來如此，兩個人都是妳的男友啊！」

「是啊！」麻里亞將身軀微微地靠向須磨子。

「須磨子妳沒有同時愛上過兩個男人嗎？」

「沒有喔。幹嘛？我看起來那麼花心嗎？」

須磨子的聲音依然平靜，從這裡看不到她的臉，不過聽她這麼說，臉上應該是浮著笑容吧！

「我不覺得妳花心，只認爲妳是戀愛經驗比我多的女人。——對於平川老師，妳那個時候有熱戀的感覺吧！」

「喂！」須磨子舉起一隻手，故作生氣的樣子，「妳不要說，很丟臉的，要是被我老公聽到怎麼辦？」

「對不起，現在你的眞命天子是純二。……跟平川老師的事，已經……」麻里亞欲言又止。

「嗯，已經沒有什麼了。」須磨子小聲地說。

兩人沉默不語，風吹亂了她們的頭髮。

「已經沒什麼了。見面也可毫不在意地說話。」

「都是成年人嘛！」須磨子搖搖頭，「與其那麼說，還不如說，兩人之間本來就沒什麼來得恰當。」

江神用手肘碰了我一下，並點頭示意，我們迅速離開了現場。在陽台上的兩人，一直未察覺到我們，仍舊繼續聊天。

上了二樓，純二靠在走廊的窗邊，望著滿潮岬。好像沒發現妻子就在下面的陽台上。即使發現了，須磨子她們談話的聲音很小，他在二樓應該聽不到。這時樓梯右手邊的門開了，是完吾。他看到回過頭來的純二，兩人四目相接，沒有任何反應。純二又轉過頭望向海面，完吾一聲不響地跟我們點點頭後，快速地走下樓梯。

4

「江神先生程度好像很好，有栖先生也不錯！我要是讓你們對射擊過度著迷也不好，就此打住吧！」和人大聲說完，獨自傻笑著。剛才的打靶變成我們的晚餐話題。江神和我都只學會擊中三十公尺的目標。我們兩人對槍並不感特別興趣，只是想體驗一下射擊眞槍是什麼滋味。

「和人，你有沒有做好槍的保養維修？要是爆炸發生意外的話，那可是不得了的喲！」禮子擔心地說。

「那就麻煩了，會變成有馬家的醜聞。」完吾以沙啞難聽的聲音笑道。他心情好像不錯，大概與園部醫生釣到大尾黑鯛。不過照這個情形看來，女兒須磨子一定還沒跟他提借錢的事。望一眼須磨子與純二兩人，錢的事大概還懸而未決，所以心神不寧地用餐。尤其是純二，偶爾露出一副百般無聊的表情。須磨子大概也難以開口，不知道如何是好吧！如果眞是這樣，怎麼不乾脆自己說說看呢？正當我這麼想時，不巧碰上純二的視線，趕緊將眼神移開。不行，不行。我這樣不自然。

「喂，你們，今晚一起喝酒啊！」

醫生在桌子的對面對著我們說：「不管老少邊喝邊聊。不要只喝威士忌加冰塊。」

「醫生，不可以勉強喲！」平川畫伯勸道：「急性酒精中毒可就麻煩了。」

「我來醫。」不知是不是喝了啤酒就醉了，醫生說起大話，依這個情形看來，搞不好第一個不省人事的就是醫生。不過不必擔心在這裡喝醉，因爲我跟學長們喝酒後，會把喝醉的人抬回宿舍。也許此次會令人跌破眼鏡，說不定平川畫伯他們是酒王。

「麻里亞，會喝酒嗎？一起來吧？」對平川的邀請，麻里亞搖搖頭說：「我不行。」

「拿日本酒來吧！」園部醫生起鬨地笑道，麻里亞嘴角撇著呈ㄟ字型。

「麻里亞跟我喝，說說京都的事情。」

「我不會喝酒啦！」她也對和人搖頭。可能游太久了，顯得慵懶。而和人撇了一下嘴，咬一口炸雞，一點都不像是個風度翩翩的美男子。

「噢，對了，好像有颱風。現在怎樣了？」

龍一用紙巾擦拭著嘴巴問。敏之回答說：「對喲！」房間的角落有台小型電視，現在好像是地方新聞的播報時間，正在播報鹿兒島的國道上發生車禍，死了兩個人。

「今天早上聽說出車禍的是沖繩的高中生。」和人邊用牙籤剔牙一邊說：「風好像很大耶，緩慢地往東北方向移動。」

「用無線電聽到的嗎？」麻里亞問。

「啊，那是早上九點左右的新聞，應該已經通過沖繩的南方海面，正朝我們這邊過來。」和人側耳傾聽，「風不是來了嗎？」此時談話中斷。大家集中注意力，可以聽到風吹動樹枝，發出沙沙的聲音。而海浪潮水的聲音也比昨天要大許多。

「喔，眞的，風大了，眞的來了。」完吾絲毫不擔心，「窗戶不釘不行。」

園部接著說：「老頭坐著就好。很多年輕小伙子在這裡，拜託你們了。」

我想起下午試射來福槍時，發現海平面上的黑影，原來就是颱風的影子。這是我出生以來頭一回見到颱風的樣子，好像一個巨大的不祥之物籠罩過來，從頭頂上把自己吞沒，我的背脊不禁一陣寒澈骨。

「今天晚上還沒問題。窗戶明天釘就好了。和人，把腳踏車拿進來，平川老師的也要。」

和人回答：「知道了。」

敏之一邊把電視機音量調大，一邊說：「氣象報告了。」大家的頭都朝向電視的方向。衛星傳來的影像，因爲畫面太小看不清楚，所以大家專心聆聽主播的聲音。

「強烈颱風十二號，今天下午六點，位於石垣島東南方八十公里的海面上。中心氣壓九百五十毫巴，最大瞬間風速四十公尺……」

依照颱風目前的行進速度，今晚半夜風雨增強，明早八點左右則進入暴風圈。

「怎麼辦？要先釘窗戶嗎？」

我代表年輕一輩向大家徵求意見。龍一當場回答說不需要。

「明天早上或許還來得及，說不定又會轉向。下雨以前不需要作木工準備。有栖先生和江神先生都是客人，不需操心。」

若不貢獻點體力，純當一位客人，總覺心裡過意不去。我只好說一聲：「啊？」但手卻不知如何是好地抓抓頭。

是水滴拍打玻璃窗。龍一說完「下雨以前」這句話，颱風的長爪已經開始肆虐嘉敷島。不過，目前還是小雨。

「開始下了。半夜會有暴風雨眞討厭啊！」

須磨子的臉色愁雲慘霧，她的旁邊坐著純二，跟昨天一樣大口喝著啤酒，臉色由黑轉紅。樣子好像想說「不過是颱風嘛！」

「望樓莊沒問題的啦！」平川想讓須磨子放心似地說。

「今天能留在這裡過夜或許是幸運。房子被吹走了也沒關係。所以今晚不是喝賞雪酒，而是賞颱風酒。對不對，醫生？」

醫生回答說：「你也眞風趣。」

冗長晚餐終於結束了。

每個人都感受到暴風雨即將來臨。

烏雲密布。

第二天的夜晚就這樣開始了。

5

碰！一聲巨響。

坐在玻璃桌旁的禮子跟麻里亞同時縮了一下脖子。

「啊？倉庫的門還是開著的呀？」

臉色微醺已呈桃紅色的龍一，一副嫌麻煩的口氣說：「喂，和人，很吵。去把它關上。」

和人皺著眉頭心情鬱悶，已在籐桌上將海尼根的空瓶排了十瓶。

「怎麼會吵！就讓它響吧！」

他嘴裡一邊嘀咕，一邊起身往窗戶的方向瞧。不過只是做做樣子，馬上又坐了下來。

「門的背後，大概放了什麼東西，風一吹就啪搭啪搭地響。沒關係啦，那裡又沒什麼東西，風雨一吹，門就會動。」

「懶鬼。」

龍一只這麼說了一句。門並未一直響個不停，只是偶爾像是想起似地發出聲音。當大家已忘記時，它又突然一聲巨響，聽起來還真不舒服。但是誰都不想拖著微醺慵懶的身軀，冒雨去關門。

「我去吧！」我這麼說，龍一很堅定地說：「不要。」

「不應該你去。這傢伙不去的話就算了。就讓它響一個晚上。外面黑漆漆的，出去很危險。說不定海面上會飛來不明物體。」

「我去的話就沒關係嗎？」

和人小聲地嘟噥了一聲，舌頭已經開始打結了。

才十一點，已經有三個人醉得不省人事。分別是園部醫師、牧原純二和江神。三人舒服地躺在那邊或這邊的椅子上，偶爾，忽地起身再舔一口威士忌或上廁所。龍一與和人也是一副快要醉的樣子。由於我喝酒的速度趕不上別人，所以還很清醒。犬飼敏之在我旁邊，繼續喝著味道相衝的啤酒和威士忌。他大概酒量很好，看起來還很正常。

「您太太已經回房休息了，你不趕快回房間可以嗎？」被我這麼一問，他打了一個大嗝。眼神不知望向何處，大概開始暈了。

「她出門在外會睡不著覺。現在吃了安眠藥，應該睡著了吧。」

精神很好的平川，卻出乎意料地第一個倒下，十點時就早早回到園部的房間。醫生的房間跟我們的一樣，也是雙人房。

牧原完吾好像不喜歡胡亂喝酒，一個人慢慢地喝著威士忌加冰塊，十點一過就說想睡了，也回二樓的房間。之後，我看到須磨子也一塊上了二樓，之後沒再下來。不知她借到錢沒？還是被拒絕了？或是正在交涉中？噢不，說不定難以啓齒，所以回自己房間。我多管閒事地作無謂的追究。

「有栖，你還清醒嗎？」

麻里亞從大廳的另一邊叫我。我靜靜地招招手。麻里亞跟禮子一邊玩拼圖，一邊喝著加水的威士忌，興高采烈地聊天。

「欸？臉還沒紅嘛，酒中豪傑啊，有栖。」麻里亞揶揄地說。

「我不會喝酒。」我苦笑著嘀咕了一下。

「麻里亞，睡吧！」禮子打著呵欠說，「我也醉了，不知道明天可不可以爬起來做早餐。」

「不用了，禮子。大家都喝成這樣。沒有人中午以前爬得起來。」

眞的沒錯，禮子微微地笑著。

她倆分別起身叫醒神智不清的男士們。只有園部睜開眼說了聲：「失禮了。」然後微笑著東倒西歪地上了二樓。其餘的人動也不動。

「嗯，眞討厭，都喝醉了。」自己也是滿身酒氣的麻里亞生氣地說。

這話讓禮子稍微愣住了。

「禮子，別管他們。」龍一喃喃道，「又不是會感冒的季節，沒關係的。睡醒的人會自己回到房間。累了，就去休息吧！麻里亞也一樣。」

禮子猶豫了一下。

「禮子，我待在這裡。妳休息吧，讓男生待在大廳裡戒備颱風。」

「禮子，就這樣吧！」麻里亞握著禮子的手肘。「走吧，睡了。——啊，難道沒有酒品比較好的男人嗎？像我最愛的菲力普・馬洛。」

自己不是也醉了嗎？這傢伙！那麼迷冷硬派推理小說，裡面的偵探現在全都是昨日黃花了。對不對？江神。往社長的方向望去，他已經滑落在椅子邊，睡得眞香。

又是兩聲大門碰撞東西的聲響。大概被聲音吵醒了，正在打盹的和人也張開了眼睛。

「早安，禮子，麻里亞。」和人發出男高音的聲音，對著大廳的對面說，「喝太多了。讓你們看到這種醜態。眞不好意思。」

這傢伙在說些什麼？

「睡覺吧！和人。」禮子說。

「啊，對，睡禮子的房間。帶我去。」

笨蛋！

「噢，對噢！和人的房間很遠喲！」麻里亞對和人的醜態也愣了一下說：「那麼就睡這裡吧！晚安。禮子，今晚我睡妳的房間可以嗎？在長椅上鋪張墊子就可以了。颱風要來了，很恐怖。」

這些傢伙。

「好哇，一起睡吧！今天把床讓給妳。」

「我睡椅子，因爲我是不請自來的。我會把妳踢下床的，那可不行。」

行了，行了，禮子小姐，請快把那醉鬼帶走！

禮子牽著麻里亞的手消失在走廊裡。我聽到麻里亞小聲地哼著〈Over The Rainbow〉，接著是開門與關門的聲音。

大廳頓時變得寂靜無聲，我輕輕地嘆了一口氣。外面的風聲哀嚎，雨聲淒厲，刷刷地打在玻璃窗上，更突顯出室內的寂靜。除了我之外，五名爛醉如泥的男士不是像一尊木偶，就是像摔壞了的人體模型，精疲力盡且不顧形象，一動也不動地躺著。爲什麼我們會在這個地方？

「外面是暴風雨。」

我在嘴裡低聲地說。

而夜更深了。

6

「喂，有栖。」耳旁傳來聲音。「會感冒，起來吧！」

不知誰在搖我的肩膀。我一邊揉眼一邊抬頭，看到的是江神。我好像迷迷糊糊地睡著了。——什麼感冒？剛剛還不省人事的人，竟然說我會感冒。

「我也正想叫你起來。現在幾點？」

江神看了看手錶說：「快兩點了。」

其他人呢？我一看，和人跟純二還是一動也不動地呼呼大睡，有馬龍一和犬飼敏之已經不見。

「江神，你剛起來的嗎？」

「對，十一點左右失去記憶。張開眼只見大廳裡這四人。其他的人都自己回房間了吧！」

「不管他們。噢不，想叫醒他們，可是叫不起來。」

我的頭有點暈，邊揉著頭邊起身，眼前有人端了杯水給我：「喝吧！」我跟江神說了聲謝謝後接下水杯。社長也一口氣喝掉有冰塊的水。要是這時可以立刻泡三溫暖，酒精就消散了。

「雨還不會很大，風卻很強。」

江神手裡拿著玻璃杯，走近窗邊。樹木沙沙地搖晃聲愈來愈大；海面上傳來彷彿鬼哭神嚎的聲音，也讓人覺得怪恐怖的。門後面又有啪搭的聲音。

「啊哈！」社長打了一個大呵欠，拉上窗簾，「喝太多了。每個人都是。爲了喝醉而喝醉。」

「都是醫生起鬨的。」說著，我替自己倒了第二杯水，「我想吃晚餐的時候，他就醉了。大家才要開始喝，他就已經完全醉了。一個人拚命倒酒，又多話，直說晚飯沒吃飽，想要吃零嘴……。一下朗誦〈陸之王者慶應〉，一下朗誦《魯拜集》，所以我們才跟著起鬨，最後一塌糊塗。」

　　這永無止盡的旅程，人們只能往前行，

回來時沒人能指點迷津。
小心別忘了這溫暖的旅店，
一出去就再也不可能回來。

江神靠著牆壁低聲地吟唱《魯拜集》的詩文。

走在這條路上的行人，
酒姬已經醉臥在那驕傲的大地上，
喝杯酒，你聽我說，
那些人說的不過像風一樣。

江神手裡拿著的玻璃杯喀啦一聲。

「……這是誰的詩？」

「十一世紀的波斯詩人奧馬·海亞姆（譯註：Omar Khayyami，一〇八四～一一三一年，為阿拉伯天文學家、數學家、詩人），英國詩人薩奇（譯註：Muno Hector Hugh，筆名為 Saki，一八七〇～一九一六年，英國著名作家）的筆名就是取自這四行詩而聞名。」江神微笑。「只要有這首詩以及音樂家馬勒的〈大地之歌〉，不管誰都會酒精中毒。……噢不，開玩笑的。」

莫非是想起了園部怪腔怪調的朗讀，或許因為江神喜愛閱讀。我飲盡杯裡的水，社長呼地吐了口氣。

「上床睡了吧！也把這兩個人叫起來。」

江神和我分別搖一搖純二和和人的肩膀。兩人好像清醒了，大口喝著我們倒的水。

「眞的喝了不少酒。」

和人對著大廳的燈光不停地眨眼。純二的嘴裡叨唸著：「都是那個庸醫，不重養生。」隨便發牢騷。

「颱風怎樣了，還沒來吧？」和人問。

「風好像很大，正朝這邊過來吧！但不是颱風。」我一說完，他和人接著說：「就算直接衝來也沒辦法。這裡既沒有可破壞颱風的山脈，也沒有造成洪水氾濫的河川。有栖，你們要是會衝浪，這可是大好機會喲！海浪會很大。」

「和人先生會衝浪嗎？」他對我的問題突然不悅地回答說：「不會。」對了，他是旱鴨子。我說錯話了。

「散會了嗎？」純二起身說，他的步履有點蹣跚，一個人走應該沒問題吧？他說了聲「晚安」後，逕自走向樓梯，手緊緊地抓著扶梯，一步一步慢慢地登上樓梯。

「你們覺得那個人怎麼樣？」當純二拖鞋的聲音消失在二樓，和人看著我們的臉，非常失禮地問：「我是說牧原純二那個人。如何？我怎麼看都覺得他很滑稽。」

我正納悶是什麼意思，尙未淸醒的和人馬立刻說出理由：「他在這裡是一個人自得其樂。除了老婆以外，沒有一個可以說話的對象，自己又不知道在這小島上要幹嘛。既然這樣，何必來呢？大概是被老婆須磨子給拖來的吧。愛老婆吧。不過……」

和人稍微停了一下，然後又拖拖拉拉地開口說：

「不過總算是喜劇收場。現在的須磨子確實是愛上純二，以前她的男女關係可是很亂的。以前的男人有誰？——平川老師喲！」

麻里亞昨天也稍微提到，不過她並沒有說到兩人的關係有多深。

「她在四年前的夏天說要跟老師一起解開拼圖，從早到晚就一直黏著那個男人。第二年就當他的人體模特兒。畫家以這個藉口，跟女人獨處在一間密室裡，眞好啊！你們聽過一個笑話嗎？有個畫家跟一個年輕女孩在工作室裡，但兩人並沒在畫畫。突然，有人敲門。你們猜畫家慌慌張張地跟模特兒說什麼？他說：『糟糕，是我老婆。妳快把衣服脫掉。』——哈哈，有意思吧！」

我也認爲有意思，不過因爲和人說笑話的技巧太差了，所以笑不出來。

「不管是伯父或是我爸，園部醫生，這些老人家們在三年前的夏天都沒發現。眞是遲鈍耶。不是女方的父母應該很難察覺吧！平川老師對那種事情未免也太粗心了。我跟麻里亞馬上就發現了。須磨子回東京以後的幾個月，他們也常見面，不過慢慢地兩個人就淡了，我這個旁觀者終於鬆了一口氣。然後伯父就四處物色相親對象，最後碰到純二。

我覺得已經不是小孩的兩個人只要眞心相愛，就算伯父如何反對，也無須理會。所以純二把須磨子帶走是對的。沒想到那傢伙竟還忝不知恥地當了入贅女婿，留在既瞧不起自己，又討厭自己的伯父家。雖說他的店只是間小酒店，至少也是自食其力，何必去當別人的養子（譯註：日本入贅女婿又被稱爲養子）？不論伯父是資產家或是什麼家的，本來就應該帶著須磨子逃出去。」

我想他不過是在說醉話罷了。不是當事人豈能隨便不負責任地說私奔？對須磨子而言，父親很重要。純二想投入完吾的懷抱，或許也爲了保有自己的店。說這些話的人，可想過人情義理？

「所以囉，在這個無聊的小島上，他一邊跟岳父吵架，一邊接受老婆安撫。好笑的是，與他喝酒的人竟然是老婆以前的男人。」

獨自喝悶酒的純二，當他幫別人斟酒，或是別人幫他斟酒，那個「別人」都是平川。和人大概看到剛才喝酒時的情形，才嘲笑純二滑稽吧！

拖鞋啪搭啪搭的聲音，應是有人從樓梯上下來。

「啊，牧原先生，怎麼了？」面對樓梯坐著的江神問。

和人跟我一回頭，看到的正是才剛剛回房，現在卻被人蜚短流長的牧原純二。

「啊，好奇怪呀。」純二難以啓齒似地說：「我要進房間，可是好像裡面鎖住了。」

「鎖住？裡面的鎖嗎？」和人問。我們的房間確實有附鎖，像傳統的推理小說中常出現的簡單扣鎖。

「對，鎖住了。我人還在樓下喝酒，須磨子卻好像把門一鎖就睡著了，眞是的。」

「很奇怪。怎麼會粗心地把老公關在外面？你們平常睡覺時都是上鎖的嗎？」江神說。

「不，只有今晚。她大概在生氣，所以故意把門鎖上吧！」

「敲門喊過嗎？」

「啊，三更半夜的也不行大聲叫，只能小聲叫。不過應該會醒來才對。」

「沒有像犬飼太太吃了安眠藥吧？」

「我們沒有吃過。」

「那麼就太奇怪了。」

江神露出難以理解的表情。把老公鎖在外面，自己卻呼呼大睡，叫也叫不醒，眞是不對勁。況且須磨子她一滴酒都沒沾，怎麼會喝醉？

「我覺得不對。走，我們上去。」

社長站起來，和人跟我也隨之起身。由於四人的酒氣未消，頭還暈暈的，自然排成一列地走上掛滿名畫拼圖的黑暗階梯。

二樓的走廊也是暗的。面向東的六扇窗戶昨天因爲星光照射，微微明亮。可是今晚的窗戶，好像是照著黑夜的一排鏡子。與另一邊的六扇門，並列在漆黑的夜色中。牧原夫婦的房間就在眼前第二間。

純二站在房前，輕輕握拳敲了三下。

「須磨子，喂，須磨子。」

純二回頭對我們說：「看，眞的沒回音。」

走到這裡，我感到一陣心悸。大家輪流握著門把推推看，完全沒有動靜。

純二用力敲門，連續喊著妻子的名字五、六次。但房裡毫無動靜，只有外面的風聲。

「感覺不太妙。」

和人用他細細的手指撥了撥額前的頭髮。

「開開看。鎖應該很好開。用一個薄片插進去門的縫隙，鎖跳上去就可以。」

「可能嗎？」純二嘀咕著，「昨天以前這個房間從不曾上鎖，應該沒有必要，這個鎖可能很堅固。不過因爲有一點銹，要扣上或要打開，手指都要用力，否則打不開。但在平常都不會這樣。」

「啊，這樣就難了。先試試看吧！有又薄又硬的薄片嗎？」

我突然心裡有數，說了聲：「等一下。」就衝回自己的房間。

從剛要看的雜誌裡抽出那個以後，跑回純二他們的房前。

「金屬製的書籤啊，大概可以吧！」

和人從我手中接過，從門縫中塞進去。金屬片很薄，剛剛好可以塞進去。他插進去以後慢慢往上動，剛好碰到水平方向的鎖扣。他用力想把鎖扣往上扳，但好像就是不行。小聲地說了一聲「上不去」後繼續用力，終於書籤喀嗤地一聲，斷了。

「啊，對不起。」

「沒關係。現在怎麼辦？」

左邊的門開了。出來的是園部醫生，「幹嘛？」

江神說明事情的原由後，園部的表情稍微沉下來。

「須磨子小姐本身沒病，應該不用擔心。」

園部以醫生的態度擔心著。說不定她可能是突然身體不適而倒下，所以爬不起來或無法出聲。

「喂，須磨子，妳回答呀！須磨子！」

純二因爲擔心，開始不客氣地敲著門，並大聲喊著妻子的名字。房裡依然毫無聲響，但右手邊的犬飼敏之，驚訝地跑出來，睡在園部房間的平川也出來了。純二又連續叫了幾聲。

「這樣太奇怪了。我們到外面用梯子爬到二樓窗戶看看。」

雖然敏之這麼說，不過我認爲外面風大雨大，很危險。園部想法跟我一樣地說：「不，把門打破就好了。——和人，有什麼工具？」

「有斧頭。欸，放在倉庫？噢不，在後門，我去拿。」

和人跑向盡頭的樓梯，啪搭啪搭地下了樓梯。而留下來的人只能等待。砰的一聲，門又響了。

和人手拿著斧頭跑上樓梯。後面跟的是穿著睡衣的龍一、禮子和麻里亞三人。大家都醒了。

「在鎖的旁邊弄個洞就好了。從洞裡伸手進去把鎖打開……」

和人對準門把斧頭揮下去。斧刃發出鈍鈍的聲音。他砍了四五次，木片四處飛散。在他用斧頭砍的同時，不太厚的門板，出現了恰好可伸進一個手腕的洞。和人伸進右手腕開鎖。

「這個，好緊呀！」聽到他的聲音，後方禮子好像也說：「應該很緊，這房間的鎖壞掉了。」

像這樣開和關都要用力的鎖眞不實用。應該說這個鎖原本就壞掉了，硬是被人給鎖上去的。

「啊，發生了什麼事？」

現在才醒過來的犬飼里美從房間出來。大概吃了安眠藥所以睡得很沉。她先生告訴她原由，她皺著眉頭說了聲：「啊！」

終於，喀嗤一聲，鎖開了。和人上身架在門上，門順勢往裡面開了。我們全伸首向室內望去。

「怎麼回事？」

園部從齒間發出了這樣的問句。

這房間到底發生了什麼事？我一時會意不過來。視網膜雖然清楚地印下了當時的光景，大腦卻無法接受。

我看到有兩個人摺疊地倒在窗邊的血泊裡，紅色四濺的血跡一直到門口。倒在地板上的是牧原完吾，趴在他上面的是須磨子。

7

園部毫不遲疑地走近兩人，純二和江神跟在後面。其他的人留在門口一動也不動。

園部醫生摸了一下倒下兩人的脈搏，聲音哽咽：

「兩人都斷氣了。」

「死啦！」

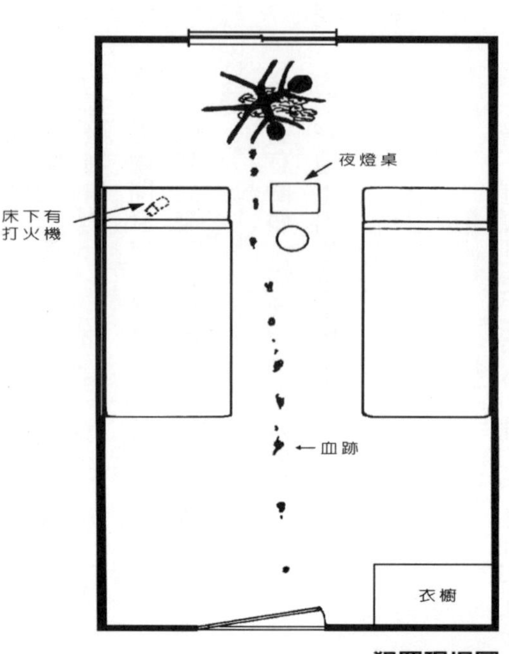

犯罪現場圖

純二大叫，麻里亞則聲音哽咽地說：「騙人！」

「死了？這是怎麼回事？這是……怎麼回事？」

「你冷靜一下。」

園部一邊安慰著純二，一邊擦拭著額頭上的汗珠。

「須磨子，怎麼了？妳怎麼了？」

純二雙膝跪在地上，手摸著妻子的屍體激烈地搖晃著。看起來好像在沒有星星的窗下上演了一齣悲劇。——可是這絕不是一齣戲。

「父女一同自殺？」

喃喃低聲自語的是敏之。——父女一同自殺？是嗎？是那樣嗎？

「醫生，死因是什麼？」

江神這麼一問，園部輕輕地拍了一下壓在須磨子身上的純二說：「讓我看一下。」

純二踉踉蹌蹌站起身，禮子跑過來拉著他的手，讓他坐在旁邊的床上，並小聲地對他說：「堅強一點。」

園部醫生把兩具屍體分離，開始找出血的地方。他脫下完吾的褲子，打開須磨子的衣服。兩人的臉色都蠻溫和的，尤其是須磨子好像睡得很安穩。

「怎麼會？這太……」園部愁眉苦臉地抬起頭，「是槍傷。兩人都是被射殺的。」

「被射殺？」江神好像鸚鵡一樣，重複著醫生的話。

衆人都啞口無言，沒有表情地站立著。

「完吾先生……」醫生指著完吾先生的右大腿：「這裡一槍。」再指著須磨子說：「須磨子在胸部的左邊好像有一處很大的槍傷。不是手槍，也不是散彈槍造成的。……是來福槍。」

「你是說被我的來福槍打到的。這怎麼……？」

「你的！」龍一對著驚慌失措的和人咬牙切齒地說，「這個房子裡會有幾枝來福？你的來福槍終於惹禍了。」

「中午我們射擊完後就把來福放回原來的地方了嗎？」

和人針對江神的問題用力地點了點頭。

「有栖，去看看。」

我連回答都沒回答就衝出房間。來到屋頂的閣樓，一看門邊的牆壁上並沒有來福槍。嘴裡一口的苦澀擴散開來。

我回到須磨子的房間，說明並沒有看到來福槍。而和人的臉色頗爲痛苦地扭曲著。

「用我的來福槍……用那枝來福槍殺了人……」

「來福槍有沒有在這個房間？」園部這麼一問，我們環視一下房間，好像沒看到。而江神和我掀開床單、查看衣櫥、趴在地板上檢視床下，也都沒有來福槍的蹤影。

「眞奇怪。這不是自殺。來福槍不見了，絕對很奇怪。」麻里亞生氣地說。確實如此。房裡若找不到槍是不合理的。

「不，也有可能是自殺。不知是誰先射了誰，然後再射自己，接著再把槍從窗戶丟出去。因爲外面就是海。」龍一邊咳嗽邊說。但有這種可能嗎？——我反射性地望向窗外。

「窗戶是鎖著的。」站在窗邊的江神，手指著鋁窗上半月形迴轉式的鎖說。

「看。」

「那你說是怎麼回事？」龍一略爲焦急地說，「最後射自己的人，把來福從窗戶丟出去以後，用剩下最後的力氣把窗戶鎖上倒下。園部，有這個可能吧？」

「請等一下。」禮子插話，「我們不要在牧原伯父跟須磨子的遺體前面議論紛紛的。先將在地板上的他們用個什麼東西蓋起來。」

園部、龍一和江神對望了一眼。終於，江神出其不意地打破沉默說：

「沒錯。我們下樓慢慢地研究這裡發生了什麼事。只是，在安置兩人以前，最好再讓園部醫生檢查看看。弄清楚到底這裡發生了什麼事。」

禮子同意了。醫生單腳跪地，重新檢查遺體。從他嘴裡說出哪些是一看就知道的事，哪些是他感覺出來的。

「大概已經死了兩小時或四小時。現在是兩點半，所以預估死亡時間是昨晚的十點半到今晨零點半之間。完吾的死因是失血過多。須磨子的死因無法立即判斷，可能是胸部被擊中，但是又因爲血流不多，所以或許是心囊栓塞，這需要解剖才知道。兩人都只有一處槍傷。完吾的傷造成大腿動脈破裂，才會有那麼多的血，須磨子只有單邊破口的盲管傷，沒有貫穿。還有……完吾先生的後腦勺，有被用力敲擊過的痕跡。是頭撞到地板的痕跡？……噢不，他是大腿被槍擊中以後倒下，再撞到這個夜燈桌桌腳。……你，江神，過來看看。」

江神社長窺視了一下桌角，「眞的沾有頭髮耶！」

「對。沒錯。他頭撞到這裡昏倒的。期間大腿一直出血，最後喪命。」

「須磨子的死因呢？」江神問。

「心囊栓塞嗎？還不能斷定，總之，不是體外出血，而是內出血，積在心囊裡的血造成心臟停止跳動。所以她的出血量很小。」

「好像不是立即死亡？」

「斷氣以前好像拖了一些時間。」

「完吾先生的頭傷，是撞到桌角的關係嗎？不是被棍棒打到的嗎？」

「不，老實說，還不能確定。……我的看法就這些了。」

「醫生，最後一件事。」江神舉起食指說：「完吾先生跟須磨子小姐兩人誰先被槍射到？誰先斷氣？知道嗎？」

醫生說：「這無法判斷。」

「謝謝您回答了那麼多問題。」

稍微沉默了一下，終於敏之很客氣地問道：「在警察來以前，兩個人的遺體是不是最好保留原本的樣子，不要移動？——我是不是警探片看太多了。」

「那就太……」禮子謹慎地反駁說：「第一，雖然可用和人的無線電通報庵美，但是現在碰到颱風，他們也不會立刻派船或直昇機來。如果這樣，我們是不是好好地將他們……」

禮子的意見被大家採納，兩人的遺體橫放在這個房間的床上。當兩人的臉被白布蓋上時，我們大家雙手合掌行禮後，走向樓下大廳。

8

全員集合在大廳，中央的籐桌跟玻璃桌坐滿了人。禮子與麻里亞端來熱熱的濃咖啡。——清晨三點的茶會。

「究竟，那個房間裡發生了什麼事？」

江神首先開口。幾個人憂慮地用湯匙攪動著咖啡，沒有一個人回答。

「江神，你的頭腦好像最清楚。就由你主持吧！」

園部一邊揉著頸部一邊說。江神對於突然被要求當會議的主持人「啊」了一聲後，含糊地點了點頭。

「樓上的房間到底發生了什麼事？首先，如同犬飼先生所說的，看起來好像是一種自殺。有這個可能性嗎，醫生？」

「那太武斷了。」園部又揉了揉肩膀說，「完吾父女沒有自殺的理由。噢，不，先不這麼說，先純粹以醫學上的可能性，還原問題的眞相。首先這種劇情成立嗎？一方擊中另一方，然後再射擊自己，接著再把來福槍丟出窗外後將窗戶關上，倒下斷氣。我想這是不可能，如果眞的是自殺，必然角色是確定的。因爲須磨子趴在完吾先生的上面，應該是須磨子先射了完吾先生，然後才射擊自己的胸部……」園部停住，彷彿驚覺自己說的話很矛盾。

「醫生，那樣，不是很奇怪嗎？」

「我知道，我知道，江神，那樣不可能。須磨子小姐不可能自己射自己。她胸前槍傷的周圍沒有火藥顆粒，也沒有火傷的痕跡。她的傷是盲管傷。這種傷勢的射擊距離應有十五公分以上。所以她不是自殺。」

「江神，這樣也很難。」

「有沒有可能角色對調？完吾先生先射須磨子小姐，然後射自己的大腿，再丟掉來福槍。」

「因爲完吾先生的射擊距離也要十五公分以上是嗎？」

「不，雖然也是那樣，但他致命的地方不是胸部，而是大腿，或許可以距離十五公分射擊自己的大腿。就射入口來看——也就是子彈的入口，好像是從上往下，這樣也並不矛盾。況且，他雖然是大腿受傷，失血致死。但他要打開窗戶，把來福槍遠遠地丟出去，要比女人射自己的胸部，容易些。可是……」

「對，可是如果那樣的話，完吾先生的身體上面爲什麼是須磨子？不是剛好相反嗎？」

「對啊……」

兩人沉默不語時，敏之舉手說：

「我是隨便想的，不一定是眞的。有沒有可能先是須磨子小姐射完吾先生的大腿。然後，不知什麼理由，完吾先生拿到槍，他從一定的距離外擊中須磨子的胸部，然後再開窗戶……」

「再把槍丟得遠遠的，對吧！那不可能。」

和人一手叼著香菸搖頭說：

「爲什麼你們都是往戲劇的方面想？就算是兩個人講好互相射擊，或單方面的自殺行爲。不管是什麼，都沒有把來福槍丟到海上的理由，不是嗎？」

一點都沒錯。

「欸，我也知道。」江神冷靜地說：「我的意思是大家討論看看，自殺的說法是否成立。兩人互相射擊以後，搶奪來福槍，搶到來福槍的人把那枝危險的東西丟出窗外。可是這樣也不合邏輯，因爲還要再使盡全力，把窗戶關上。若自殺成立，我們都會陷入一團泥淖當中。」

「你沒說出的話，我們也清楚。」

對於敏之的話，江神點了點頭。

「欸，這是他殺。那個房間裡所發生的事，是謀殺案。警察來調查過後會更清楚，進行科學調查的話，可以做到煙硝反應測試。」

因爲有人不懂何謂煙硝反應，江神附加說明。「煙硝反應」就是槍砲射擊後，火藥會從槍口噴出，散至槍口的周圍前後，並附著在射擊者的手上。只要檢查人的手上是否附有煙硝，就知道開槍的人是誰。這樣的話，牧原父女右手的煙硝反應就是很大的問題關鍵所在。但今天沒有辦法檢查。

和人立即起身，氣沖沖地往後面的樓下走去。

「和人，你去哪裡？」禮子問。

和人背對著我們說：「去報警。」外面還下著雨，他打算到隔壁棟倉庫旁的房間使用無線電。

氣氛格外寧靜。終於遠遠地聽到和人打開後門出去的聲音。砰！又聽到倉庫的門響聲。

「這樣可就麻煩了。」平川緩慢地撫摸著下顎說，「江神，你的頭腦很清楚，也很了解狀況。我想你應該不會忘記，那個房間的門內側，是被鎖住的。這是什麼意思？」

眞是一種囉唆的問法。當然江神是不可能不注意那種事的。

「我知道。你是說那個房間處於密閉狀態。這我知道。但這樣就說裡面發生的不是謀殺案，也很牽強。」

「難道說我們進入那個房間時，兇手還藏在房間裡？」

麻里亞提心吊膽地打著瞌睡。我們也陷入了一籌莫展的處境。那個房間的鎖被拆下來以前，犬飼里美才從睡夢中驚醒，除了被害者以外，所有島上的這些人，都緊張兮兮地站在門前。裡面到底躲了誰？如果，假設，這個島上有個未知的人，這位X是兇手的話，他也不可能藏在那個房間裡。在那個房間裡能藏人的地方只有衣櫃裡面跟床底下，這兩個地方我們找來福槍時曾經看過，連一隻老鼠都沒有。

「江神，你們喜歡看偵探小說。我曾經看過一部偵探小說，不知是紅色的房間，還是藍色的房間，女人大聲地哭喊……」

「那是《黃色房間之謎》，園部醫生，您讀過名著。」

後門又聽到開關的聲音。倉庫的門不再發出巨響，或許是和人順便把它關上了。

「真快呀！」龍一喝著已冷卻的咖啡說。

和人右手伸出朝向我們，手上好像握著一束細繩般的東西。

「電線被扯斷了。機器被破壞了。」

幾聲驚訝的尖叫發出。

9

令人難耐的沉默。

風呼呼地吹著。

「我們遇到最慘的情況。」畫家喃喃自語。

「眞的是謀殺。兇手要切斷我們對外求救的唯一路徑。」

敏之說完向和人要了一根香菸。記得他不抽菸，莫非打破了戒菸的禁忌？

「船下次來是什麼時候？」對平川的問題，禮子回答說：「日期改了。三天以後才來。」

「島上所有的人都在這裡。」江神好像決定繼續擔任主持人：「換句話說，兇手就在這十一個人之中。是誰做的呢？一定要查個水落石出。讓我們直接問問兇手，爲什麼非殺了完吾先生和須磨子小姐？首先要調查的是——誰有殺人的機會？」

我對江神的冷靜有點感動。他好像頭腦很清楚。像這麼頭腦清楚、聰明又堅強的人，爲什麼一直拖拖拉拉地不畢業？我平常的疑問更加深了。一切要從誰有行兇機會查起。會順利查得出來嗎？回想起才幾個小時以前散漫的酒宴，我變得很悲觀。

「預估死亡時間是昨晚的十點半到今晨的零點半之間的兩個小時。這期間，沒有上樓的人就算是有不在場證明。」

「江神，預估行兇時間可不可以再縮短一點？」龍一說。

「我是說十點半的話還很早。幾乎所有的人還在這裡吃吃喝喝。二樓要是有來福槍發射兩次的聲音，大廳裡的人一定聽得到。」

「爸爸，正相反。」和人頂嘴說。

「大家吵吵鬧鬧應該很難聽到。相反的有幾個比較晚睡著的人，我也是其中之一，加上剛回寢室的人，家裡有槍聲的話應該馬上聽得到。」

「槍聲……應該是連續聽到兩聲吧！有人聽到類似兩聲的槍聲嗎？」

「我有想到是不是那個。」敏之迅速反應。

「我也喝得爛醉如泥，可是迷迷糊糊當中，好像聽到了很大的聲音。當時若無其事地看了看手錶，是十二點十五分。但也沒特別留意又睡著了。」

「我也覺得有奇怪的聲音。」這回是禮子。

「我跟麻里亞回房間以後，快要睡著時聽到了兩聲砰砰的聲音。那時好像還沒十二點。」

「噢，不一樣。」和人說。

「其實，我也覺得大概是那個聲音。」江神很困惑地說，「當時是十二點。」

平川笑了出來。

「都無憑無據呀！」

「眞的很奇怪，又不是有人爲了助興而演奏重金屬。三更半夜家裡有人發射來福槍，竟沒有人發現……」

和人一副焦急的樣子。不過這也不能預測。也就是說──

「大概後面倉庫的門響聲，讓我們的耳朵習慣了。接著就分不出那幾次砰砰的聲響裡，哪一個是槍聲。」

敏之恍然大悟的表情，有幾人也同意地點頭。這讓事情更加棘手。

「所以我才叫你把那個門關上。」龍一很不悅地斥責和人，「都是你懶……」

「欸？爸！我要是關上門就能發現有人死掉嗎？那樣的話就是你不對了。就算揍我也該叫我去關，要不然就自己去關。」

「囉唆！」

平川出來打圓場，「好了、好了。」現在可不是吵架或找碴的時候。

「很早就上樓睡覺的人呢？太太跟平川老師呢？」

太太是指犬飼夫人里美。她打從心底感到困惑地歪著頭。

「很對不起，我十點過後吃了藥就睡了，睡得很沉，不記得聽到什麼聲音。直到你們在門外很大聲，說『發生了什麼事？』的聲音，我才起床的。」

我想她的回答也是如此。看平川老師也是一副難以回答的表情。

「老師，您也吃安眠藥嗎？」江神問。

「不，我不吃那種東西。不過我也什麼都沒聽到。因爲後面倉庫啪搭啪搭的聲響，讓我睡不著覺。我拿出放在口袋裡游泳時用的耳塞，戴著睡覺。所以不知是幸還是不幸。因爲這樣，所以我也無法提供任何有用的線索。」

或許不是耳塞的問題。因爲昨晚不僅有倉庫門的聲響，外面還有強風呼呼地吹。

「很難將預估的行兇時間縮短。」江神不再繼續追究，「回到剛剛詢問的形式。預估的兩個小時之內，有沒有人無法上樓？」

有一陣子沒有任何人開口。大概大家都在想那兩個小時之內，自己怎麼了，或別人怎麼了。

「我老婆十點過後，吃了安眠藥就上床睡覺。請接受她的不在場證明。」

敏之爲太太申訴不在場證明，似乎並未通過。吃了藥立即睡著，不過是她自己說的。何況，所有人當中最早消失的就是里美，可說不在的時間最長。——此時出現了反駁的聲音。

「我也屬於早睡的人，也是有嫌疑吧？」

平川自己承認沒有不在場證明。不過沒有不在場證明的人，不僅只限於早睡的一群人。三更半夜留在大廳裡的人，可假裝去廁所從後面的樓梯上去，辦完事後再一副若無其事的表情——推理小說慣用的模式——回到大廳，這是很可能的。連喝醉酒的人都可以留在大廳，行兇後偷偷地回來，再假裝酒醉睡覺。

「大家都有取得兇器來福槍的機會。」

江神小心起見又確認了一次。昨天五點以前，和人把來福槍放回閣樓的牆壁上。之後，沒有人再進過那個房間。

「行兇的可能，還有一個應該考慮的重點。……昨天誰沒喝醉。」

這就很難說了。完全沒喝醉保持清醒的人只有一個，就是早睡的犬飼里美。酒醉程度輕微的是禮子跟麻里亞。至於其他人……怎麼樣呢？好像沒有人假裝喝酒，再把酒倒在桌子底下。杯裡的酒都被大家喝光了，至於是否喝得東倒西歪，只有當事人自己才知道。這種殘暴兇案，可否在酒醉的情況下進行？實在令人懷疑。

「這樣也不對。還有一個。——誰能破壞和人房間的無線電？和人，你最後看到完好無缺的無線電是何時？」

「吃晚飯以前。大概七點以前。之後，到我剛才離開以前都沒回去過。」

同樣，誰都有可能，壞心地硬說和人剛才自己破壞的也說不定。

「認輸了……」

園部好像吐出疲倦似的，深深嘆了一口氣。他因爲手邊沒有布萊亞菸斗，所以向和人要了一根菸。

「怎麼會有這種事。要是再碰到颱風的話……」龍一好像突然想起什麼似地說，「禮子，去把收音機拿來。應該有颱風警報。」

「是。」禮子起身叫麻里亞。

「麻里亞，陪我一起去？」

「嗯。」

和人拉住正要起身的麻里亞，說：「一個人會怕嗎？我跟妳去。」

「島上的所有人都在這裡，不會有什麼危險的。」龍一對和人說，「和人你一個人去拿來，在我房間的枕頭旁邊。」

和人噘著嘴，遵從父親的話。我怎麼覺得這個叫作和人的男子，對這兩位漂亮的親人——禮子和麻里亞，頗有好感似的。禮子是沒有血緣關係的姊姊，但麻里亞可是有血緣關係的堂妹！會不會是和人覺得他給人感覺脾氣不好，所以才對這兩位女性表現親切？也說不定受過外面的女人傷害吧！

禮子在他出去到回來的這段時間幫大家倒冰茶。可能說太多話了，江神說了聲謝謝，直接伸手接下杯子。

收音機拿來了。和人將它放在桌子中間，把開關打開。雜音當中可以聽到播報員的聲音。和人跟我的耳朵靠近，注意聽外界的狀況。好像不是什麼壞消息。

「怎樣，有栖，說什麼？」

「放心，麻里亞。」不等我說完，和人搶先說，「颱風好像從沖繩本島直接向東前進，大概會從這個島的南方一百公里處通過。」

「太好了。」

麻里亞的肩頭突然放下。緊張的氣氛稍微獲得了舒緩。

「這個風雨即將平靜。可以放心了。」平川說。

颱風偏離雖然很好，但卻還不到能令人放心的地步。

「四點了。」龍一看了一下牆上的鐘，用沙啞的聲音說。

「南島天亮得較晚，睡一下吧？」

大家全都一副疲倦的表情，紛紛地點點頭。牧原純二接受龍一的勸說到完吾的房間休息。

第二天漫長的黑夜，終於結束了。

第三章　腳踏車拼圖

1

島上的第三天。

大家起床時已過了十點，正是風雨減緩的時候。吃完早餐兼中餐大約過了十一點。

「昨天的那個，是眞的嗎？」吃飯時，麻里亞呑呑吐吐地問。

由於颱風偏離，天空露出多雲時晴的景象。腦海裡還殘留著昨晚酒醉的餘渣。可以理解，大家寧願相信昨晚做了一場惡夢。然而，餐桌上少了牧原完吾與須磨子的身影，讓人不得不面對昨晚發生的殘酷事實。

飯後，江神約我跟麻里亞到兇案發生的現場，再做一次查驗。我們上了二樓。想起昨晚發現屍體，所有畫面又一一重現，那個房間裡究竟發生了什麼事？希望能再勘查一次，好好地想一想。

江神站在門口。門上破一個大洞，他手握門把，門往內側開啓。

「這個門的鎖，」社長一邊盯著鎖一邊說：「那麼緊——借用禮子的話，壞掉的鎖爲何昨晚會被鎖住？」

「江神，昨晚你們因爲須磨子對敲門沒有回應，所以才覺得奇怪吧！那個時候我不在，因此不清楚。但眞的是裡面被鎖住嗎？門推不開當然會認爲被鎖住了，說不定也有其他的原因讓門打不開吧？譬如被什麼東西擋住了。」麻里亞說。

「麻里亞，妳懷疑和人？」

我會這麼問是因爲和人用斧頭將門砍了個洞，把手伸進去拉開鎖時，沒有人直接看到他手的樣子。只聽到手在洞裡的他說「好緊」、「等一下」、「開了」，然後就看到門打開了。麻里亞的言外之意，可能是說這些不過是和人的自導自演。

「我不是懷疑和人是兇手，而是說門打不開，可能不是因爲鎖的關係。」

麻里亞笨拙地回答。總而言之，可能她認爲和人跟整件事有關，要不然想的也是類似的事。

「很酷的意見。」江神表情認眞地說，「不過這麼懷疑是沒有證據的。那扇門打開時，門邊沒有任何阻擋物，他從門縫裡插入書籤，試著要把鎖扣往上拉時，並無任何可疑之處。書籤斷掉是硬要往上推的關係。一定是門內側開關的問題。門開了以後，周圍也沒有任何東西。」

「那麼說……眞的是門裡的鎖被鎖住了？」

「嗯！」江神說。

我們安靜地進入房間，對著床上的兩具屍體合掌行禮。

「眞的要像福爾摩斯辦案一樣，趴在地上嗎？」

地板上的血跡開始變黑。完吾的死因可能是失血過多，與須磨子兩人倒臥在窗邊的一大灘血跡上，令人不忍卒睹。

「地上一點點小的血跡，是須磨子被射殺後移動的痕跡。」

從房間中央到門口約有五、六滴血。由於完吾被射到的部位是大腿，造成動脈受傷，因此不可能在房裡走來走去。加上他被射到的時候，頭撞到夜燈桌的桌角，所以立即昏迷的可能性很高。依照園部醫生的說法，須磨子被射中的胸部出血不多，並非立即死亡，才有可能滴血呻吟著在房裡走動吧！可是……

「須磨子在哪裡被射到的？」我提出疑問。

「昨晚嚇得驚慌失措，沒有注意到這個血跡，所以我認爲兩個人都是在窗邊被擊中倒下。也或許不是那樣。或許是在門口被槍擊，然後跌跌撞撞痛苦地走到窗戶旁邊，再倒向父親的身上。」

「好像是這樣。」江神考慮了一下說。

「很奇怪。」麻里亞的食指抵著嘴唇說，「在那麼靠近門的地方被殺，有點奇怪。如果江神現在站的地方，是當時須磨子站的地方，可能她一開門，兇手就從走廊射擊。射擊距離有十五公分以上，來福槍的長度就有一公尺左右了。因此不可能背靠著門被殺……眞奇怪。不管風再大，倉庫的門有多吵，卻門開開地從走廊射擊，實在太不尋常了。」

麻里亞繼續說。

「如果門是關著的，江神站的位置還是須磨子站的位置，只是當時她背對著門，而犯人就在房間中央的位置。嗯，這樣就更奇怪了。兇手和須磨子如果是以這種距離開槍射擊，她沒有理由東倒西歪地走到窗邊。怎麼想她都應該打開門到走廊求救。」

「厲害。」

「不要笑我，有栖。我只是說些理所當然的事。因爲我不能接受須磨子被殺。」

「第一個問題點是：須磨子在哪裡被殺的？」江神繼續說，「第二個問題點，也就是我剛才說的——爲什麼硬要鎖上房間已壞掉的鎖？」

我腦筋一閃。

「這樣的推理對嗎？第一，須磨子可能是在窗邊或是房間的中央被殺。她受傷後再走到門邊上鎖，所以門邊才有血跡。」

「啊，這是推理小說密室詭計裡常有的模式。」麻里亞說。

「也就是說這不是兇手耍的小花招，而是受害者自己鎖上門再斷氣的。這樣也可以解釋爲何這個房間處於密閉狀態。——但這樣也無法解開心中之謎。爲何須磨子鎖上門後，又回到伯父的屍體上倒下？難道說反正要死，想抱著伯父的身體一起死嗎？」

這一點很難說服人。與其那樣不如開門求救？伯父不是因爲血流如注而倒下的嗎？爲何不大聲求救卻抱著他的身體？——第二個問題，門被鎖住也沒道理。

「不，鎖門的理由是防止兇手再開槍吧？被槍射擊以後，推撞了一下兇手，兇手退回走廊，所以趕緊關上房門……」

「這樣很痛苦。臨死的須磨子用身體推撞兇手已經很痛苦，還要再奮力把那麼緊的鎖鎖上，以防止兇手推門回來，不論哪種，都很痛苦。」

原來如此，我終於接受麻里亞所說的。

「完吾先生在窗邊被射好像沒錯。」社長一邊追著血跡一邊說：「問題是須磨子的行動？」

「不知有沒有掉落什麼可以作爲證據的東西？」麻里亞說。

「好，趴下看看。」

話一說完，江神就眞的趴在地板上，往床下搜尋。我也從床的另一邊搜尋床底。昨天只是找有無來福槍，今天得睜大眼睛，不放過任何細微的東西。——好像有東西。

「有什麼？我在床的尾端，從這裡看不到。」

江神起身，彎下腰從床頭枕邊往床下瞧。

「啊，有東西。圓的——打火機？」

「伯父用的是圓形，形狀有點奇怪的打火機。是從香港帶回的紀念品。」

江神彎著腰伸手但搆不著。他又趴到床下，終於抓到。

「對，這是伯父的打火機。」

「完吾先生被槍打中時，可能正要抽菸。因此手上拿著打火機。完吾先生被槍擊中以後，打火機從手裡滑落掉下來，滾到床底下。」我說。

「對，可能是伯父的習慣，他可能一邊玩弄著打火機一邊跟須磨子說話。就在此時被槍擊中，打火機掉了下來。」

無論如何，這也沒多大的意義。

之後，麻里亞爬在地上，四處搜了一遍房間，並未發現任何關鍵證據。

2

我們不想悶坐在家。決定到瞭望台上，檢討一下整件事情的來龍去脈，我們邊說邊下樓，在玄關門口碰到了平川和禮子。

「老師要回魚樂莊嗎？」聽到麻里亞的聲音，畫家回頭。

「嗯，是啊。我要回家再睡一下。好累喲！」

「那麼，我們陪你走一段，好嗎？我們正要出去。」

「啊，好啊。」

禮子看著我們四人步出了望樓莊。天色幾乎放晴了。

「你們好像去二樓搜查現場，有什麼發現嗎？」平川踩著腳踏車問騎在他旁邊的江神。

「沒有，只在床下找到完吾先生的打火機。」

「那有什麼意義嗎？」

「大概沒有。不知是正要抽菸時被槍擊中，還是邊玩打火機邊跟須磨子談話時被射到。」

「說到談話，不知牧原父女當時在談什麼？須磨子小姐丟下老公趕著上樓，跟父親好像有什麼重要的事要商量。」

「什麼事呢？」

江神佯裝不知須磨子要向父親尋求經濟支援。兩人一來一往的談話，讓並排騎在後面的麻里亞跟我聽得一清二楚。

「這裡眞的很棒，可是卻發生了那麼多悲慘的事情。」

這次是由江神先說話。

「聽說三年前，麻里亞的堂兄英人先生好像在這裡發生了意外。」

「啊，那個呀！」畫家的聲音往下一沉：「是啊！這個南方樂園的小島，竟然發生這種事，眞令人受不了。這次的事件，眞的是兇殺案嗎？我到現在都不敢置信。」

「我認爲是兇殺案。可惜，我只能這麼認爲。」社長話題一轉：「英人先生發生意外的地方在哪裡？」

「北灣的中間，被海浪沖到靠魚樂莊附近一塊叫作烏帽子岩的大塊岩石附近。眞是想都想不到那麼會游泳的人卻溺死，眞令人驚訝。」

「想都想不到呀……」

「噢，不。」平川有點慌張地說：「確實是很驚訝。不過有人會在游泳時抽筋。晚上一個人游泳是很危險的，結果，眞的就……」他邊說邊騎過綠色叢林。

「爲什麼英人晚上一個人出去游泳？他很喜歡那樣嗎？」

「不知道。我不很清楚。最好問麻里亞比較好。」

「沒那回事兒。」麻里亞對著前面兩人大聲說。

「晚上月亮很亮時他會帶我去划船，可是不游泳。我記得有次下船後，我說想游泳，他覺得太危險而阻止了我。」

這話題不好，四人都默默不語。

「老師，您累了嗎？回去以後要馬上休息嗎？」麻里亞突然問平川。

平川想了一下回頭對她說：「不，也沒累到那樣，怎麼樣？」

「可以的話，想去看看在老師家的須磨子的畫像。」

「那幅畫？」平川露出一點困惑的表情，隨後說：「好啊，沒關係。」

「不好意思。如果您很累的話，不是現在去也沒關係，不知爲什麼突然很想要看。我很喜歡那幅畫。我這麼說很失禮，雖然老師的專長是風景畫，但是老師的畫當中，我認爲須磨子那幅畫是畫得最好的。心裡一直羨慕須磨子眞有福氣。」

「噢！」平川面向前說，「那麼，下次我也全心全意地幫麻里亞畫一張，一定不會輸給須磨子那幅畫。」

「謝謝。不過，不要勉強……」

「怎麼會勉強。不過今年的畫還沒結束，要畫麻里亞可能要明年了！」

「好。」

明年，麻里亞也會來這個島嗎？看她最後有氣無力地回答，可能自己也懷疑，明年此時是否景物依舊？嘉敷島上的悲傷回憶，還深深地烙印在她的心底深處。

「我們可以一起去嗎？」

「當然，當然。江神先生和有栖先生一起來吧！我一個中年男子獨占你們的偶像，可是會被怨恨的喲。」

「老師，有栖的表情說：『這傢伙哪裡配當偶像！』」

「我可是什麼都沒說呀！」

「所以是寫在臉上呀！」

「啊，後面在吵架嗎？」

「他們倆一向如此。大概感情太好了。」

「江神，你說什麼？」麻里亞說。

到魚樂莊的三十分鐘腳踏車車程，我們一邊踩著踏板，一邊閒聊著。

看到海時，感受那令人心情舒暢的海風。這個島眞是美。

※

在魚樂莊。

坐在撒滿北齋拼圖的玻璃桌前，喝著平川倒的冰咖啡。我們寧願談些與這個島無關的話題。談話之間，我發覺這位畫家對一般生活時事的認知相當疏淺。舉一個例子，他連現在的美國總統是誰都不知道。

「我那麼沒有見識，很丟臉。這或許可證明我全心全意投身於藝術，並以此自居，怡然自得。然而，像我這種三流畫家，若假裝成與世隔絕的藝術家，一定令人嗤之以鼻。我就是無法融入這個社會，對人類社會也毫不關心，一點興趣都沒有。孩提時期就對終究會死亡的人類，身陷於牛鬼蛇神的社會之中，感到格格不入。可能是天生的缺陷吧！不過，這世間還是有很多美妙且動人心弦的東西。不僅僅是美術。像這個島上的大自然、美麗的女性，都相當吸引我。我希望這些奇妙美麗的東西一直都能圍繞在身邊。」

平川淡淡地說。

如果萬事如意，沒人會來。
如果萬事如意的人，有誰會去？
這孤獨的涼亭，沒人來，沒人去，沒人住，
啊，就這樣有多好！

「大概就是這樣？」

「嗯，好像在哪聽過的一首詩。江神，是園部先生最喜歡的《魯拜集》四行詩裡的一節吧？」江神回答是。

「我也喜歡推理小說，有一陣子常常看。」畫家緩緩地靠著椅背。

「我最喜歡的是范・達因（譯註：Van Dine，一八八八～一九三九年，美國黃金時期的偵探小說作者，創造出名偵探菲洛・凡斯）。不是因爲他的推理小說布局好，而是喜歡他那狂妄的味道，有一種炫耀的趣味吧？他算得上是古今中外唯一一位既能兼顧美學與文學，又能狂妄吹捧自己的偵探。因爲繼承了嬸嬸龐大的遺產，才能過著追求學問與藝術的優雅生活。像菲洛・凡斯的生活，正是我夢寐以求的。」

「老師，您看起來也是悠哉生活的人呀？」

「才不是呢，江神。像我這種三流畫家，只能勉強糊口。我是一面羨慕費洛・范斯有個有錢的嬸嬸，一面要擔心明天飯碗的人。」

「您不是在這裡悠閒地度假嗎？可以在無人島上蓋一座別墅，每年來這裡度假的日本人，可是萬中選一的呀？」

畫家露出自我嘲解的笑容，「其實，我有位與菲洛・凡斯同樣的嬸嬸。她就是蓋這座魚樂莊的人，而我的叔叔是有馬鐵之助的舊識。他沒有小孩，所以，我叔叔死後，屋子才輾轉到我的手裡。他是個普通的資產家，好的遺產都給家族親戚平分了，我是性情古怪且令人討厭的風景畫家，他們最後不好意思地問我，給你這恐怖又不方便的不動產，如何？偏偏我這古怪的傢伙，正因古怪得不得了，反而歡天喜地地接受了。」

「只有老師才適合這份遺產。」江神露出柔和的眼神說，「可以的話，有想過整年都留在這四季如夏的小島上嗎？」

「沒錯。接近要離開的那一天，心情就愈來愈痛苦。小時候，我每到新學期要開始的前一個晚上，就會肚子痛。開學日的早上，甚至害怕得連早餐都吃不下。即使吃了，都會吐出來。不是討厭老師，也不是害怕同學惡作劇，況且成績也還過得去，也有朋友，就是不喜歡上學，應該是打從心底討厭學校吧！想到要進那扇門，肚子就不舒服，痛得不得了。到了這個年紀，雖然已經不會有那麼誇張的反應，不過我的心情在離開這個島的前一天會盪到谷底。我是一個天生有缺陷的不成熟男人，喜歡獨自待在喜歡的地方。」

「老師對於自己的出生感到迷惘，眞是看不出來。」江神輕輕地搖了搖頭，「簡直就是以故意過著優雅生活，來抗議自己的出生。」

「『優雅的生活就是最大的復仇。』有位日本美術評論家以這句話爲自己的書命名。」

畫家抓起桌上的拼圖碎片，在指尖玩弄著。他和江神旁若無人地聊著。

「麻里亞，噢不，應該要叫麻里亞小姐了。不看畫嗎？」

「要看，在後面吧？」

麻里亞起身。所謂後面不過是有個廚房以及浴室，浴室的角落是洗臉台。按照慣例，麻里亞搖搖擺擺地往後面走去，江神和我跟在她身後。平川靠著椅子，背對著我們啜飲咖啡。

「很棒的畫吧！」麻里亞盯著畫，我們頗有同感地連連稱是。

畫中的須磨子不是一頭鬈髮，而是及肩的長髮。穿著一件粉白兩件式套裝，坐在這房裡的椅子上。她姿態優雅地兩腳交叉，而斜亙著苗條的小腿，特別引人注目。細細的腳踝，打著赤腳，連小小的指甲都特別吸引人。眼睛望回臉部，下顎稍稍向上，視線與心情都是上揚的感覺，好像在遙望著遠方的天空。

我的目光暫時停留在她三年前的肖像上，更讓我覺得她是一位魅力十足的女性。

「眞好的一幅畫……」麻里亞語氣茫然，喃喃自語著。

「謝謝，聽了妳的讚美眞高興。」平川背對著我們說。「我也很喜歡這幅畫。所以，當須磨子對我說，想把這幅畫掛在有馬先生的望樓莊時，我因爲希望這幅畫一直掛在這裡，所以婉拒了。她還特地當我的模特兒，眞是不好意思。」

聽說須磨子在這段時間，非常迷戀畫家。至於他是如何看待須磨子的呢？他是一位視優雅生活爲至高無上的快樂主義者。須磨子對他而言，是否不過是一杯美酒？這種事情我當然無從了解。

畫家背對著我們一動也不動說：

「以後可以再來看。」

聽到畫家的嘆息聲：

「讓我休息吧，我累了。」

3

瞭望台上的涼亭。

我們三人吹著海風，眺望著蠟燭岩和雙子岩，像似遭遇洪水逃到屋頂上等待救援的受難者，登上全島的最高點。

「伯父跟須磨子兩人，應該是自殺的吧？我這麼覺得。」

她用指尖抓著紅色的髮梢，丟出一句話。我問她，爲什麼這麼認爲。

「因爲須磨子平靜的表情。手持來福槍的人闖入房間，爲什麼還能那麼平靜地死去？一般人的表情，應該是既驚恐又害怕地抽筋吧……」

「讓我們以這種假想，回到自殺的方向，怎麼樣？有一種講法，人死時靠在父親身上會得到救贖，所以才會有那種平靜安穩的表情。若是這樣，死時的表情就不一樣了吧！如果是他殺，要有更確切的證據。」

聽麻里亞滔滔不絕地說著，我的心底浮起不滿。麻里亞潛意識寧願相信他們兩人是自殺不是他殺。不過要有更確切、更巨細靡遺的證據吧。

「完吾先生跟須磨子小姐，有自殺的理由嗎？」

我這麼一問，麻里亞微微地搖搖頭。

「想不出來，是被謀殺的吧？」

「被謀殺的話，誰有謀殺動機？」我又問一次。「不就只有一個人嗎？」

「不太清楚。爲什麼要殺伯父他們，令人覺得不可思議。」

「話不能這麼說。」沉默不語的江神開口了。「若被殺的只有完吾先生一人，就有一個人有殺人動機，不是嗎？」

麻里亞立刻回應說：「你說的是純二？」

「對！」

「他們兩個人好像不合，但也沒到殺伯父的地步。何況，純二沒有殺須磨子的理由。前天雖然他說了些豈有此理的話，不過他可是眞的很喜歡須磨子。所以不可能的。」

當然，麻里亞的話能令人理解，但在時間上他並非沒有殺她的機會，邏輯上也不可能這樣就斷言。牧原純二絕不是兇手。

「這麼一來，我也說不上有誰是可疑。」麻里亞嘆氣地說，「有馬伯父不可能去殺自己的乾哥和姪女，禮子也沒理由做這種事。射擊空罐時歡天喜地的和人，是沒那種膽量的。犬飼夫婦、平川老師和園部醫生更不可能是兇手……」

麻里亞一臉困惑的表情。

沒有誰可疑。但究竟是誰殺的？兇手就在這些人當中。

「來福槍到底怎樣了？」

對於我的疑問，麻里亞再問了一次：「欸？」

「牧原先生他們如果不是自殺的話，兇器來福槍到哪裡去了？不在那個房間。兇手會不會爲了隱藏兇器，將兇器丟到海裡去？還是藏在某一個地方？」

這種說法令人不快，所以難以啓齒。

「那傢伙如果還拿著來福槍，那可不得了啊……」

「你還說那種事！」麻里亞瞪了我一眼，「杞人憂天的有栖。你在想下一個會是我，對不對？省省吧！最後答案也許是他們都是自殺。你不用那麼緊張吧！」

「又是自殺？」

「欸，沒人看見那個房間裡發生了什麼事，所以也不知道到底發生了什麼離奇古怪的事。——我要撤回剛才說的『謀殺事件』。畢竟什麼都不知道。」

「我也撤回。」

「什麼？」

「我對麻里亞說的『眞厲害』也取消。」

「儘管取消吧。」

別吵了，沒意義。

我們在勾起麻里亞回憶吉他的山丘上，靜靜地坐了一會兒。

「那是禮子小姐嗎？」

江神自語。麻里亞跟我朝著江神看的方向望去。有一艘坐了一位女性的船朝魚樂莊划行。——是禮子。

「好像拿什麼去平川老師那裡。老師來我們家時，把蔬菜塞進背包裡，可能忘記把背包拿回去了吧！」

這麼說來平川家沒有冰箱。

海浪看起來比昨天大。小小的一艘船搖搖晃晃地前進，眞勇敢啊！

挪開視線，映入眼簾的是位在這座島上的最高點的摩埃。今天它也依然像是傲視群倫般地矗立在山丘上。

「摩埃拼圖就不找了吧？」

我喃喃自語，社長回答說：「嗯！」

我們爲了尋寶這件有趣的事而來。昨天以前還覺得對京都的幾位學長感到抱歉。然而，今天的心境已經截然不同。

「都是摩埃的錯。」麻里亞開口說，「這個島沒有摩埃以前，完全沒發生過任何恐怖或討厭的事。祖父那年夏天，好像預感自己將不久於人世，找了一些挑夫跟測量技師來，在島上立了很多尊摩埃，第二年的春天就過世了。然後，就是須磨子跟平川老師開始了奇怪的戀情。再就是熱中尋寶的英人發生意外。這兩年來才稍微平靜，現在又發生了那麼恐怖的事件。我覺得摩埃好像對這個島下咒語。」

「來這裡的那天，我說摩埃是島上的幸運符，現在不這麼認爲了。」

聽我這麼說，麻里亞微微地對我笑了笑。

「很奇怪喲，我。才把剛剛說過的話撤回。」

我看著摩埃。——你眞的對這個島下了咒語嗎？如果眞是那樣，是不是有馬鐵之助老先生，站在你面前命令你詛咒這個島呢？

摩埃一定知道一些什麼。

這種思維莫名地不斷向我襲來。

4

我們在山丘上待到將近下午四點。

爲了避免談及兇殺案，我們有一搭沒一搭地繞著學校的話題閒聊。麻里亞建議幾項別出心裁的招募新會員方案。她發下豪語，明年春天要用自己的力量，成立英都大學女性推理研究社。建議不要用「推理小說研究社」這種沒有創意的名稱，改用更新穎的名稱。可是……像「Laughing Daedalus」或是「Muder land」這樣的名字會招來什麼樣的會員呢？這怪女人。

回到了望樓莊，大廳裡看到園部的身影。他一個人默默地專心拼圖的表情，宛如像參透了什麼似的。他的右手忙著拼圖，左手拿著布萊亞菸斗，卻無視於它的存在。

禮子從裡面出現。大概是從魚樂莊回來，換了一件感覺涼爽的牛仔短褲。

「回來啦！」

「回來了。園部醫生，很專心啊！」

麻里亞說完，禮子朝醫生的方向瞄了一眼。

「是啊，他從中午開始就一直在拼圖。可能想藉此忘記一些事情吧，拼圖可是要很專心集中注意力的。」

「喂，江神，過來幫忙。」

社長被這麼一叫趕忙回答：「是。」朝他身邊走去。

「其他人都去哪兒了？」我問。

「好像電影突然停格一般。」禮子微微地聳了聳肩：「爸爸跟純二都關在房間裡，偶爾下來上廁所。犬飼夫婦在這個窗邊看書或聽收音機，想轉換注意力的樣子，兩人剛才回房去了。園部先生就那樣，到處走動的只有……」

禮子欲言又止。

「怎麼了？到處走動的只有和人是嗎？那傢伙，做了什麼？」

「欸，不要生氣喲！和人搜查過一次了。他說要找他的來福槍。」

「搜查？他該不會進了我的房間翻箱倒櫃的吧？也進江神跟有栖的房間吧？」

麻里亞的表情好像特效電影中的變身畫面般咕嚕咕嚕地轉。禮子也跟著露出為難的表情。

「對不起，我本來要阻止他，可是和人硬要搜。要氣就氣我好了。和人說要是他一個人搜查，自己也會被懷疑，叫我跟他一起搜。我沒讓他進麻里亞的房間。他站在門口，我一個人進去看的。對不起，有栖先生。」

「什麼時候搜的？」

被這麼一問，麻里亞猶豫了一會兒說：「大家跟平川老師出去以後。」

「過分！」麻里亞大聲地抗議。「這麼說他就是等我們出門，準備搜家的呀！過分，眞不光明磊落。和人懷疑我們呀？還是等我們這些囉唆的人不在時才搜？我要去問他。」

「別去，麻里亞。」

「不，我沒法忍。和人在他的房間嗎？」

麻里亞毫不客氣地往走廊走去，禮子跟我一邊說等等，一邊在後面追趕。麻里亞出了後門，直接衝進隔壁和人的房間。

「喂，幹嘛，也不敲門。」

和人躺在床上。兩手交叉放在頭下面，只轉動眼睛看著門口的我們。

「和人，你趁我們出去時，在家裡搜查來福槍，眞自以為是啊！」麻里亞的語調很生氣。「我知道你要找兇器，但爲何不徵求大家同意後，再一起來搜？專門等我們不在時搜，是什麼意思？」

和人一聲「嗨喲！」坐起身。

「不要那麼生氣。我可不認爲把來福槍放在自己的房間，就是昭告自己就是兇手。可是，總要搜一次吧？我也請禮子跟我一起搜，做法並沒有不公平。妳可能只是不喜歡我省略掉的步驟。」

「瞧你一副蠻不在乎，自以為是的樣子。」麻里亞有點吃驚，「你沒回答我的問題。故意趁我們不在時搜，什麼意思？你不覺得做錯事了嗎？」

「一點都不覺得。我現在可以開始反省。不過麻里亞妳未免也反應過度了吧？」

麻里亞好像氣消了點，雙肩放下。

「那麼，我道歉。」連說「那麼」兩字好像都嫌多餘。

「有栖先生你不高興的話，我也道歉，請原諒。」

我回答了一聲：「欸。」因為麻里亞生氣在先，我還來不及反應。

「這個，真的不能修嗎？」

禮子一隻手放在桌上壞掉的無線電上，不放棄似地說。龍一跟江神都試過想修修看，一看就放棄了，因為根本就是無法修復。

「沒辦法啊。」和人放棄似地露著微笑，「我道過歉了，可以了吧？拜託你們，我想一個人靜一靜。」

「過於震驚而心神不寧嗎？還是想再絞盡腦汁當偵探？」

「我什麼都想不出來。就看有栖川先生了。希望他能像書中的名偵探那樣挖出兇案的真相。」

和人調侃地地微笑著。

「走吧！」

麻里亞用手肘推推我。跟來時一樣，她快步地踏出門，禮子跟我則在後面追趕。

「欸，麻里亞，忘掉一件很重要的事。」我一邊追一邊說。

「什麼？」

「我們完全忘掉無線電了。昨天晚上的事若是自殺，那麼爲何要破壞無線電？」

「啊，對喔！」她愣在那裡不動，「是啊。無線電被破壞就代表昨天的自殺說法不成立。眞討厭，我腦筋還沒轉過來。別那麼看我，有栖跟江神你們也是。」

「嗯，我也沒想到。可是，江神可能跟我們不一樣。在山丘上我們吵著回到自殺的說法時，他沒聽我們說什麼，一個人在深思。」

「我才沒吵呢！你怎麼那麼令人討厭。」

碰到女人心情不好的時候，要特別地當心、特別地謹愼與小心翼翼。因爲可能在不知不覺間又說錯話了。

回到大廳，正在拼圖的兩人，額頭幾乎快相觸地沉溺在遊戲裡。

5

麻里亞跟我在閣樓的房間裡欣賞貝殼的裝飾品，因爲沒別的事可做，所以玩西洋迷宮殺時間。從沒想到我們要這樣枯等著回去的接駁船隻。

「啊，太陽要下山了。」靠在窗邊的麻里亞說。

抬頭一看，夕陽正落在水平線上，可以清楚地看見太陽正慢慢地移動。一天中僅有這個時刻，夕陽會盡情地綻放光芒，彷彿要燃燒掉最後的一點生命，以閃亮的方式向「今天」告別。映照在房裡的是一片金黃色的落日餘暉，描繪出輪廓分明的陰暗景象。

此時，畫家是否跟我們一樣正眺望著海上的夕陽呢？

「真是美麗的……」麻里亞望著沉沒的夕陽輕聲低語。

這是我見過最美，也最悲涼，令人心神不寧的晚霞。

※

晚餐後，江神跟醫生繼續專心地拼圖。我跟麻里亞瞄了一眼，約略看出他們頗有進展，妖媚的腰部曲線與妖豔的耍蛇人的形象已出現在拼圖上。

「我，很喜歡這幅畫。愈看愈覺得好像要被黑夜裡的森林吸進去。」

頗有同感。真是一幅看不膩的畫。光是幻想耍蛇人吹著橫笛，不知在森林裡流瀉出何種曲調，就覺得很有意思。

「重點部分拼出來就覺得很有意思。」園部一邊燻著菸斗一邊說，「尤其是拼好這耍蛇女人的眼睛時，更令人愉快。」

雖然熱中拼圖的人是閒人，但比起來，在一旁觀賞的人更是無聊。所以，我和麻里亞各自回到自己的房間。是打算睡覺呢？還是打算明天再見呢？才九點不到，麻里亞說了「晚安」後，就回房間了。

我回到房間的第一件事就是先上鎖。但總覺得有點毛骨悚然。

做什麼呢？先從床邊的書架上抽一本寵物雜誌來看，儘管故事情節不錯，最後還是看不下去而把書放回去。我跟剛才的和人一樣，隨便躺在床上，眼睛盯著天花板胡思亂想。思路很亂，偶爾腦海裡若隱若現地浮現出，跌倒在血灘裡牧原完吾跟須磨子的影像。

來福槍究竟在哪裡？沉到海裡去了嗎？

我起身靠在窗邊。兩個小時以前吞噬夕陽餘暉的大海，似乎在傾訴著內心的空虛，眼前一片黑暗，只聽到刷刷的海浪聲。夜空下，點點繁星一閃一閃地對著凡間祈禱、歌唱，宛如正在進行的祭典。不管怎樣，窗外畢竟不是人的世界，一伸出手就好像會碰到盡頭。

有敲門聲。

「哪位？」

我對著門問，是麻里亞的聲音。

「我。……門上鎖了。」

「恐怖嘛！」我一邊說，一邊開門。

「幹嘛？剛才不是說晚安了嗎？又要取消啊？」

「嗯，現在睡覺還太早了，而且一個人會胡思亂想、心神不寧。有栖你不會嗎？」

麻里亞站在門口小聲地說。我則走出了房間。

「那去散步吧！」

麻里亞同意地點點頭。

江神他們還在大廳裡拼圖，和人發呆地坐在窗邊的藤椅上，我們打了招呼後便步出戶外。舒適的海風吹拂臉頰。我們並肩齊步，暫時默默不語，只聽得到兩人的腳步聲。

「要不要去沙灘？」

這樣走的話還是要原路回來，我贊成麻里亞的建議。

我們回頭繞到望樓莊的後面，從棕櫚樹林通往沙灘的階梯走去。我先下去。更加接近海浪了，可以聽見潮水激起浪花又消失的寂寞聲。

到了海邊。一點都不覺得這裡與昨天下午作海水浴是同一地方，反而像一片黑暗又陰森的陰曹地府。我搖搖晃晃地走在沙灘上，聽到足下砂石的聲音，心情才覺得舒暢。

突然聽不見麻里亞的腳步聲，回頭一看，只見遠方的她，蹲在浪花的旁邊，兩手撥弄著撲身而來的波浪。一頭深褐色的紅髮在月光下更顯得閃閃發亮。我凝視著這般景象，緩緩地走近她身邊。她的手掌流出幾杯水回歸大海。

「夜晚的海不恐怖嗎？」

聽到我的聲音，她還是蹲著不動，凝視著遠方的海面。像是要融入黑暗似地搜尋著水平線。

「在這海裡喪命的話，很恐怖呢！」

麻里亞的話有很大的回音。

「英人兄在如此孤寂的海裡喪生，不知他到天國了嗎？在暗夜的海上死去，如果能上天國的話也好……」

我不發一語。麻里亞只是在喃喃自語罷了。可能是希望我聽到她的心聲吧！

我發現腳邊有個被浪花沖過來的小木片。有一半被埋在沙裡，彷彿不想被波浪捲走，拚命地抵抗。我蹲下撿起手心一般大的五角形厚板，有點像象棋的棋子，正中間挖了一個長方形的洞。

「護船符。」正當我不知這是何物時，麻里亞瞄了一眼說。

「護船符？」

「嗯，喜歡邊走邊找東西的英人告訴我的。他說這是保護船的神，乘船時祈禱航海安全，要將此放在船中央。你看，中間有個洞吧。這裡可以放各種東西。例如：男女一對的娃娃，或是一圓硬幣、女性的頭髮……還有很多，不過我忘記了。有栖你撿到很珍貴的東西呢！這是我第二次看到這樣東西。英人說這東西可能是棄船時被丟掉的，我則覺得是由沉船上漂流下來。」

我用潮水洗掉木片上的砂粒對麻里亞說想要好好保存。

「中也的詩有寫過：在月夜的海邊拾得鈕扣，只不過是一個鈕扣，卻疼惜得不捨丟棄。」

麻里亞緩緩起立，終於看著我的眼。

「有栖，我們來划船。」

十分唐突的一句話，不過，到目前爲止，她的話我都照做。

「好啊，上船吧！」

停泊船隻的碼頭，看起來像個突出於海面的細長舞台。我們將足跡留在沙灘上，走向碼頭。船繫著繩索。我先讓痲里亞上船，然後再拆掉繩索自己跳上船。

「走吧！」

我踢了一下木板，船就出去了。握著槳慢慢地划。我們進入一片漆黑且讓人毛骨悚然的海面。頭頂上的月亮將月光投射在海面上，隨著海浪搖晃波光粼粼。從船緣望向海面，可以看到螢火蟲飛舞在海浪間，銀砂似地閃閃發亮。此刻我像機械一樣地划動著雙槳，覺得隨波逐流，不管被帶往哪裡都好。

腦海裡浮現一首我很喜歡的詩，只要我心情不好時，會一句一句地默念。

月亮悄悄出來，
乘船出海吧。
海浪刷刷地響，
應該有點風吧。
到了海上一片漆黑，
船槳滴落的水聲，
聽起來份外纏綿，

當妳說話中斷時。

可是「妳」依然默默不語。

月亮側耳傾聽著，

再下來一點，

當我們接吻時，

月亮就在我們頭上。

麻里亞終於微微地笑了。並說：「你好像在說服我呢！」因爲兩人都知道不是如此，我也微微一笑。

妳訴說著，

不管是無聊的，嘮叨的，

我都一一傾聽。

——可是划槳的手別停喲！

這是回應剛才她的反應。也是中原中也的詩。

「有栖，厲害，厲害。你是爲了這種時候，才背下來的吧？連我都差點被感動了。碰到你喜歡的女孩，可派上用場呢。」

「謝謝。要是能讓麻里亞感動，就連希臘神話裡的蛇髮女妖梅杜莎都會被我感動。」

「這麼說就太過分了。」

到了海灣中央。我繼續划著船，在那附近畫一個大圓。

「累了吧，有栖。休息吧？」

「好啊。」

我放下槳把船停住。任憑船隨著波浪搖晃，盡情地享受著漂浮的感覺。

「英人就是在那裡被發現的。」

麻里亞指著海灣最裡面的地方，可以看到一個大大的黑影，是烏帽子岩。

「他被打到那個岩石上面。溺死的人會先沉下去，然後會因爲體內積滿空氣而漂浮上來。可是英人並非那樣。他可能是在岩石不遠處溺死的。所以模樣看起來並不恐怖，臉部跟平常一樣，只是變冷了。」

眞想對麻里亞說，別說了。那岩石簡直就像死亡之島上的小船。還是別再談論死人的事情。否則，暗夜裡很快就會浮出死亡的氣味。她或許是想回到當時與英人在黑夜的海上划船的記憶裡，才讓我划船。嗯，要怎麼用我，全都悉聽尊便。只是別滴滴咕咕的，像是要把死人從黑暗的海上叫回來。我可不想。

麻里亞沉默了。之後，也沒再提英人的事。

「有栖，回去時我來划。」

「不用。我可以。」

「嗯，交換吧，我過去。」

「我不累，回去還可以划。」

「我想划嘛，欸，交換？」

麻里亞已經有一點生氣地半站起身。我對於要在狹窄的船上換位子感到麻煩。

「站起來很危險。坐下。回去再換。」

「不要。我也想划。」

「眞麻煩，危險，坐下。」

麻里亞不放棄，我只好讓她，一邊想著好吧一邊起身。

「喀！」

麻里亞沒站好，當場摔個屁股著地。船左右搖晃讓半蹲著正要過來的她，東倒西歪地大叫。接著船搖得更加劇烈。她拚命地想保持平衡，船卻搖得更加厲害。

「啊！不行！」

麻里亞終於撐不住而掉到海裡，激起了很大的水花。

「麻里亞！」

我本來可以伸手救她，可是船因為麻里亞的跌倒產生了反作用力，整艘船失去重心，最後整個翻了過來。當然坐在船上的我也被拋了出去。

「啊！」麻里亞的聲音。

「啊！」水的聲音。

「有栖。」麻里亞的臉一沉一浮。

「沒……問題吧？」

我立刻游回翻覆的船邊並抓住船，看著慌張的麻里亞，心裡想著：怎麼會沒問題？她自身難保還擔心別人，眞是滑稽。

我伸出手想拉她一把，她立在水裡，嘴裡一邊吐著水，一邊朝著我游過來。跟我並排抓住船以後，她深呼吸了一口，搖搖頭說：

「糟糕，船翻了。」

「我不是說不要站在船上嗎？」我說完才發現船都翻了還說這些，眞是愚蠢，於是立刻閉嘴。

「船可以翻過來嗎？」

「翻是翻得過來，槳呢？」

「被沖走了，可能還在那一帶。找找看吧！」

我們把船翻過來以後，用蛙式在船的四周來回地游了幾趟，只找到一枝槳，另外一枝怎麼都找不著。應該不會飄到多遠的地方，可是就是找不到。我把找到的槳丟進船裡。

「眞麻煩，另外一枝好像不見了。」

「這裡也沒有。」

對方附和似地回應著。我朝她那邊游過去，暫時像水母一樣地漂浮在海上。

「我們眞差勁。」麻里亞浸在水裡睜著眼睛大聲地說，「我們把這個島上唯一的水上交通工具給毀了。」

「沒辦法，游回去吧！這麼黑也找不到。」

「明天找可以嗎？」她像一個作業不會寫的小學生，很擔心地說。

「天亮的話，應該找得到。早上再找。我們也累了，先回去吧。」

「我們眞笨。」

不要每句話都用「我們」這複數代名詞。十之八九都是妳的錯。

總之，我們留下一枝孤獨漂浮在海上的槳，游回退潮岬。有趣的是一邊游一邊聊著白天的事。眞是名符其實的海上夜泳冒險。

「有栖！」

「欸？」

「更……快……一點……游……」她喘著氣，一個字一個字地和水一起吐出來說，「普通……游……」

我不是說過我游得很慢嗎？麻里亞沒再說什麼。

聽著耳邊搖晃、騷擾的水聲，一股孤獨感油然而生。

「不……恐怖嗎？……」

「什麼？」

「好像什麼東西……有誰……抓住……腳……」

這種時候，還說這麼令人討厭的話。我可是很膽小的。該不會是想把英人從海底叫出來吧，真是毛骨悚然。而岬還在很遠的一邊。

「有栖！」

什麼？什麼？

「鞋子……掉了……一邊……」

掉了一邊的鞋子，我怎麼知道到哪找。我又不是灰姑娘裡的王子。

「明天……找吧……」

她沒再跟我說話。

來到約一公尺深的距離，我們站起身搖搖晃晃地走向岸邊。像不像是恐怖小說家洛夫克萊夫特小說裡的怪物登陸，真是恐怖的經驗。回頭一看，穿著貼身運動衣的麻里亞覺得有點不好意思。

「沒關係，不透明。」

「有栖，你先走。」

我照著她的話走在前面。聽到麻里亞跟在後面的腳步聲。鞋子裡的水吱吱地響著。

「這麼寶貴的經驗，妳可以在秋季的社刊裡寫一篇神祕推理劇了。」

我面向前，聽到她問：「題目呢？」

「這還用問。當然是『夜泳』囉！」

「無聊。」

拖著沉重的腳步登上石階，終於回到了望樓莊的後門。

「幾點了？」

「嗯。」我沒帶錶。「還沒十一點吧。」

「睡吧，做了這種全身運動，一定很好入眠。」

確實如此。應該不會再對昨天的兇殺案胡思亂想了吧！我們像兩隻溼透的老鼠，互相對望了一眼後同時笑了出來。

「別人看到的話不知道會怎麼想。」

「拜託妳可要說眞話喲！要是妳說在船上被我欺負，才翻船的話，我可是百口莫辯啊！」

「我才不會開那種危險玩笑呢，況且對一個根本不可能的人。」

「眞會說話。」

我們像是超過門禁，尙未返回住宿處的學生，偷偷地從後門溜進去。由於要輪流淋浴，我們先上樓拿換洗衣物。一邊想著江神在的話，不知會說什麼。我進了房間後發現社長不在。難道他還在跟醫生拼圖嗎？匆匆地拿了換洗衣物，來到走廊，正巧碰到麻里亞鬼鬼祟祟地關上房門，並躡手躡腳地走到樓下。我先讓麻里亞進了浴室。要是我在門口等，兩個人都不舒坦，於是步出戶外，一隻手提著衣服，到處閒晃打發時間，一邊想著我究竟在做什麼？

「對不起，久等了，有栖。」

一身T恤短褲的她，露出一副清爽的表情。剛洗過的頭髮讓她更顯得魅力迷人。擊掌交棒，換我淋浴。

等我穿好衣服出去，發現後面的門還是開著。原來麻里亞跟剛才的我一樣，正徘徊等著。

「幹嘛不回去？」

「嗯，那樣就太無情無義了吧！」

沒有不好的感覺。我們步出戶外，海風吹來，頓時覺得涼爽。如果站在後門講話，可能會妨礙到和人，於是我們往陽台走去。落地窗的旁邊停了兩輛腳踏車，另一輛放在玄關的旁邊。

「今天我一整天都跟有栖在一起耶！」

她屁股的一半坐在其中一輛腳踏車的座椅上。我一邊想著她爲何不坐在窗台上，並一邊簡短地回答說：「是啊。」傍晚以前都跟江神在一起，晚餐後三十分鐘我一個人在房間，其他時間都與麻里亞在一起。要是被其他單戀麻里亞的同學知道，搞不好會流淚後悔。

「好涼的風。」

麻里亞瞇著眼睛說：「昨晚的風雨是讓人心情愉悅的盛夏夜，像是一場虛構的故事。」我覺得她想要跟人話天明。在麻里亞說要回房間以前，我還是不要開口。

「妳知道一起上語言學課的秋川嗎？」我未經大腦地突然脫口而出。

「知道呀，怎麼了？」

「他好像喜歡妳。」

麻里亞一時無語，之後像是聽到別人的緋聞一樣地「欸」了一聲。眞是奇怪的反應！我爲何在這種場合，突然開啓這種話題，自己也眞奇怪。

「你爲什麼現在說這種話？想要當戀情的傳聲筒嗎？」

我不知該如何回答。只說他沒拜託我當傳聲筒，就接不下去了。

「換個話題吧！」

「怪胎！」

我們一邊吹著海風，一邊斷斷續續地聊些無聊的話題。感到時間過了很久，我終於知道她爲何要坐在腳踏車的椅墊上了。這樣我們才能在三更半夜時以小小聲的聲音與旁邊的人竊竊低語。

我問她現在幾點了，一聽十二點十五分，話題就在由我說出「回去吧」後，拉下了序幕。

麻里亞掉了一隻鞋，我拾獲了一個護船符——這是個即將消失的夜晚。

6

第四天。

看到端著早餐的麻里亞，讓我頗難爲情。想起昨晚的事，總覺得不像是平常的自己。麻里亞垂著眼，將盛著荷包蛋的盤子和咖啡杯放到我面前，看了一眼她的表情，和平常一樣。

「船要後天來。」

犬飼敏之一邊說一邊仔細地將果醬塗在吐司上。從他的口氣，聽不出來是覺得船快要到了呢？還是覺得怎麼那麼久才到。老實說，我也覺得不耐煩，非得等那麼久不可嗎？有些問題絕對不能在吃飯時間開口說的。——放在二樓的牧原完吾和須磨子的遺體，在這麼熱的天氣裡，不知道能保存到什麼時候……

牧原純二今天好像恢復了一些食慾，義務地坐在桌前吃飯。他撕下麵包沾著咖啡，這種吃法在日本並非是高尚的吃相，不過應該是他的習慣吧。而他的臉色還是一副消沉的樣子。

有馬龍一一邊喝著第二杯的番茄汁，一邊說他昨晚一個人在房裡喝了太多的睡前酒。

「連續兩天了。大清早的別愁著一張臉，打起精神吃飯吧！」

能這樣以一副毫不客氣的口吻責備龍一的是園部。他的手拿著布萊亞菸斗，裡面塞著特別混和的菸草。他倒是很有精神，氣色頗佳。

隔壁坐的是咬著吐司的敏之。里美靈巧又熟練地使用刀叉吃荷包蛋。兩人皆默默不語。敏之一度說：「很好吃的果醬。」里美回答說：「是啊！」

和人快速吃完早餐後，跟往常一樣夾著香菸吞雲吐霧。他今天早上特別安靜，茫茫然地望著房裡的角落，不知在想些什麼。而嘴唇微微牽動，幾乎是沒有聲音的自言自語。

禮子跟麻里亞準備完早餐後，就坐到餐桌前，兩人宛如感情很好的親姊妹，聊著頭髮的樣式、選鞋子的方法等實用且不著邊際的話題。席間，聽到麻里亞說：「有栖……」，可是沒聽到她們在談論我什麼。

「昨晚深夜你們在哪裡？」觀察過早餐桌上大家的狀況後，旁邊的江神問。

昨晚十二點十五分我靜悄悄地回到房間時，社長已經上床睡覺。不過可能驚覺有人，張開眼睛只說了一句：「怎麼那麼晚？」我一邊不明所以地回答：「欸，有點。」之後就爬上自己的床。江神轉身就睡了，昨晚的對話就只這樣。

「嗯，其實……」

正要說明船翻的來龍去脈，麻里亞從對面的座位阻止說：「等一下──反正大家都會知道的，我來說。我比較好說。」

麻里亞對著大家說明昨晚我們搞砸的事。大家的反應幾乎都是「是啊」、「呀」、「啊呀」、「真危險」之類的話，好像沒有人擔心還在漂流的船隻，讓我安心不少。我以很認真的表情說，中午以前我和麻里亞會出海，找到槳後再把船划回來，幾個人笑我說，不用說得那麼用力。偶爾被笑也情非得已。

江神看著我一邊輕輕地敲著桌面。只說了句：「我也幫忙找。」

「眞像是麻里亞呢！」禮子笑著說：「我也幫忙找。」

里美在丈夫耳邊低語，連敏之都說：「我也去。」這就麻煩了。大家的幫忙讓我很傷腦筋，正不知該如何是好，江神伸出了援手。

「我想不需這樣勞師動衆。晚輩的疏失，我幫忙就可以了。如果還不行，再請各位幫忙。」

既不做作，也表達出了心裡的意思，因此擺平了大家的意見，我安心不少。我一邊看著社長一邊想，要是能順利找到船槳就好了。

對於自己的行爲只有一句話：「眞笨！」

吃完早餐，大家無所事事地聚在大廳看電視，我們斜眼瞄了一下，登上二樓。從走廊的窗戶眺望海灣，可以看到被我們棄置不顧的船還漂流在海面上。原本擔心船要是流到海灣外面的話，那就糟了，現在看到船被沖向滿潮岬的方向，稍微放心。

換好泳衣後，出了後門，下了石階往岸邊走去。沒想到因爲發生那件事，造成還要換泳衣。

「游到那邊，以船爲基地，分頭去四周的地方。」江神一邊作暖身操，轉過頭一邊說：「妳好像很累。」

麻里亞露出疲憊的表情。「爬上瞭望台或是高一點的地方，看可不可以找到。」

「不行不行。只要能維持體力就努力游游看吧！」我說。

我們三人一起下水，往船漂流的方向游去。早晨的海好像被我們獨占似的，讓人心情覺得特別舒暢。麻里亞又說：「有栖，很慢耶！」我努力地游。

游到了船邊，我們抓著船，決定誰負責哪一方位後就分別散開。

搜尋船槳要靠運氣，若是與漂流的槳錯過，便會找不到。這麼一想，我不免又悲觀起來。

在尋找船槳與休息之間，大概花了一個小時。正感厭煩時，遠遠地就聽到江神說：「有了，有了。」我先游回船邊，看到社長將船槳夾在腋下，側泳游回來。另一邊來的是麻里亞。

「對不起啊！讓你們游了一個晚上。」麻里亞對著船跟槳低頭道歉。船又恢復了功能，這麼一來當然想坐船回去。可是小船無法同時搭載三個人。

「我游回去，江神你跟麻里亞划船回去。」

我這麼一說，他們倆就說好吧。

「可是，這邊很接近滿潮岬的方向。……對了，向平川老師借腳踏車吧？有栖也累了吧。」

「這也是一個辦法。」

因爲累了，有點想要上岸。

「可是那樣的話，還要把腳踏車還給老師。」

「中午去還就可以了。我再用船去接你。」

原來如此，這麼一來誰都不用游泳了。我接受。這時江神突然大聲了笑了出來。

「怎麼了，江神？」

麻里亞瞪著雙眼，驚訝地望著一旁爆笑的社長。社長忍著笑說：

「怎麼？照這樣？有栖爲何要騎腳踏車在魚樂莊和望樓莊來回繞一圈？」

啊！不爲什麼。

「就說有栖游泳游累了，爬上滿潮岬，想在平川老師家休息一下。我跟麻里亞先划船回去，下船後，再去接有栖，也可以吧？」

對，只要這樣就好了。很好，不用向平川老師說明事情的原委，也不用向他借腳踏車。——就是這樣，我不擅長拼圖。

「江神，你以爲我是笨蛋？」麻里亞瞪著他說。

「不，完全沒那個意思。啊，我的大笑傷到妳了，是嗎？」社長含著微笑。

「不是的。我覺得好笑，是因爲在一旁聽到兩位說話前後矛盾。一時間我還認爲對，認爲麻里亞的頭腦眞好，自己覺得好笑罷了。」

「你安慰人的話，還眞不具說服力。」麻里亞不以爲然地啐了一下。

距離滿潮岬好像不到一百公尺。抬頭看著魚樂莊。因爲口渴，不知道可以去討些什麼喝的。

「這副德性去老師家會不會失禮？反正待會兒要用船去魚樂莊接有栖，想問問老師有沒要帶的東西。我也口渴了。」麻里亞說。

「沒關係吧。順便請老師幫忙畫一幅穿泳衣的畫像吧！」我說。

「有栖又在說無聊話。我只會降低老師的創作慾。」

別生氣。麻里亞好像發脾氣了，很難判斷她是不是眞的生氣。

三人一起穿著泳衣到老師家，老師不會介意吧？我們決定先登上滿潮岬再說。江神握著船槳，我游在船的旁邊。

魚樂莊停船的碼頭，就在石階旁邊。江神跳上去綁繩索。我也爬上岸，三人登上石階。

繞到前門，麻里亞敲敲玄關的門叫著。叫了三次，老師都沒回應，她歪著頭說：「不在嗎？」看到紅色腳踏車，還放在那裡。可能是在附近素描吧！

「可能外出了吧！」

麻里亞一個人嘀咕著並用手轉開門把。自從前天的事件以後，我們都把門鎖上，老師跟我們不同，沒上鎖。門把喀拉一聲，門開了。

「老師，在嗎？」

麻里亞客氣地朝只有一個房間的屋子，門半掩著身子叫著：

「對不起，老師……」

麻里亞的喉嚨咕的一聲。我們從她的肩膀後面往室內一瞧，江神跟我不約而同地從嘴裡發出了「啊」的聲音。

平川坐在玻璃桌前的椅子上，額頭貼著桌面。我們先從那不自然的姿勢中，發現事態不妙。再仔細一看，老師的胸前是一片染紅的印跡。由於前天的兇殺案還歷歷在目，所以馬上就想到那是血跡。

「江神……」

麻里亞望著旁邊社長的臉孔。

江神扶著她的身體，走向平川身旁。抓起他已下垂無力的左手，按著脈搏，轉身向我們搖頭示意。麻里亞嘴裡露出：「怎麼……」的聲音。我覺得出現在眼前的「死」太突然，一時之間也說不出話來。

「血從胸前溢出。好像跟牧原他們一樣，是被槍擊中的。」

我直覺是：同樣一個人幹的。發展成連續殺人事件是很恐怖的，可是更令人無法忍受的是，在這個小島上，有個陰謀者分別犯下兩起兇案。

我們昨天回去時看到老師的背影，竟然是他生前最後的樣子。他是什麼時候被殺的？他死時坐的地方，跟昨天分手時坐的地方相同，難道是我們一回去就被殺的嗎？還是更久之後，這些並不清楚。應該先拜託園部醫生來驗屍吧！

「叫園部醫生來。」

「啊，有栖去。」

社長一邊向下看著屍體，一邊低聲說。我覺得這不是去叫隔壁的人罷了。

「江神要留在這裡嗎？」

「對，你跟麻里亞坐船回去，通知那邊所有的人。然後你再載醫生搭船過來。順便把我的衣服一起帶來。」

「是。」我回答，向麻里亞說：「走吧！」

「江神……」她不動，用微微顫抖的指尖，指著桌子旁邊的地板。

「那是什麼？那個，散落在地板上的……」

不知道她指著什麼，我也看著地板。並沒有什麼特別奇怪的東西，還不如說東西在那是理所當然的。——散落一地的是紙版拼圖的碎片。

我說：「平川老師是在桌前拼圖時被擊中的吧！他被打到以後趴在桌上，還沒拼上去的碎片則掉到地上散落開來！」

「不，散得太開了，這是……」江神懷疑似地一邊說，一邊伸出頭看著桌面。「他已經拼好的一半沒留在桌上。」

怎麼回事？難道是平川倒在桌上時，把完成的部分跟未完成的碎片，一起掃到桌下，散落一地的嗎？

「你不覺得這樣也很奇怪？就算桌上所有的東西都掉下來，會亂成這樣嗎？這簡直就像是故意打亂的。」

「麻里亞，現在不是討論這些的時候。情況確實奇怪，以後再說吧！」

我催促著她，她嗯了一聲，終於步出戶外。

「走，快去叫園部醫生來。」江神簡短地說了聲拜託。

眞是殘酷啊！兇案現場的外面是陽光奪目，一片萬里無雲的晴空，多麼有生命力的景色。

畫家突然去逝。破壞了幾個人平靜優雅的生活……

7

我拚命划船，到退潮岬大約花了十五分鐘。跑上石階，氣喘吁吁地抵達後門。我叫麻里亞趕快換衣服，然後跑向大廳。

「啊，發生了什麼事？那麼慌張？」

正在看電視的敏之驚訝地望著我。在一旁的純二也訝異地看著穿泳褲的我。正在拼圖的園部倒是反應很快，馬上站起來。

「誰溺水了嗎？」

「不，不是。不是那樣。……醫生，快去魚樂莊。平川老師死了。好像是被殺。」

「什麼？」

園部呆住了，我連續說了幾聲快去，醫生才回過神來點點頭。

「這究竟是怎麼回事？」滿臉鬍鬚的純二瞪著我問。「不清楚，我也去。」

「我也去。」敏之起身，「啊，那船呢？槳找到了嗎？」

「欸。……我用船載醫生到魚樂莊。牧原先生跟犬飼先生，對不起，請你們騎腳踏車過來？」

「就這麼辦！」兩人異口同聲回答。

這時里美也一起跟麻里亞從二樓下來。她好像從麻里亞那聽到事情，臉色蒼白地對著丈夫說：

「你聽到了嗎？」

「現在才聽到的，我要騎車去看看。」

「我要通知伯父。」麻里亞說。

「在哪裡？後面的房間？禮子跟和人在哪裡？」

園部回答說：「有馬出去了。他昨天悶在家裡一天，說要出去動一動。禮子和和人……」

我趁著這個空檔回到房間換衣服。正要飛奔出門，才想到江神的衣服，於是又趕緊回去拿。一下樓看到禮子跟和人也在吵雜的大廳。兩人好像都從房裡被叫了出來。

「這樣，醫生跟有栖川先生先坐船去魚樂莊。」敏之看著下樓的我說。「我跟牧原先生、和人三個人騎車隨後就到。里美，你跟禮子、麻里亞一起去找大哥。他可能在完吾先生跟醫生平常釣魚的岩場。」

敏之俐落地分配任務，大家立刻採取行動。我心裡焦急得想要去拉園部的手，他卻在這個時候往二樓走去，並說：「我要去拿診療箱。」這讓我更焦慮不安。

結果，從我把江神留在魚樂莊，到帶醫生回到現場時，大約過了五十分鐘。江神一邊望著海一邊等我們。我們把船停在碼頭時，他已經佇立在石階上。

「醫生來了。……這個，你的衣服。」我把衣服交給社長後，他領著園部進入房內說：

「這很殘忍。跟完吾和須磨子小姐一樣。」

一看到畫家的屍體，他把手放在額頭上發出嘆息聲。不愧是醫生，他馬上就恢復了精神。爲了檢查屍體，他先將平川的上半身立起，靠在椅背上。跟之前一樣，一邊檢查，一邊說出他的感覺與看法。

「只有胸前的槍傷。在靠近胸口右邊的地方。這與上次一樣，偏離要害。兇手好像並不擅長射擊。估死亡時間昨晚……零點到兩點之間。噢不，前後抓一個小時，大概是晚上十一點到凌晨三點左右比較沒問題。受傷以後應該還有些氣息。只是可憐他一人在這單獨的房子，就算想求救也聽不到。總之，他跟前天的兩個人一樣，有著非常類似的槍傷。子彈未取出前無法判斷，不過同一兇器的可能性很高。」

「多遠的距離射擊的？」江神手裡拿著衣服問。

園部回答：「可以斷定的是三十公分以上。感覺一公尺以上。」

「除了槍之外，沒有其他的傷吧？譬如抵抗的痕跡？」

「乍看之下沒有。大概是坐在椅子上，隔著桌子被擊中的。子彈好像是從上往下射擊，兇手應該是站立著。」

「隔著桌子被射中……犯罪現場就是這裡？」

「沒錯。被打到以後，他也站不起來吧！」

「其他呢？」

「沒有了。我所知道的就這些。」

「是嘛……」

江神穿衣服時，園部跟我坐了下來，稍微沉默了一下。空氣顯得格外凝重。

「好像沒有打鬥的痕跡。」

我一開口，醫生僅回答說：「是的。」

「醫生，原本拼圖是擺在桌上的。昨天我們看到時，大約有一半已經拼好了，現在地板上卻是四處散落的拼圖碎片，我想平川老師可能跟犯人繞著桌子打鬥。」

醫生看著地板上的碎片陷入思考。

「沒有打鬥嗎？」

「不可能有很大的打鬥。受害人的臉部、手部，沒有一點擦傷或瘀傷。衣服完全沒亂吧？……欸欸，這好像是城裡的外科醫師，接受檢察官的命令。」

園部醫生說得沒錯，穿著麻襯衫的屍體，胸前沒有一點皺摺。如果拼圖因扭打而被打亂，掉在地板上的碎片，應該有幾個被踩踏過的痕跡，現在卻找不到一個骯髒或破損的碎片。這就像一些小事，或找不到解答的小謎題，我是想破了頭也想不出來。

「對了。」想起一件事。「這應該是兇手弄亂的吧？欸，醫生，平川老師的傷不是命中要害，不是立即死亡吧？所以，平川老師還有留下臨終留言的時間。」

「臨終留言？啊，臨死以前寫下兇手的名字。對吧，有這個可能吧！但這跟拼圖有何關係？」

「所以，平川老師使盡最後的力氣，用自己的血在拼圖上寫下兇手的名字。桌子的周圍因爲沒有文具用品，所以只能那樣寫字。」

「嗯，所以？」

「平川老師在拼圖上寫下兇手的名字，作爲臨死留言。可是兇手還沒離開現場，他察覺到寫好的留言，於是慌張地將拼圖從桌上撥到地上弄亂。我們把拼圖重新拼好，說不定兇手的名字就在上面。」

園部想了一會兒。換好衣服的江神也加入討論。

「還有一些難以明白的地方。兇手發現平川先生寫下的臨終留言，他把它打亂就好了嗎？若是重新拼的話，自己的名字不就會出現？要是我，就會想辦法把那些字塗掉，或是把所有的拼圖丟到海裡去。」

「道理是沒錯，兇手可能因爲緊張，無法冷靜判斷。」

「是啊，要是自己的名字被寫下來，不管怎樣一定要把它擦掉。嗯，這麼說來，把地板上的碎片撿起來，只要連連看有寫字的部分，就可以找出一些端倪。這樣的話，不需要把所有的拼圖重新拼一次。」

「欸，就這麼辦吧！」

當我們彎下腰撿拼圖碎片時，從門口傳來腳踏車的聲音。敏之他們到了。進門看到坐在椅子上的屍體，又看到我們蹲下不知在做什麼，大家都嚇了一跳。

江神對匆匆趕到的敏之、純二、和人三人簡短地說明狀況，三人只是呆呆地站著聽。

「昨晚半夜嗎？沒有聽到槍聲啊！」

和人喃喃自語。這裡到望樓莊的距離，就算聽到槍聲也是非常地小。

「也是來福槍嗎？同樣一個人幹的？」敏之自言自語。然後皺著眉頭，搖搖頭，一副恐懼的表情。

「那，你們幹嘛趴在地板上？收集證物嗎？」

正當我們要回答純二的疑問時，園部「啊呀」了一聲說：

「有栖川這樣不行。你的假設不成立。」

「為什麼？」

「你看這個。」醫生拿一片沾有血跡的拼圖給我看，「拼圖表面塗了一層聚乙烯樹脂。這裡沾有血跡，看，寫不上去。不用油性筆是寫不上去的。」

「背面呢？」

「背面也一樣。平川老師沒有在紙版拼圖上留下遺言。噢不，寫不出來。」

這究竟是怎麼回事？我重新想了想，園部提出了另一種推論。

「你剛才的話，很可能猜對一半。可能是這樣。——平川老師使盡全力地想把兇手的名字留給我們，所以先用血在完成的拼圖上面寫字，卻沒發現拼圖是聚乙烯樹脂做成的，不能寫字。總之，他用手指沾血試著寫出兇手的名字，可是，還沒離開的兇手發現了平川的企圖，伸手拿起拼圖，打落在地板上。大概是那樣吧？」

滿合邏輯的推論。受害者最後想要留下兇手的名字，這是很自然的事。而坐在椅子上不能動的他，能用來當作寫字的東西，最先浮現腦海的，應是眼前的紙版拼圖吧！由於到牆壁還有一些些距離，不能寫在波斯地毯上，也不能寫在由玻璃板和金屬做成的桌子上。即使知道是聚乙烯樹脂，手伸向拼圖是很自然的。雖然實際上不可能寫什麼東西，可是兇手看到後卻嚇了一跳，把拼圖打亂的反應也是很自然的。只是……

「兇手把拼圖打亂以後，爲什麼沒有阻止平川老師？說得殘忍一點，就是爲何沒再補他一槍？反而只把拼圖撥到地上，難道他對於四周沒有塗血跡的東西就安心了嗎？」

「是啊。」

或許是吧。大概把拼圖掃下來後老師就斷氣了。如果那樣，就沒有進一步阻止的必要。

「園部先生，」江神一邊抬起屍體的右手，一邊客氣地說：「對不起，我老是破壞別人的假設，好像也不是那樣。——平川老師的右手食指沒有血跡。」

「嗯？奇怪。他應該是右撇子……」

「爲了謹慎起見我看過了，右手的食指也沒沾血跡。不，兩手的手指都沒沾到血跡。」

「這麼說，平川老師並沒用血留下遺言？」

「是的。」

雖是個小問題，卻找不到令人滿意的答案，不免讓人心浮氣躁。就好像齒縫間留有菜渣，讓人焦躁不安。

「這件事我們再想想看。重要的是兇器在哪裡。這次兇器好像也沒留在現場。」

「江神說得沒錯。」敏之口氣堅定地說，「那個損毀的拼圖，倒無所謂，或許是某種狀況下打亂的。」——對此，我們也沒什麼想法，但——「最重要的是來福槍。兇手還持有來福槍吧？最讓人害怕的是，兇案可能會再發生。所以無論如何非馬上阻止不可。與其在瑣碎的事情上打轉，不如動腦筋想想，要如何找出兇器？」

「犬飼先生說得沒錯。」和人繼續說，「如果繼續下去，還會有人被殺。兇手到目前爲止，對三人都開了一槍。子彈應該還有一顆或兩顆。」

「子彈掉了幾顆？」

江神這麼一問，和人呆住不語。好像記不得了。

「一顆，或兩顆。可能三顆，不會再多了。」

「還是不清楚。」純二看著和人不悅地說：「沒有那個危險玩具，也不會發生這種事。收起來就好了，實在太隨便了。須磨子他們被殺以前，也沒發現來福槍不見，子彈掉了幾顆也不清楚？你打算怎麼負責？」

「我，我？」和人像是被打倒似地說，「這麼說眞沒道理。我又不是那把來福槍的管理人。大家都認識，加上大人們也在家，誰都不認爲需要把它鎖在保險箱裡吧！發生了這種事，才說是我一個人的錯，早該叫我收起來。你說過好像很好玩，想玩玩看，也曾試射過。那個時候覺得好玩，現在就不要怪別人。如果這次的兇器是廚房裡的菜刀，你會不會說這是禮子的責任？」

「來福槍跟菜刀可以相提並論嗎？」

對於和人的逃避閃爍，純二語氣更強。但和人心裡早有準備。

「你是從哪個國家來的，哪個國家家裡的廚房會掛著來福槍？」

「責任不光是我一個人。大家都知道來福槍放在那裡。不能說你們，或你，沒有責任吧？」和人雖然狼狽不堪，嘴巴卻動個不停。

「什麼？什麼？因爲大家認可，所以大家都有責任？開車撞到人難道要怪公安委員會嗎？」

「好了，冷靜一點。」園部阻止說。「追究責任那是以後的事。吵來吵去也無濟於事。」

雖然不滿，純二還是閉上了嘴，和人鬆了口氣。跟江神一起試射來福槍的我，或許也要負擔部分責任，不過，不知道掉了幾顆子彈確實令人傷腦筋。

「兇手是誰？現在最重要的事是追查兇手。」

對於敏之的說法，我深深地讚許。來這裡以後，覺得他的冷靜是最可靠的。或許不僅是自己，妻子的性命也暴露在危險下，所以這讓他更爲理性也說不定。

「總之，現在不是生氣的時候。」

醫生示意香菸，和人遞了一根並點上火。

「這裡只有我們這些人，兇手一定就在其中。用點頭腦，一定查得出來。對吧，江神？」

社長只回答了一聲：「欸。」

「找找看兇手有沒留下些什麼東西。」敏之說。

「警察來之前要保留現場，可是我們禁不起這段時間有人又被殺害，只能自己著手找證據。不快點抓到兇手的話……」

「是啊。」和人稍微恢復平靜說。「家裡的周圍有留下兇手的足跡就好了。江神你們跟我們大家匆匆忙忙地跑來，也可能來不及調查。不過兇手是怎麼過來的？不可能是走過來的吧？是騎門前的腳踏車過來的？還是用後面的船過來的？」

「划船不可能。」我打斷和人。

「麻里亞跟我十點以前出海。大約在十點半左右翻船。兇案發生大約在十一點以後，那時船應該沒人能用。」

「啊，對呀。」和人恍然大悟，「如果那樣，兇手就是騎腳踏車過來的。看門前的道路就知道了。跟我們剛才過來的足跡和輪胎痕跡重疊，就是兇手的足跡。」

「昨天又沒下雨，可能並沒留下那麼清楚的足跡。」敏之說。

「先去看看吧！」醫生一邊說著一邊依依不捨地從窗戶丟掉香菸。「也沒損失。找到任何東西都算是賺到了。」

於是六位男士迅速展開調查工作。

8

結果毫無所獲。

甭說是兇手的足跡，就連其他一點點小東西都沒留下。最後大家同意不再破壞現場，先回望樓莊。由於不忍放著畫家的屍體不管，於是跟牧原父女一樣，改放在床上，等警察來。

我那個時候發現，從床上可以很清楚地看到須磨子的畫像。純二好像也發現了。他愣了一下。放在這裡是偶然的嗎？還是因爲畫家喜歡這幅畫，所以刻意掛在這裡？我進一步發現，純二注視著妻子的畫像的眼睛，透露的神情並非是從內心所湧現的悲傷，反而是一種憎惡眼神。那種眼神讓我困惑混淆。這個男人眞的愛須磨子嗎？突然間，我感到一陣莫名的恐怖。那一雙充滿怨恨的眼神，讓我呆立不動。

走出了魚樂莊。

陽光刺眼，幾個人用手遮著酷熱的太陽。

「要怎麼回去？」敏之看了大家一眼。「家裡的人都很焦急地想知道情況吧！最清楚情況的園部跟江神划船回去吧！我們騎車回去。有栖，你騎平川老師的腳踏車可以嗎？」

大家對此毫無異議。江神跟園部繞到後面的石階，剩下我們四人，跨上了腳踏車。騎著紅色腳踏車的我感到一陣奇妙。如同剛才麻里亞所說的，我還是騎了平川老師的車。不過，已經不需要再騎回魚樂莊，把它歸還給車主了。

大家毫無交談地踩著踏板。原本這四個人的組合，就不太能激起話題，何況兇手可能還混在其中。開口的話，可能就是刺探彼此。

「這麼說來——」和人打破了沉默：「爲什麼非殺平川老師不可呢？光是伯父跟須磨子的兇案，就一定有殺人動機。只是我們沒想到。這很恐怖。」

「動機？」跟和人並排騎在一起的敏之回應了一句。

「對啊。我們可能認爲前天的事是因喝醉酒後的突發事件，也可稱爲暴風雨事件。可是，這次就不一樣了。兇手是望樓莊裡的人。他刻意花上至少三十分鐘的時間，冒險往返魚樂莊。加上行兇的時間，至少也要一小時又十分鐘吧！這段時間，他雖然也會擔心自己被發現，可是還是行兇了。這應該是計畫性的犯罪。不會是沒有動機的行兇吧！」

「是啊，嗯，沒錯。」和人點點頭。

「兇手在半夜裡冒了很大的危險。從望樓莊溜出去才一個多小時，應該不用太擔心被發現吧？前一個晚上大家都沒睡好，昨晚很多人很早就上床就寢。」

「噢不，其中有某位跟某位在晚上跑去海上翻船，風險可是很大的。」

我有點不好意思。好像只有我們兩人半夜還在喧嘩。

「可是，牧原父女跟平川老師之間，有什麼特別共通之處嗎？例如說，連續兇殺案有一樣共通的事情嗎？我是不清楚個別動機，不過這之間的關聯性令人很納悶。」」敏之說。

「平川老師跟須磨子小姐……」

正要說話的和人突然又住口。或許要說三年前平川與須磨子有戀愛關係。他想起騎在後面的牧原純二，於是連忙住口。

「老師以須磨子爲模特兒，畫了一幅畫。話雖這麼說，但畢竟是三年前的往事了，我不認爲這跟兇案有關。」

很痛苦的隱瞞方式。敏之沒有什麼特別感覺，繼續說：「所以，須磨子的畫掛在牆壁上。那是幅很棒的畫。」

我偷偷地瞄了騎在一旁的純二，他面無表情。他剛才望著須磨子畫像的憎惡眼神不知在訴說著什麼？說不定他早已知道妻子跟畫家之間過去的一切，難道是因爲那樣而受傷的嗎？我只能從那雙眼睛所透露的激情這樣解釋。他對和人咬牙切齒的心情，並非不能理解。孤獨一人沒有同伴的他，現在顯得更加煩躁不安吧！也看得出他痛苦的神韻。

等等，難道？

喝醉酒的和人在牧原父女被殺的那個暴風雨夜晚，嘰哩呱啦地說了一大堆平川跟須磨子過去的事情時，那時我們發現應該回房間的純二還站在樓梯上。——他或許什麼都聽到了！

和人不知又再說些什麼：

「兇手在三更半夜時踩著腳踏車。那時，不知是什麼樣的心情？昨晚天空特別晴朗，月亮和星星也都特別亮，應該很好騎吧！花了至少三十分鐘的時間在騎車與殺人之間來回奔波，算是相當長的路程。眞不知他是什麼樣的心情。」

我也試著想像兇手犯罪前後，心臟因爲緊張與興奮而怦怦跳著。他應該也想要趕快結束，回到床上吧？所以踩著踏板的速度也在不知不覺之中加快了吧？似乎看到一個風平浪靜的夜晚，一位滿身大汗，拚命奔馳的孤獨殺人兇手的幻影，沐浴在一輪明月之下。可是，那幻影是一團黑影，究竟是誰，是男還是女？

繞經瞭望台上的山丘，道路緩緩地向右蜿蜒。過了山丘，再向左蜿蜒，接著是一段直路。

在這條直路的途中，我看到一個好像白色的東西掉落在路旁。我緊急煞車喊：「停！」「停！等一下。」一邊叫住騎在前面的三人，一邊停在白色東西的旁邊。他們在前面二十公尺處，停下來往我這邊看。

「怎麼了？」

敏之大聲地問。我下了腳踏車，撿起路邊白色的東西。那是一張紙片。

「好像有東西掉了。」

我回答後翻開紙片。上面寫著一些意思不明，也無法理解的記號或圖形。這是什麼？我站在腳踏車旁邊，想著紙片上的意思。

「掉的是什麼？撿起了什麼？」

敏之騎在腳踏車上，回過頭來問，好像不想再騎回來看，我只好過去。不過我離開之前先做了一件事。為了記住位置，我撿起一顆石頭，在附近的樹幹上，與眼部齊平的高度，畫下X的記號。同時快速記住四周的景色。然後才往三人的方向騎去。

「你撿到什麼？」

敏之伸著頭，和人跟純二也都靠過來看。我把紙片交給他們。

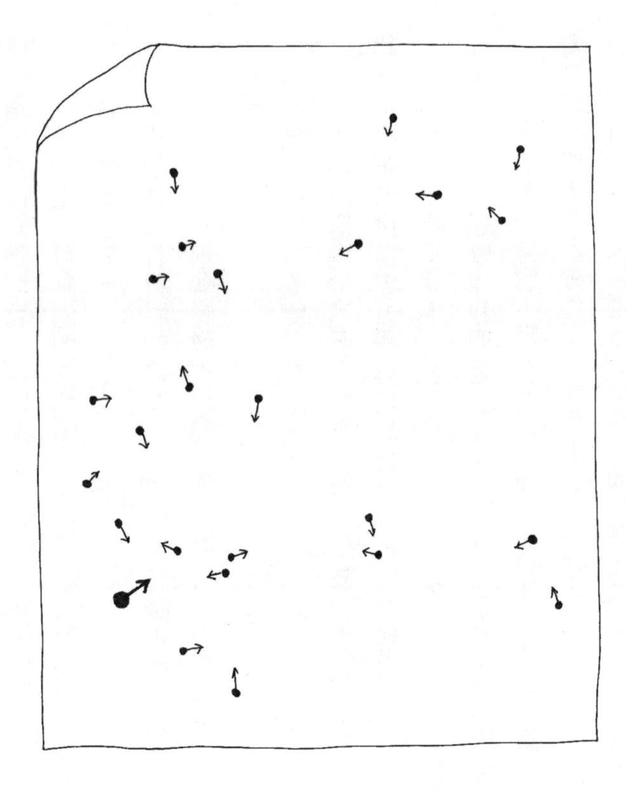

「啊，這個呀。」

純二說，其他兩人也相同反應。

「啊，這個，你們看過這個嗎？請告訴我這些圖形是什麼？」（見上圖）

聽我這麼一問，三人互望了一眼，敏之開始說：

「我不知道這代表什麼。只不過這個東西，我們三人都見過。剛剛我們去魚樂莊時看到的。」

「看到這個卻毫無感覺地從旁邊經過？」

「有栖川先生，請想想看。當時我們聽到又有兇殺案，大家都想趕快了解究竟是怎麼回事，所以拚命地騎。那種時候怎麼會爲了路邊的一張紙，緊急煞車停下來呢？」

「喔，是啊。」確實很合情合理。

「你們發現地上有張紙片？」

「欸，我們三人都看到路旁有一張紙。而我從旁邊經過的時候問道：『地上是什麼？』和人跟牧原兩個人異口同聲地說：『好像是一張紙。』」

「等一下。雖說犬飼跟我剛才有經過，不過這個紙片上有輪胎的痕跡喲！正確地說，應該是我們曾經從上面輾過？」

紙片的背面有斜斜的痕跡，沒錯就是腳踏車從上面輾過的痕跡。

「噢不，它掉在路邊，我們是從旁邊經過。啊，這是輪胎的痕跡。奇怪，回去時我們誰也都沒從上面騎過。」

我覺得不對，改變了話題。

「去的時候因爲大家很慌張，匆匆地騎過是理所當然，可是回程時爲什麼沒看到？啊，不，對不起，這麼說很沒禮貌。我只是想聽聽看各位的理由。」

「不。」敏之看了一下和人，「我忘記了。也不知道有東西掉在那裡。要是再看到的話，應該會停下來吧，不過剛才我們是直線前進，又在跟和人講話，所以沒看到。」

和人也點頭同意。默默無言的純二，只淡淡地回答說：「我沒有那麼大的好奇心。」我也同意。看到路旁的紙片，會停下腳踏車看的人，基本上是好奇心重的人。雖說我的好奇心重，但平常我也不會停下腳踏車，去撿地上的東西。因爲剛才腦海一直想著，昨晚殺人犯在這條道路上奔馳的情景，掉在路上的東西一定就是兇手留下來的，所以很自然地就煞車停下來。我認爲這是兇手留下來的東西，是有根據的。

「我認爲這是兇手昨晚留下的東西。理由是昨天下午騎腳踏車的只有我、江神跟麻里亞三人。我們四點左右都在瞭望台，回去的時候經過這裡，那個時候沒有看到這樣東西。」

他們三人沉默了一下，思考我話中的意思。終於和人開口說：

「噢，如果眞是那樣，這或許眞的是兇手留下的。可是，眞的不是昨天傍晚以前掉的嗎？或許是你們三人忙著說話沒發現。」

「不可能。」我很有自信地說。

「沒有。不相信的話，可以問江神跟麻里亞。」

和人表示說知道了。

「若照有栖川先生所言，這張紙片昨天傍晚以前不在這裡的話，難道是兇手半夜遺失在這裡的東西？」敏之一臉認眞，「這是很重要的物證。」

純二好像興趣被勾起似地說：「借我看。」並從敏之手裡接過紙片，皺著眉喃喃自語。

「不懂，這是什麼？簡直就是暗號。難道兇手跟畫家之間還有祕密通信？」

「我們在這裡想是沒有用的。」敏之打斷他的話。「先拿回望樓莊吧！說不定還有人見過。有栖川先生，你拿著。」

我拿回紙片，對摺兩次，放在 Polo 衫胸前的口袋裡。

「已經十二點半了。」和人一邊說一邊跨上腳踏車。

9

大廳裡聚集了十個人。好像重新回到發現牧原父女死亡的那個暴風雨之夜，只是這次少了平川的身影。氣氛凝重且沉悶。落地窗敞開，從海面上吹來涼爽的海風，我茫然地望著優雅搖曳的窗簾。

「首先發現屍體的人，應該受了相當的驚嚇吧！」龍一以沉穩的語氣對著我們說。「尤其是麻里亞。眞可憐。」

麻里亞大概心情不好，臉色還是不太好看，然而，仍小聲地回答說：「沒事了。」

「前天晚上，噢不，跟昨天早上那個時候一樣，大家都這樣聚在大廳裡。」園部用手帕輕輕地擦著菸斗，一邊對著江神說：「怎麼樣，江神。這次也由你來進行吧？你本身也是第一個發現屍體的其中一人，從你的發現或感覺開始講起。」

江神接受了這項任務。

「我剛才已經說過我們爲了找船槳出海到發現屍體的所有經過。園部先生跟犬飼先生也很詳細地報告現場的狀況。至於到底發生了什麼事，我想大家都知道了。昨晚發生了第二起兇殺案，產生了第三位受害者。」

社長停頓了一下，彷彿在思考要從哪裡開始。期間，沒有一個人咳嗽出聲，現場安靜得連一根針掉到地上都可以聽到。

「我先確定一些基本的事情。受害者——平川老師被殺時間，是昨晚十一點到今早三點之間。死因是胸部被槍擊中，失血過多，現場未留下兇器。跟先前的兇案一樣，使用的是來福槍。平川老師死亡時坐在桌前的椅子上，兇手好像冷不防地隔著桌子，從一公尺以外的距離越過桌子射擊。完全不見打鬥或是老師死後移動的痕跡。

「爲何發生這種事？爲何要殺平川老師？我們不是不想知道，只是現在我們最想知道的是：誰殺了平川老師。我們要開始澈底追究。由晚輩我來質詢，失禮之處敬請原諒。我就依序向大家請教昨晚的行蹤。請務必照實說。若供詞錯誤或有不實之言，可行使緘默權。對我質問的方法或進行的方式，若有任何疑問，也請立刻提出異議。」

對於江神口齒清晰流暢的說話方式，大家或多或少都有一些困惑。連我認爲想他簡直就是刑警嘛！連「澈底追究」這種激烈語詞都出來了。應該是要查就澈底查的宣示吧。

「那麼就依照座位順序開始吧！有馬先生，請說說您昨晚的行蹤。請從八點吃過晚餐後開始述說吧！」

有馬坐在藤椅上，兩手交叉輕輕地放在下腹上面，慢慢地開始供述。

「昨天一整天都很糟糕，讓我不知如何是好。由於前天發生那種事，我也沒睡好。想利用白天補眠，可是還是睡不著，只是整天待在房裡。啊！眞對不起，要說晚上的事呢！晚餐後我又多留在餐廳一會兒。禮子幫忙犬飼太太洗碗，我則在一旁閒聊。洗完碗，大約是九點半左右。然後我跟禮子兩人繼續喝茶閒聊而已。這中間，園部跟江神一直在大廳裡玩拼圖。我對禮子說他們怎麼玩不膩。十一點時，因爲禮子打呵欠，讓我覺得也差不多應該休息了。之後我一個人在房裡，慢慢地啜飲白蘭地。本來只是想喝個睡前酒，卻不知不覺一杯接著一杯，最後好像喝醉了。睡覺時間大概是十二點之前吧。這也可能是喝醉以前的記憶。我能說的就這些。」

「謝謝。那麼，隔壁的禮子小姐，拜託。」

被江神這麼一催，禮子點了一下頭，吸了一口氣。表情好像是要唱歌。

「我把父親剛才說的話再重複一次，在九點半以前，我跟父親一邊聊天，一邊幫犬飼太太收拾晚餐。九點半到十一點左右則是喝茶聊天。十一點時我突然感到很累，直打呵欠。父親好像看不下去，便說去休息吧。我馬上回房，十一點半就睡了。天亮時，還有一點黑。這之間曾起來上廁所，當時並沒發現有何異樣。加上腦筋還迷迷糊糊的，也不記得是幾點鐘。去廚房喝點冷開水時，發現犬飼太太在那裡。」

「五點。」里美說。「我不是說：『眞的，南島天亮得好慢啊！』」

「喔，對了。」禮子回答。「是五點。喝了水以後，我又回房間睡覺，再睡醒時是快要六點，我就起來準備早餐。五點五十五分的時候，園部先生下來說要洗澡。」

醫生示意地點點頭。

「就這樣嗎？」

「是。」

「知道了。」

江神把眼神移往她旁邊的和人。

「請！」

和人將叼著的香菸在菸灰缸裡按熄，調整了一下坐姿後便開始說：

「跟父親和禮子不同，我一直都睡不著。吃過飯後，便坐在藤椅上發呆。本來要想想牧原父女的事，但頭腦也轉不動，只好呆呆地坐著。九點半左右我就回到自己的房間。當時看到麻里亞跟有栖川先生，悄悄地從玄關那邊過來。回到房間以後，我不放棄地摸摸看被損毀的無線電，並聽收音機的音樂。啊，還一個人玩了一下無聊的紙牌。因爲實在是太無聊了，就上床睡覺。暫時算是睡著了，但半夜醒來後，再也無法入眠，於是想喝點酒。那時是幾點，江神？」

和人把球丟給江神，社長接住球說：「快兩點。在這裡喝了杯威士忌加水以後，你不記得我看了看錶說：『已經兩點十五分了。』？」

和人用手掌拍了一下額頭說：

「對，對，我說：『才兩點十五分嗎？』我好不容易找到說話的對象，所以又倒了第二杯把江神留下。結果就兩個人在三更半夜喝酒到四點。對吧，江神？」

「嗯，大概四點十分。」社長確認過後，和人兩手張開示意，說：「說完了。」

「兩點補充。」江神繼續說，「和人先生跟我在大廳喝酒是兩點之前到四點過後。這段時間，我們並沒有聽到從魚樂莊傳來任何槍聲，也沒看到疑似兇手的人影出入望樓莊。此外，從大廳可以看到停在外面的腳踏車，我們都看到三輛腳踏車好端端地停在那裡。在籐桌後面窗戶旁有兩輛，玄關旁邊窗戶一輛。是不是，和人？」

這次江神把球丟回去，和人說了聲：「欸。」

「江神，這是很重要的證詞。」

園部停下擦拭菸斗的手說：

「你們兩點到四點在大廳，沒看到兇手的影子，卻看到三輛腳踏車都在？平川老師的死亡預估時間，多抓一點是十一點到三點之間。應該是這樣，兇手在一點半以前殺了平川老師，兩點前就回到望樓莊了。」

我聽了以後恍然大悟，舉起手說：

「兇案時間還可以更縮短。我跟麻里亞在十二點十五分以前，都坐在那輛有問題的腳踏車上說話，所以兇手在十二點十五分以前無法騎車。如果兇手十二點十五分出來騎車，抵達魚樂莊應該是十二點四十五分左右。行兇時間，早的話是十二點四十五分。此外，從江神他們的證詞聽來，可知道行兇時間最遲在一點半以前結束。所以，兇案應該發生在十二點四十五分到一點二十分之間。」

「嗯，對。」

麻里亞表示同意地說，敏之不好意思地打斷她。

「有栖川先生，有一點問題。行兇時間有沒有可能更早？也就是說，十一點一過，兇手就殺了平川老師，而十一點四十五分左右已經回到了望樓莊。有栖川先生跟麻里亞小姐所坐的腳踏車，說不定是已經從魚樂莊回來了？」

「啊，那不可能。其實，我們大概從十一點半就在那裡了。一直坐在腳踏車上，那時三輛腳踏車都在。落地窗附近有兩輛，玄關旁邊有一輛。」

「結論是……」

園部堅定地說：

「有栖川說得對。以我這庸醫所見，行兇時間在十二點四十五分到一點二十分之間。」

「知道了。有栖，現在請你從頭說明你昨晚的行蹤。」

江神說完點了根香菸。我按照順序說了一遍昨晚的行蹤。除了在九點前到九點半之間，我是一個人在房裡，之後都一直跟麻里亞在一起。我們去散步、划船，最後遇上翻船。在我說完之前，社長就抽了兩根菸。

「你們倆昨晚的行蹤是最特別的。」江神給了這樣的評語，「所以，大冒險前後，沒碰到任何人？十二點十五分回房間時，也沒有看到任何人的身影？」

麻里亞跟我一齊回答說：「沒有。」

「好像追到事件的核心了。」敏之說完，江神回答：「是嗎？」

「繼續後半段。」

10

接著是犬飼夫婦。先從老公敏之說起。

「我們沒有什麼可說的。我太太幫忙洗碗，而我則在一旁偷懶看電視。過了九點，禮子表明剩下的由她處理，要我太太歇手。我們倆看了一會兒電視，九點半左右就回到房間。那時正在餐廳裡泡茶的禮子，還問我們要不要喝茶，我們說不要；同一時間園部先生跟江神先生則在大廳裡熱心地拼圖。回到房間後，因為時間還早，我太太在十點前吃了安眠藥就睡了。我上床後花了三十分鐘時間，看了一本內容無聊的書，看著看著就睏了，十點半熄燈睡覺，直到今天早上。這中間一次都沒醒來過，也沒發現任何異狀。」

而里美只是照著老公的供詞，再說一遍。

「那麼，輪到我了。」園部開始說，「我也沒什麼可說的。到了我這種年紀，不會像有栖川和麻里亞小姐那樣，一到晚上就特別活潑。聽完你們的行蹤，我覺得蠻有意思。──噢不，對不起。現在不是聽廢話的時候。我運氣好，在這個島上與江神這位年輕人成為朋友。這位親切的年輕人，陪我這位沒人愛理的庸醫，一邊玩拼圖，一邊聊著各種話題。他不是唯唯諾諾地聽著而已，反而常常滔滔不絕地發表狂妄的言論。像不能接受核能發電等幼稚的事情，到昨天我終於改變方針。──噢不，對不起。別瞪我，江神偵探。所以，我們兩人在晚飯後一邊暢談，一邊拼圖。十一點時喝了點酒，十二點以前都在大廳。最後講到我這個老頭沒體力，對江神表明：『再耗下去，我的體力可要認輸了。明天再繼續吧！』對了，我們講到哪裡？」

江神認眞地回答。這倆人究竟在想些什麼，我想我眞的是追不上。

「康德（譯註：Immanuel Kant，一七二四～一八〇四年，德國哲學家）物體本身的對與錯。」

「噢，對了。那以後我們兩個人繼續辯論，之後我就回房睡覺了。一點以前曾起來上廁所，然後直到早上都在床上。從廁所回來時，在走廊上碰到麻里亞。」

麻里亞點頭，「是的。那時我也正要去洗手間。」

「妳不是興高采烈地說：『剛才跟有栖在陽台上聊天』？」

「討厭，醫生，爲什麼說我跟有栖的閒聊是興高采烈？」

妳也別那麼激動，那正也是我想說的台詞。

「那時，我們兩人看到陽台確實有兩輛腳踏車。」

麻里亞說完，園部點點頭。

「從二樓看不到玄關旁邊的第三輛腳踏車。——從那以後到六點起床洗澡，我都睡得很熟。」

「原來如此！」江神簡短地回應後，就催促下一位。

依照座位順序，下一位是純二。大家都看著他，他並不立刻開始，反而是兩眼空洞，手摩擦著鬍鬚發出聲響。

「輪到我囉。我不清楚昨晚幹什麼。」

純二臉上浮現隱隱自嘲的微笑。

「我到堆放雜物的閣樓。因爲那兒有很珍貴的書。我站著唸了一會兒，接著又看了一下貝殼標本。最後去須磨子跟父親躺著的房間，在那裡呆呆地坐了好一陣子後才回房間。上床大概是十點半左右吧。」

他現在所謂的房間，曾經是完吾的房間。

「半夜只醒來一次。在一點過後起來上廁所，然後從樓下窗戶看海。看了約五分鐘，江神從房間出來。……幾點？」

「一點二十分。」

江神回答，而園部迫不及待地說：

「喂，江神。你是夜貓子？還是得了不眠症？剛剛有人說你兩點前跟和人在大廳喝酒，在這之前你在屋內徘徊嗎？」

社長略帶苦笑地緩頰說：

「是夜貓子，尤其是昨天。一點過後起來上廁所，先碰到牧原先生，說了兩句話後馬上就回房間了。——牧原先生，請繼續。你說從樓下窗戶看海，也可以看到滿潮岬的方向吧！那時有沒有發現什麼呢？譬如說聽到奇怪的聲音，或是看到什麼奇怪的東西。」

「嗯。」

純二的眼神突然一亮。

「有，確實看到了。」

「想起來了嗎？」

偵探似乎料到他會這樣回答，所以很鎮定地說。純二第一次正面瞧著江神的眼。

「當時我模模糊糊地看著魚樂莊的方向。雖然只那麼一下下，卻看到了小小微弱的燈光。那可能是兇手騎腳踏車的燈。」

「只能這麼認爲。」敏之斷定說。「牧原先生，請想想看。那時是幾點鐘？」

「應該是一點二十五分。」

「是一點二十五分。」

純二與江神同時回答。「可是——」社長加了一句。

「可是，看到那個燈的只有牧原先生。當時牧原先生叫了一聲『啊』後，我問：『什麼？』，接著再往滿潮岬看時，卻什麼都沒看到。」

「對喔，你沒看見。」

純二惋惜地小聲說道。江神繼續詢問：

「那個燈光是往魚樂莊的方向嗎？還是從魚樂莊過來？是腳踏車的話應該會移動。」

「只看到一下下，眞的只瞄到一下下。嗯，那是……嗯，往魚樂莊方向的燈。對，對。」

「沒錯嗎？」

「有八成的自信。我只是一瞬間看到，之後腳踏車鑽進樹林裡，就看不到了。我也不是一直都站在窗邊。跟你在同時間回房間。」

好像再問下去也沒啥意義。

確實是很重要的證詞。只是，內容不知是否足以採信。畢竟目擊兇手騎著腳踏車的亮燈，只有他一個人，至於他說的是否是事實，還是個疑問。而看到兇手騎腳踏車前往魚樂莊，卻足以成爲他的不在場證明。

大家好像在等純二後面的話，所以都不說話。他卻簡短地說：「完畢。」

「謝謝。……最後是我。」

江神面朝正中央調整了一下坐姿。

「到目前爲止，我的行蹤陸續在園部先生、和人先生和牧原先生的證詞中出現，不過我本人還是再說一遍。——晚餐後到十二點以前，我一直跟園部醫生在大廳裡邊玩拼圖邊聊天。然後回到房間。原以爲有栖已經先睡了，結果他竟然不在，我雖然覺得奇怪，但並不擔心，所以就先上床。我想他可能在前面跟麻里亞乘涼聊天。迷迷糊糊要睡著時，有栖回來了，他也馬上躺下。我在一點過後起身上廁所。在樓下跟牧原先生說了兩句話，他告訴我看到魚樂莊附近有燈。我追加一點，那個時候——就是一點二十分左右——我曾看了一下窗戶下面，落地窗的附近確實停了兩輛腳踏車。」

「啊，我也看到了。」

聽到純二的附和，江神點點頭繼續說：

「從那裡看不到第三輛腳踏車。看到有兩輛腳踏車這件事，跟園部醫生和麻里亞剛剛的證詞相同。快兩點時我又醒了一次，爲什麼呢？因爲口渴，我到樓下廚房喝了杯水，在那裡碰到和人，兩人喝了些威士忌加水。四點十分左右兩人又都回房。……說完了。」

江神又點了根菸。他一邊瞇著眼，看著自己吐出的裊裊紫煙，社長的腦筋像是在整理思緒，暫時沉默著。

「結論是沒有一個人有不在場證明。或許因爲是三更半夜，沒有不在場證明也是很自然的事。行兇時間已經濃縮了，只是還沒找到特定的嫌疑犯……」

最後是他的獨白。

「有沒其他特別應注意的地方？」

江神一問，敏之「啊」的一聲。

「怎麼了？」

「不，跟剛才說的事無關，有東西想給各位看。有栖，那個，那個，……把那個像暗號似的東西拿出來，給大家看看？」

敏之這麼一說我才想到。我連忙從胸前的口袋裡，拿出在路上撿到的紙片，伸手交給江神。

「什麼，這個？」

社長瞥了一眼，抬頭看我。

「從魚樂莊回來的路上撿到的。犬飼先生、牧原先生跟和人先生三人去魚樂莊時，也看到路邊掉落這樣東西，因爲要趕到現場，所以只是經過，並未撿起。嗯，江神，這東西掉落在瞭望台的附近，較靠近望樓莊。昨天傍晚我們經過時，沒有掉這樣東西吧？」

「對，沒有。」

「麻里亞也記得沒有吧？」我小心起見地又問了她一次。

「嗯，沒有。在這個小島上，就是掉了一瓶空罐，或一片紙屑，都是很醒目的。」

「總之，」我看著江神說，「這不是昨天傍晚掉的，是今天早上掉的。根據現在大家的證詞可以很清楚地知道，這期間沒有人騎車到別的地方。——知道了吧？這是，晚上明明經過那裡，現在卻沒說出實話的人所掉的，也就是說這是兇手掉的東西。」

「懂了。」江神看了大家一眼：「有沒有人遺失了這張紙片？有沒有人說這是自己掉的東西，可是跟兇案無關？」

沒人回答。可見這個失物的主人，就是殺害平川老師的兇手。雖然不知道這張紙片對兇手而言有何意義，但應該是很糟糕的事吧，因為兇手無法輕易表明紙片與事件無關。即便再追究，應該也無法回答出為何在三更半夜時，在那裡掉了東西。

「兇手掉的東西……」

江神喃喃自語地說。他把紙張打開放在桌子中間，讓大家都看得到。

「這個輪胎的痕跡，是犬飼你們往魚樂莊的半路上，從上面輾過的嗎？」

「這很奇怪。」我立刻回答江神的問題：「沒人從上面輾過。這個掉在路邊，但車子只是從旁邊經過而已。從魚樂莊回來時，也是一樣從旁經過。是我停下撿起來的。沒有人把輪胎的痕跡印在上面。」

「這就很奇怪了。這麼說這輪胎的痕跡是最初就有的?或是最近才有的?用手指摸的話，會有細細的砂子掉落。難道這砂子也是昨晚沾上去的嗎?——不懂。」

「究竟這記號是什麼意思?」

我這麼一問，江神「欸」了一聲，抬起頭說:

「一看就知道，是摩埃的方向。」

第四章　摩埃拼圖

1

「摩埃的方向？」

我不禁提高了聲音。因爲江神回答得太乾脆了，我一時之間會意不過來。

「你看。一看就知道這個點是代表島上摩埃站立的位置。這中間旁邊比較大的記號是瞭望台上的摩埃。啊，那個你也沒發現嗎？」

我點點頭。麻里亞也說：「對喔。」好像也是第一次發現。

「這樣就知道了吧。拿著標有摩埃位置的地圖邊走邊看。還想不到嗎？我們實地勘查了五尊摩埃，就是這個和這個。」社長用手指著地圖。「這個箭頭的方向，跟我們勘查過的摩埃的方向是相同的，現在知道了吧？」

麻里亞也同意。

「記號的數目有二十五個。這跟摩埃的數目相同。至於方向是否完全正確，最好確認一下。不過應該沒錯吧。這個記號是標記島上摩埃的位置，箭頭則表示方向。」

「既然這是標示摩埃方向的地圖。」麻里亞指著紙片說。「那麼，究竟是誰畫的呢？為了解開這個拼圖，我們興致勃勃地來到這裡勘查，才正要開始時就發生了前天的事。有誰能做這張地圖？應該沒有那麼閒的人。」

「麻里亞，妳仔細看過這張地圖了嗎？」社長指著地圖說，「我不是說地圖的內容。而是說紙張的本身。看起來像是新的嗎？尤其是摺痕。如果是兩三天前摺的東西，就不會有那麼清楚且深的摺痕。紙張上細毛的痕跡也很舊。這應該是很久以前畫的東西。」

聽他這麼一說，眞是沒錯。這幾天應該沒有人會偷偷地做這種地圖，地圖應該是好幾年前做的吧。這麼說來……

「這麼說來，這個有可能是……英人先生畫的東西？」

麻里亞的手放在嘴邊，露出吃驚的表情，久久說不出話來。和人跟園部則是慌張地再重新看了一眼地圖。

「哥哥畫的地圖？」

「這麼說來……這是用鋼筆寫的字。英人習慣會用力壓一下筆。有點像這張地圖。」

園部拿起地圖交給禮子，好像在說「妳也仔細看一下」。她戰戰兢兢地接下，盯著地圖，雙手卻微微顫抖著。顯然想拚命壓抑住內心洶湧澎湃的感情。

「不是文字也非圖畫，只是一些記號，怎麼樣，禮子小姐？妳覺得是英人畫的東西嗎？欸？」

園部著急地問。禮子更是死盯著地圖，最後從半開的雙唇中，流出微弱的聲音：

「不知道，我，不知道……」

「妳應該知道吧，禮子小姐？」

「可以了。」

麻里亞哀求園部。

「禮子怎麼可能只從圖形中，就斷定出是否是英人畫的。禮子，對吧？所以醫生，不要再那樣問了。」

醫生好像接受麻里亞的建議，轉過身來閉嘴。她的話雖輕卻有力量。

「我不知道。只有這個，我不能說什麼。」

禮子重複說了一次，把地圖放回桌子中央。園部小聲地說：「是嗎？」在一旁緊張的我放下肩膀，鬆了一口氣。

「三年前，英人過世之前，曾經挑戰過摩埃拼圖。」

江神把長長的菸灰彈進菸灰缸裡。

「在他過世之前的幾個小時，好像跟麻里亞說：『拼圖快要解開了』、『摩埃面對的方向是關鍵』。所以他應該調查過摩埃面對的方向吧？」

「嗯。在那之前的幾天，他爲了勘查，曾經繞全島一次。因爲島上有蛇，所以沒帶禮子去。」

麻里亞斬釘截鐵地證實。而社長點頭同意。

「好，這麼說製作這張地圖的人，很有可能是英人先生。有沒有人實際看過他畫這張圖？」

沒人回答。

「沒有嗎？那麼，就假設英人畫過這張圖。有沒有人否定這種說法？」

也沒人回答。

「我們當中有沒有人說這是他畫的？」

還是沒有人回答。

「那麼畫這張圖的，就是以下這些人當中的一位了。——有馬英人先生、牧原完吾先生、須磨子小姐和平川老師。」

和人放心似地吐了一口氣。

「對噢，不一定是哥哥畫的。說不定是平川老師。」

「可是，可是，」龍一稍微哽咽地說，「如果這是英人畫的，爲什麼這個時候突然出現在我們面前？那不是應該從桌子抽屜裡面拿出來的嗎？怎麼會掉落在前往兇案現場的路途中，究竟是怎麼回事？」

「這是最令人不解的一點。」江神冷靜地說。「剛才我們彼此確認說，這張紙片是兇手遺失的東西。接著假定這是標示摩埃方向的地圖——當然需要進一步確定——再確定畫的人是英人先生、完吾先生、須磨子小姐和平川老師當中的一位。至於爲什麼殺人兇手要拿著摩埃的地圖這一點，目前還不知道。」

如果說這是舞台，我們正在表演一齣戲，這時，希望燈光顏色會慢慢改變。目前爲止，整個事件呈現出完全不同的情況。我們不但不知道兇手爲什麼非殺了牧原父女不可，也不明白平川至被殺的原因。然而，摩埃拼圖卻是鑽石位置的暗號。這個寶藏是否就是這起連續兇殺案的根源？

我的腦海裡，好像靜電反應般，閃現出各式各樣的想法。——兇手竟然在昨天之前一直持有那位挑戰摩埃拼圖，追查寶藏，卻丟掉性命的英人臨死前所畫的地圖。

各位應該了解我腦海裡所閃現的疑問了吧。連有馬英人的死，眞的是意外事故嗎？他是否是被令我們大家感到相當震撼的連續兇案兇手所殺？我既不方便說明內心湧現的疑惑，更無法一個人承擔如此沉重的想像。

「有沒其他的想法？」

江神這麼一問，沒人能馬上回答。過了一會兒，里美想說話。

「嗯，大家好像累了。江神先生也累了吧？已經三點了，都還沒吃午餐。也許這個時候大家都沒食慾，不過爲了保持體力，我想還是吃點東西吧！」

「對不起，太太，我，忘記了……」

「沒關係，禮子，不用感到抱歉，也不用客套。大家先休息一下，我做點三明治。」

「我，我來。」

「不用啦，禮子。請休息。」

麻里亞起身。

「我來做，禮子坐下。」

這三位女性一起走向廚房，大概巴不得快點離開氣氛沉重的會議現場。

「找找看來福槍吧？」

在留下來的男士們中，和人首先打破沉默。

「兇手還握有來福槍。這很危險。大家澈底搜查吧！」

雖然有幾個人贊成，但都提不起勁。連我也都悲觀地覺得是找不到的。所以在搜查之前已產生放棄的念頭。

大家勉強吃了一、兩口特別製作的三明治。咖啡苦得讓我皺起眉頭，原來是忘了放糖。

2

搜查了一遍望樓莊，還是沒發現來福槍。暫停搜查時，已過了五點。

我們跟麻里亞一起回到房間。還有很多事情需要商量商量。江神跟我並排坐在床上，麻里亞坐在對面的床上。兩人的眼神，都閃著決心挑戰難題的光芒。江神首先開口。

「殺人兇手拿著摩埃拼圖有何意義？這是問題所在。我看事件的背後，牽涉到鐵之助先生的遺產。如果這個摩埃地圖眞的是英人畫的，那問題就更大了。」

麻里亞堅定地回應說：

「你是說地圖可能是三年前兇手從英人那裡搶來的？不是英人讓給他的，有可能是用暴力奪取來的。你是這個意思吧？」

「這不是在模仿偵探。妳知道我是認眞的？」

社長這麼問，麻里亞當然點點頭。

「我們三人把各自心裡所想的，不論對與錯，先坦白說出來。我相信英人先生差一點就找到鑽石，可是突然因意外事故而身亡。至於那是否是眞的意外，我認爲還有討論的空間。」

「我也這麼認爲。」

「知道了，有栖。不過，今天發現的地圖若是英人先生畫的，故事就可能是三年前，英人先生成功地解開摩埃拼圖，推斷出寶藏的位置。在某天夜裡，他準備外出挖寶藏時，有人察覺到了！那傢伙——X，在英人出門後跟在後面，或者是他向英人表示可以幫忙。不，也說不定是英人請他幫忙！總之，當時他也在挖寶的現場。X想要搶奪寶藏，於是使用暴力，奪走了英人的性命。這是一個假設的說法。」

與我腦海裡所想的例子完全一樣。麻里亞不知是否也預想過社長所講，但她毫無所動，只是靜靜地聽著。

「這故事若是胡說八道也沒關係。因爲也不是令人愉快的事情。我們先假設情況是眞的。我有幾個問題，可以嗎？麻里亞？」

「可以。」

「嗯，首先，最重要的一點，英人的死，眞的是意外嗎？如果是離奇死亡，警察一定會進行搜索吧？」

「有，可是只是形式上的搜查。死因是溺死，也進行了解剖。外表不僅沒有異常外，也沒有不自然的外傷。」

江神想了一下。這是否定他殺的說法，不過還不能完全排除他殺的可能性。

「英人認爲摩埃的方向是關鍵，才進行尋寶的吧？這樣的話，發現那張記錄摩埃方向的調查結果，也就是那張可以知道過程的便條紙，是在他突然死亡以後嗎？」

麻里亞有點神經質地撥了一下兩頰的頭髮。

「沒有發現。突然遭遇到這種不幸，所以沒有人發現。此外也太震驚了，除了禮子病倒外，還有很多事情……。我以爲便條紙是在一片混亂當中不見了。我搞不清楚今天的事。便條紙可能不是掉了，而是被誰搶去了。」

「一片混亂。」我心裡記著。「以下是他殺說法的反證。假設英人的死，只是單純的意外，在一片混亂當中，有人偶然發現他留下的筆記——也就是今天發現的那張地圖，或其他類似的東西——爲何在三年之後，地圖又突然出現？這一點暫且不談。那位X跟牧原先生、平川老師，共同拿著那張地圖，祕密展開尋寶，卻因分贓而起了爭執，最後發展成殺人事件。——這也是一種故事吧？」

江神嗯了一聲。他應該在衡量，這兩種缺乏證據的假設說法吧。

「不錯，這故事也成立。至於哪種說法正確，還是有別種事實，目前並無可茲判斷的材料。」

麻里亞說：「我們不知道英人的死是意外還是他殺。不過，這裡發生的連續兇殺案，跟摩埃拼圖一定有關。我們來這個島上的目的，不就是爲了要解開這個謎嗎？」

她毅然決然地下了結論，並等待江神和我的回答。看著她求助似的眼神，麻里亞似乎不願意開口說：「解開拼圖之謎是我們的宿命。」——雖然她並沒開口，但最後還是要我們幫忙。

「沒有拼圖當前還夾著尾巴逃跑的推理研究社吧。嗯，有栖。」

江神露出潔白的牙齒說。

「是啊，我們可是二十來歲的偵探。自己捲入的事件，自己解決，這不是我們的座右銘嗎？」

「眞是奇怪的座右銘。」麻里亞苦笑道：「憑著推理小說研究社的名氣，一定解得開。」

如果拼圖解開的話，會有鑽石嗎？聽我這麼一問，一向行事謹嚴的江神說：

「我們解拼圖不是爲了鑽石。爲了找鑽石已經起了糾紛，搞不好藏寶的地方已經變成了一個空殼。不管那麼多了，我們先解拼圖吧！」

我把路邊撿到的拼圖正本，讓主人龍一保管。我們各自拿著一張薄紙——和人從文字處理機裡印出來的影本。三人都拿在手上重新看一遍。

「沒錯，這應該就是標示摩埃方向的地圖，可是如同剛剛江神所說的，最好再確認一次。我們前天勘查過的五尊摩埃和瞭望台上的摩埃的方向，都跟這個地圖上的箭頭完全一致，要不要再去多看看幾個？」

小心爲上。要查的話，愈快愈好。到六點以前還有點時間，我們決定趁早出門調查。天黑以前能查個三四個也不錯。

下了樓梯，看到龍一跟禮子正坐在窗戶旁邊的椅子上。兩人好像並未交談，只是茫然地望著海面，吹著海風。

「要出去嗎？」

龍一招呼了一聲。我們只回答了：「是的。」

「三輛腳踏車都在嗎？」麻里亞問，禮子回答：「欸，只有和人出去散步，沒有人騎。」

「那好，我們要騎車出去散散心。」

「小心點。」

聽著禮子的聲音，我們出了望樓莊。

3

騎車之前，我們看著地圖商量哪個人驗證哪個箭頭，以及要如何有效地利用天黑前的一個半小時。最後決定三人分頭進行。我調查滿潮岬附近，島的中央交給江神，靠退潮岬的地方則由麻里亞負責。因爲只有一個指南針，所以由我拿著，另兩位只要看一下地圖上的箭頭是否與方向符合。

三人列隊騎了約五分鐘，麻里亞說完「這裡面有一個，我去查。」後就脫隊了。我們跟禮子一樣對她說了聲：「小心點！」江神和我開始並排騎。

再騎了一下，碰到和人從對面搖搖晃晃走過來。他舉起手，我們停下。

「去哪裡？難道你們現在要去魚樂莊勘查現場？」

「不。」江神回答。「我們要去確認剛才的地圖是否眞的與摩埃的方向相符。大概看個十個就夠了。」

「喔，挺愼重的嘛！我看了那個也想了一下。即便調查了所有摩埃的方向，那代表什麼，不就是暗示著寶藏的位置。不過，還是不懂。摩埃有的朝這裡，有的朝那裡，那又怎樣。拼圖這種東西不適合我的個性。就拜託你們了。」

他對著年長的江神說，然後輕輕說了聲「拜託」，又繼續搖搖晃晃地往望樓莊走去。我們則朝著相反的方向騎。

沿著海岸，繼續騎一陣子，道路稍微向左蜿蜒進入內陸，好像是通往山丘的直路，快接近我撿到地圖的地點了。來到我留下記號的附近，我放慢速度，將腳踏車停在樹幹上畫有X記號的地方。

「江神，就在這裡。我就是在這裡撿到那張地圖的。」

我指著路旁的一點，江神騎在車上看著地面。

「因爲在樹根附近，才沒被風吹到遠處。昨天開始吹東北風，自然會被吹到道路的這邊。——沒掉其他奇怪的東西吧？」

「走吧！」

「走吧！邊走邊看路的兩邊。兇手該不會也掉了其他東西吧？」

我們一邊左右張望，一邊繼續騎車兜風。途中沒有看到什麼特別的東西，最後終於來到通往山丘的斜坡上。

「我留在這裡。」社長停下車。「從這裡離開道路，往北的地方有幾尊摩埃，我去看看。你要騎到比較遠的地方，要注意回去的時間，不用太勉強。」

「好，反正不能全部查完。」

我們在那裡分手。

三年前，英人也同樣爲了調查摩埃繞過一次吧。想到這裡，感覺當時的他與現在的我，仿佛合而爲一，不過這並沒有爲我帶來一絲靈感。

一個要求畫家解釋黃金比例的小學生；在山丘上教少女時代的麻里亞吉他，卻不會唱歌的有馬英人；帶著漂亮的未婚妻來島上度假，爲了她一頭栽進尋寶遊戲的他；好像找到寶藏地點的他；三更半夜在海上喪命的他。——全是可能被殺害的他。

——大我七歲的堂兄，是一個很好的人。

——會很天眞地一頭鑽進喜歡的事物。

——頭腦很好的人。

有馬英人先生，你有沒有事想要告訴我？是否想告訴我卻無法傳達呢？沒關係，我們一定會找到你想要傳達的事。請等一下。我們跟三年前的你一樣，正在進行勘驗。快要接近你了……

我在心中對著無法相見的他，默默地訴說著。雖然很想見他一面。

※

我好似在追趕落日地騎著腳踏車，大約七點半左右回到望樓莊。江神跟麻里亞坐在藤椅上，彼此正在做成果報告。

「喂，怎麼樣？」

「搞清楚了。」

我坐在麻里亞旁邊。

「只查了三個，不過每個和箭頭的方向都一致。你們呢？」

「我們也一樣。我和麻里亞各查了三個。前天查的五個也符合。所以二十五個記號當中，有十四個都符合。箭頭方向就代表摩埃方向，應該是沒錯。幸虧那張地圖的出現，我們不用再查看島上所有的摩埃了，節省了很多時間和體力。」

「接下來的問題是，究竟它的意義爲何。一定是寶藏的位置，但究竟在哪呢？體能活動到此告一段落，接著移往腦力活動。」麻里亞滿意地說：「先吃飯再說吧！餓著肚子是解不開拼圖的。我去幫禮子的忙。江神、有栖，你們再想想。」

說完她往廚房走去。留下的我們，捲起袖子想挑戰拼圖，卻發現筆記用品不齊全。

「我去拿寫字用具。」

說完我站起身。江神手裡拿著拼圖，好像已組了四片拼圖。

我回到二樓的房間。窗簾敞開的窗外一片暗夜。拿出皮包坐在床上，把它放在膝蓋上打開。由於不會整理皮包，因此沒有找到想要的東西。這讓我想把裡面的東西全部倒在床上。

正當我摸到皮包底層有一枝鉛筆時，右小腿到腳踝有種奇怪且沉重的感覺。以爲是被單覆蓋的關係，但是感覺不像。我把皮包放在一旁，看了看右腳。小腿上……

剎那間，我以爲是我眼花了，當確定那是什麼東西時，我感到驚愕、恐怖，全身宛如被雷電擊中。——波布蛇正蹌在我的右腳上。

我立即的反應是爲什麼房間裡有波布蛇？牠在我的小腿肚上已捲了一圈半，抬起脖子正要捲第二圈。嘴裡吐出紅色分叉的舌信。這傢伙不僅醜，還有劇毒。——對，劇毒！

我抬起腳想把牠甩掉，蛇卻不放。那傢伙像是不願被甩開，緊緊地纏住我的腳。我抬起左腳想把右腳上的蛇踢掉，牠卻爬到了我的膝蓋，讓我的左腳搆不著。此時我的喉嚨已經完全乾了。沒辦法，我伸出微微顫抖的右手，鎖定目標後，用力抓住波布的脖子。那種黏答答又冰涼涼的感覺眞不舒服，心裡感到一陣噁心。因爲恐懼與厭惡的感覺已經超過了極限，我變得異常憤怒。這傢伙除了嚇得我心臟快要停止外，也讓我覺得自己眞沒出息。

不管蛇的下腹還捲住我，我起身走向窗戶。左手用力打開窗戶，打算把牠用力地投向大海，因此毅然決然地甩了手腕。蛇鬆開後，留下滑滑噁心的感覺。我好像沒將蛇甩到海上，只聽到掉到窗下的聲音。

我崩潰地坐回床上。右手腕不舒服的感覺還在，而額頭則冒出了冷汗。這究竟是怎麼回事？我呆了一陣子。這不過是一分鐘內所發生的事。

蛇是從床底下爬出來的。現在應該沒有了吧！想到這裡我不禁跳了起來。對面也有張床，我跑到門邊，趴在地上，戰戰兢兢地偷窺床底下。——沒有東西了。

「咚」的一聲，我用額頭撞了一下地板，深深地吐了一口氣。

擦了汗，關上窗，我走向大廳。江神對於我花了那麼長的時間覺得奇怪。大概是我的臉色不好看，或者跟平常不同，社長把手裡的地圖放在桌上。

「喂，有栖，怎麼了？」

我努力用平靜的聲音說：「房間裡有波布。」

「波布？波布蛇的波布？」

「是的。從在床底下爬到我的腳上。我抓住牠的脖子，從窗戶丟出去。我嚇了一大跳。這個房子有點怪異。」

江神看起來一臉茫然，不知我說的話他相信多少。他大概也不能接受床底下有波布蛇吧。

「江神，是眞的喲。已經不見了，你可以安心地回房間。」

「嗯，先坐下。」江神以下巴示意。我坐下後，他點了一根菸。

「可是，很奇怪。蛇不可能從外面的牆壁爬進來，再從窗戶爬進二樓的房間。第一，窗戶不是關上的嗎？什麼時候爬進來的？」

我有點嘔氣地說：「我怎麼知道？有蛇就是有蛇。欸，我是不是也要順便把床底下的白蟻清一清？」

「你怎麼了，有栖？」

麻里亞穿著圍裙從廚房裡出來。

「我以爲你們在解拼圖。有栖一個人在嘮叨什麼。怎麼了？」

「有蛇。——啊，連說到『蛇』這個字都覺得噁心。那個細細長長的爬蟲類，跑到我的房間去。欸，麻里亞，以前發生過蛇躲在床下嗎？」

「怎麼可能。」麻里亞一臉木然：「你別騙人？我不相信。這個家的四周可能有蛇，可是不會爬到二樓。窗戶是打開的嗎？」

「不，窗戶是關上的。那是條波布蛇。一想到就毛骨悚然。要是被咬到，即使有園部醫生，但是也沒有血清救命。會死耶！」

我差一點死掉！確實如江神跟麻里亞所說的，二樓的房間門和窗戶都是關著的，蛇跑進去很不尋常。只能想成是誰不小心放進去的吧？如果眞是那樣的話，那傢伙可能想用活的兇器，索取我或是江神的性命。

「欸，你們是說有人要用波布當兇器，計畫謀殺有栖？這樣想太過分了吧，簡直就是有被害妄想症。」

我正要說出心裡的疑問時，麻里亞突然否定地狂叫一聲。我自己也不想發生那麼不吉利的事，何況，我也找不到任何自己被暗殺的理由。一切只是自己隨便亂想的，不過，也不是沒這種可能。

「是被害妄想或是殺人未遂，兩種都有可能。最好多加小心。說不定與連續兇殺案的兇手是同一人。噢不，說不定……」

吃飯的時間到了，大家紛紛從後面或樓上往大廳集合。正當大家一起走向餐廳時，江神委婉地叫住他們，把我抓到波布的始末說了一遍。社長並未提到這是偶然發生的事，或是殺人未遂，只是簡單地請大家多留意，家中內外是否還有其他的波布出沒。聽了社長的話，大家先是驚訝的表情，之後各自的反應都不相同。

「蛇是怎麼樣進來的？眞恐怖。」里美皺著眉頭對丈夫說，「從現在開始，進房間以前，你要先檢查看看。」

「欸，欸，只是蛇的話還好，但那可是波布喲！哪有那麼簡單，妳也替我的安全想想。」

犬飼夫婦的口氣略有開玩笑的味道。不過，純二對他們兩位的反應，面露不滿地說：

「蛇自己爬進來的嗎？不知是誰的惡作劇。若不是惡作劇，就可能是企圖殺人。竟趁人不在時放進屋裡，讓毒蛇三更半夜爬到床上。所以大家還是多加留意小心，把門窗關好。」

龍一悵然若失地說：「家裡從來沒發生過這種事，感覺眞不舒服。各位最好小心點。」

「是啊，難以想像是蛇自己爬到床底下。」園部以沉著的口吻說，「不過也不至於是蓄意殺人吧。可能玩笑開得太過分了。對不對？江神。」

「醫生，」江神抓抓頭說：「我可不是壞學長啊。我很清楚有栖最討厭蛇，他可能會偷偷地把一頭非洲象推進房間，但是蛇的話……」

「惡作劇或殺人未遂都令人難以相信。」安靜的和人用懷疑的眼神看著我說：「眞的有蛇嗎？」

「你們的意思是我太無聊，故意耍一齣猴戲來引起大家的注意是嗎？」

「好，好……」敏之連忙圓場。

爲什麼他們要這麼說。演戲胡鬧對我有什麼好處？說這既不合理又不負責的話，眞令人不快。

禮子走進大廳對大家說晚餐準備好了。

4

在我們的房間裡。手錶的針剛指向十一點。

江神一枝接一枝地抽著菸，菸灰缸裡裝滿了十五支 cabin 菸蒂。狹小的夜燈桌上，除了菸灰缸之外，還有那張問題關鍵的地圖、幾張筆記、三瓶果汁空罐以及一大堆的餅乾紙袋。吃剩下的東西凌亂地擺著，訴說著我們正陷於苦戰。

開始拆解拼圖後的三十分鐘，我們有了一個很大的進展。依照摩埃方向的箭頭可以畫出一條直直的延長線，除了一個例外。也發現所有的線都會碰到其他的摩埃，也就是說摩埃各自面對別的摩埃。

我們依照箭頭把每個記號相連。由於不知道起始點，就隨便找個點開始，前後延長。乍看之下線是循著不規則的軌跡，依序相連，最後走到島上的最高點——瞭望台上，那尊跟其他都不一樣的摩埃，成為終點。那尊特殊的摩埃，似乎有一種特別的意義。接下來我們應該往哪個方向前進呢？

三個人交叉著手喃喃自語。發現不規則當中，卻奇妙地包含了幾個很清楚的直角三角形。這種設計，究竟是什麼意思？從開始有進展後又經過了兩小時，我們還是無法脫離在原地踏步的窘境。我們試著繼續尋找在圖形當中是否隱藏著文字，並試著猜猜看各符號間的距離是否有一定的規則，可惜，試過的方法全部揮棒落空。

「我們好像沒有解拼圖的才能。」

麻里亞大概累了，一邊說一邊兩手叉在腰上，左右搖晃著上半身。她好像從來沒那麼認眞地解過這個拼圖。或許覺得沒辦法。

「別那麼輕易放棄。」

我這麼說有一半是為了替自己打氣。

「這可是牽涉到五億圓的東西，前面也有幾個人試過了，還是沒解開。我們才花兩個半鐘頭就解開，不是太對不起他們了嗎？」

「話是不錯……京都的望月他們，不知怎樣了？他們不知道摩埃的方向，只能看著這幾個點而絞盡腦汁嗎？」

「啊，眞可憐，我們至少已進展到線的方向了。望月兄在資訊不足的狀況下，煞費苦心，為一個無解的難題傷神，眞是人生的一大悲哀。」

「不過他或許已經習慣差勁的推理小說了吧？」

「不，他們兩個應該都不在京都。望月可能在和歌山的老家，正跟汽車教練場的教練吵架呢！而信長兄則在名古屋參加姊姊的結婚典禮。」

「對喔。都躲開京都的熱帶之夜了。」

大家解拼圖解到變成聊天。江神看著我們兩人打了一個與史奴比一樣大的呵欠，說：

「去睡吧！這種狀況下，也想不出什麼東西。」

「說得也是，明早再說吧。」

我贊同地說。麻里亞一邊告辭一邊打著呵欠說「啊呀」。她應該是要說「是啊」吧！她把吃剩的東西與空罐丟進垃圾筒，拿著餅乾袋站起來說：

「我回去睡。晚安。」

我們也回答「晚安」後，對彼此說了聲「小心門窗」。

「沒問題。我都是鎖上門才睡的。回房間也會先看床下。要是有波布或是毒蜘蛛，會馬上逃出來，到時候就拜託你們了。」

她一離去，江神跟我互望了一眼，說：「睡吧！」關燈時，已是十二點整。

這是在島上的第四個夜晚，已聽慣海浪的催眠曲。爲什麼這種地方，會發生那麼血腥的兇殺案呢？海浪好像在嘲笑人們的愚蠢。

※

半夜裡我曾一度醒來。翻身微張著眼，看到江神穿著汗衫坐在床上，吸著菸盯著地圖。他以險惡的表情，望著窗外的星空。裊裊攀升的紫色煙霧，在暗夜舞著，美極了。我並未喊他。空氣裡有股緊張的氣氛圍繞著江神。

睡吧！

※

下次醒來已是早晨。七點後，江神也醒了。他仰躺看著天花板。夜燈桌上的菸灰缸裡除了滿滿的菸蒂，還有一個被捏扁的 **cabin** 牌香菸盒。我先說「早安」，社長「啊」地回答了一聲。

「那麼早就在想拼圖啊？半夜也起來想嗎？」

「嗯，你看到啦？」

「不。」我回答。「只是 **cabin** 香菸盒空了。所以猜想你可能在半夜裡起床。」

「啊，眞機靈。華生……這個拼圖沒有頭緒的話，是可能解不開。」

「江神，這樣的話，望月不就太累了。爲一些點的地圖和進化論傷腦筋。」

「進化論……進化的拼圖。『解開進化拼圖的人就可以繼承這些鑽石』……。魚類、兩棲類、爬蟲類、鳥類、哺乳類。蛇是爬蟲類……這有關係嗎？難道不循著階梯就無法解開嗎？一、二、三嗎？

A、B、C嗎？」

江神喃喃自語地自動聯想。昨晚倒是沒有針對「進化拼圖」這個暗示推想。

「啊，對了。所謂進化拼圖，意思就是若不循著階梯想就解不開吧。那，應該對吧？」

「還沒到進化。希望趕快進化到人類。……不，我們已前進到下一階吧？昨天，我們不是把摩埃的視線相連，畫出了一個奇怪的圖形嗎？」

江神從床上坐起來看著我說：

「你昨天不是也說：『至少我們已進展到線的面向了。』從點進入到線。那麼下一個應該是……面嗎？……」

江神伸出他長長像猿一般的手臂，拿起桌上的地圖。我也起身，坐在社長的旁邊。

「一、二、三、四……十一。有十一個封閉曲面。有九個三角形和兩個四角形。這十一個面表示什麼？又有很多同樣大的角……這究竟是什麼意思？」

江神繼續自動聯想。

「面的下一個是？對，從點開始，然後是線、面、立體。對了，對。以數學而言，是零次元、一次元、二次元、三次元。這樣不能說不是『進化的拼圖』。有栖，你認為呢？」

「到這裡可以接受。……可是，立體是什麼意思？」

「叫我們用這個來組吧！有栖，有沒有剪刀？啊，沒有，怎麼會有剪刀。」

「我去借吧？」

215 摩埃拼圖

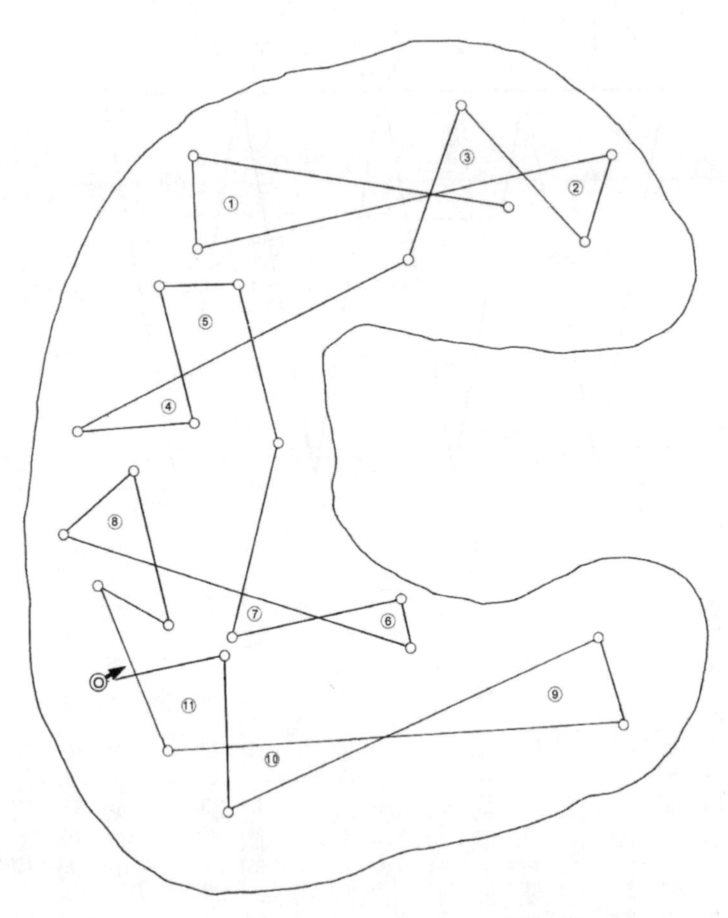

等邊三角形

① 與 ⑨ 相同
⑩ + ⑪ , ④ + ⑤ ,與 1 相同

正三角形

② , ③ , ⑧ 相同
⑥ + ⑦ ,與 ② 相同

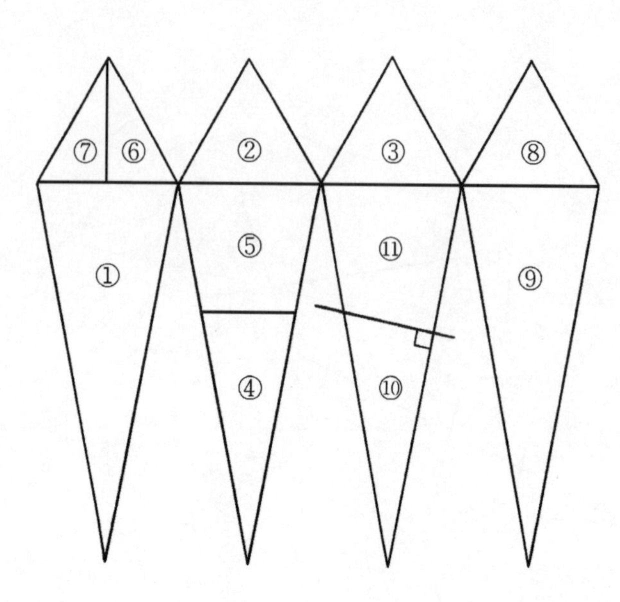

「不用。」江神用手摸了摸皮包，從盥洗用品的袋子裡，拿出安全刮鬍刀。卸下刀片，很小心地用手指抓著，對著地圖切割。

「給我圖解。」

我交給他，依照圖解，開始謹慎地切割。這期間可以聽到我們兩人輕微的呼吸聲。割完以後，是十一個封閉的圖形。

「摩埃是不是從這十一個圖形裡所形成的？可以把這些組合起來做成一個立體圖形吧。」

「可是江神，立體是我們隨便想到的。表示寶藏的位置，應該是指地圖上的一點不是嗎？」

「先組組看吧！或許會變成有意義的東西也說不定。」

於是從摩埃的出發點到終點，順著刀刃割開的方向，將十一個圖形編上①到⑪。馬上可看出②、③、⑧是相同的正三角形。⑥與⑦合起來是正三角形，一看就知道與②、③、⑧相同。①和⑨是兩個等邊三角形。再看一下④、⑤、⑩、⑪後可發現，④和⑤，⑩和⑪相連後，是兩個等邊三角形，形狀跟①和⑨相同。只要稍微做一點的加工，十一個圖形都可以變成兩種形狀——四個相同的正三角形，與四個相同的等邊三角形。——這是什麼意思？

接著開始組裝。跟①一樣的等邊三角形有四個，跟②一樣的正三角形有四個。這些三角形能做成一個立體圖形。呈現出來的像是一個從正八面體最尖端的部分往下拉出的長錐體。

「這是什麼？」

我歪著脖子端詳。同時也覺得好像在什麼地方見過。

「喂！」江神突然用力搥了一下我的肩膀。「這不就是蠟燭岩嗎？」

「啊……」

眞的是一個很抽象的蠟燭岩。那個比例正可以說跟蠟燭岩一模一樣。經過了四個階段，我們好像總算到了目的地。

「我去叫麻里亞。」

「等等！」

江神阻止。

「先換衣服。」

5

匆匆吃完早餐，我們飛奔出望樓莊，騎上腳踏車。我跟江神騎得飛快，麻里亞在後面追趕著並叫著：「等等，游泳很慢的有栖，等等我。」

然而，心急如焚的我們，踩著踏板的腳不知不覺間加重。彷彿是二十來歲的飆車族，狂飆著一輛沒有引擎的機器。莫非是前面江神的興奮傳染了我，連自己都感到奇怪，幹嘛那麼急。我們在山丘下停下腳踏車，走向通往瞭望台的小徑。走到一半，江神像是想起什麼地問麻里亞。

「要到下面的蠟燭岩很容易，可是爬上來就很累了。有馬鐵之助老先生可以嗎？」

「你是說在沒有任何人的幫忙之下，他一個人可能嗎？」

江神點點頭。

「是的。像他這麼熱中模仿的人，藏寶物時，應該是一個人祕密地進行吧！」

「話是沒錯。第一，這種事要是拜託別人，寶物不早就被人給挖走了。」

「嗯，到這裡我才想到，所以才問，鐵之助老先生能一個人把寶物藏在蠟燭岩嗎？」

「六年前祖母去世後，祖父就興建摩埃來藏寶。當時他的體力還很好。那樣爬上爬下，應該沒問題。但是要潛水到海裡就另當別論了。」

「雖然不知道鐵之助老先生如何藏匿寶石與藏在何處，不過應該是藏在他拿得到的範圍吧！譬如潛到海裡藏在岩石底部，或是在岩石頂端挖個洞將寶石藏進去。」

「欸，目前爲止沒人想過那塊岩石可能藏有寶石，當然就沒人去查看過。或許岩石哪裡有個標記也說不定。」

「這麼想就太天眞了。」我說。

邊說著，我們已經來到瞭望台。今天風很強。我們向下眺望矗立在波浪間的蠟燭岩。它尖尖的頂端有一隻像信天翁的白色海鳥在那裡休憩。

雖然我們曾在瞭望台上停留過幾小時，卻一直沒注意到眼前這個大東西。沒想到要找的東西竟然遠在天邊近在眼前，眞是被鐵之助老先生打敗了。

「走吧！」

江神帶頭下海。雖然沒有路，但還不至於沒有踩踏的地方。我拿著裝著我們兩人泳褲的袋子，跟在後面。兩手空空的麻里亞，雖然迫不及待，也安靜地從後面下來。到了下面的岩岸，她面向大海，讓我們換上泳褲。

距離蠟燭岩約有三十公尺左右。一跳進海水裡，發現岩石一直延伸到蠟燭岩那邊，水深不過及腰而已。這種高度，就算是老人也不必游過去。我們歪歪斜斜地涉水走到蠟燭岩。

先繞一圈找找看有沒有麻里亞所說的類似標記的東西。果然沒有。接著再找找看岩石的周圍，有沒有任何埋藏鑽石盒的痕跡，或留意看看有沒有人工加工過的地方。繞了兩三圈以後也沒發現。

「怎樣？有發現什麼嗎？」

跟我們同方向涉水繞圈的麻里亞略帶焦慮地問。浸在海浪裡的我，搖頭示意。

把查看的範圍加大，看看腳邊，再伸手敲敲碰得到的岩石塊，還是沒有任何可疑的地方。什麼都沒有，只是一塊高高瘦瘦的岩石。

我不由自主地想，或許我們解謎失敗了吧。此時，江神停住不動，他好像被岩石割到，正吸吮中指深思著。

「嗯，有栖。」

他吸吮著中指說：

「從這裡往上看，瞭望台上的摩埃，有何特別的意思？它除了比其他的摩埃大一圈、雕工較精細、位在島上最高點，又是連接全部摩埃的終點外，應該還有某種特別意思。似乎它本身就具有某種意義。」

「可以這麼說。……譬如那尊摩埃的方向。它面向西北方，是否暗示著在蠟燭岩的西北方？」

「可是，不僅西北方，這個岩石的四周我們已經繞了十圈以上，東西南北都找遍了，什麼都沒有，不是嗎？……或者在這塊岩石面對的西北方？」

「不會是在海的中間吧？往西北方的話剛巧碰到島，是那塊岩壁嗎？」

我們對著岩岸上的麻里亞大聲地傳達我們的假設。她一隻手拿著指南針，往蠟燭岩的方向，對著西北方的岩壁看，但結果不對。

「我認為從點開始，依照順序到線與面的過程，甚至到蠟燭岩以前的過程都是對的。」

江神跟我蹲在海浪打不到的岩石下，麻里亞坐在對面的岩石上。

「還是沒解開拼圖。……如果到目前為止的過程都對的話，就應該還有一段才對。」

聽我這麼一說，社長的表情有些微的變化。好像想到了什麼。

「還有一段。難道是這個拼圖還要再進化嗎？從立體之後還要再如何變化呢？……零、一、二、三、四——四次元，是數學上的四次元嗎？點、線、面、立體，四次元——是指時間軸嗎？嗯，除了時間外，沒有其他的進階法了。目前的過程再加上時間對嗎？最後的摩埃如果是表示時間，西北……不，西北是正確的方向嗎？還是表示幾點的方位？……不，不，應該更單純一點？」

「那個摩埃是面對退潮岬的方向吧？」

江神看著我的眼睛。

「嗯。」

很想立刻驗證看看這個假設。

「麻里亞。」聽見我叫她，一臉無聊的她抬起頭來說：「欸？」

「現在是漲潮還是退潮？退潮時，這塊蠟燭岩的哪些部分會露出海面？」

她曾在山丘上邊彈吉他邊看，應該會注意到。她果然知道。

「水位應該還會再下降一公尺。……為什麼？」

我向她說明，從立體的四次元，把拼圖再更進一階。她像是興趣被大大引起地回答說：

「運氣真好。現在正是退潮的時候。」

我們也發現了。

「再忍耐一小時吧？就可以看到退潮時的蠟燭岩了。」

我們先回到麻里亞站的岩岸，呆呆地等了一個鐘頭。眞希望時間像錄影帶一樣可以快轉。

※

「看退潮後露出的部分就可以了吧？」

一退完潮，水位降到膝蓋，可以走到蠟燭岩。這次麻里亞跟我們一起，並把褲腳捲起。

麻里亞很快地開始撫摸著岩塊。

「從這裡再往下。」

「這塊呢？」

話一說完後，我把手放在一塊退潮後整個露出水面的岩石上，並沒有特別的觸感。不過發現這塊岩石上，有幾處像是被堅硬的東西敲打過的痕跡。但不能因爲這樣就大叫「我找到了」。我的臉靠近岩石，仔仔細細地端詳它的表面。

「啊，有什麼嗎？」

麻里亞越過我的肩膀斜視著，她也立刻發現岩石上有被敲打過的痕跡。

「好像是舊的痕跡，這不是大自然造成的東西，好像是誰故意拿榔頭敲過。」

當我正要說「我也這麼認爲」時，「咚」一聲，岩石粗粗短短的尖端稍微動了一下。

我們同時「啊」地叫了一聲。

江神聽到那個聲音也從岩石的後面繞過來說：

「找到了嗎？」

「……可能。」

用力地再推一下，卻沒有任何動靜。但剛剛尖端發出聲音的岩石，又動了一下。這次移動了約兩公分。

「不要推，應該用轉的吧？抓住移動的部分，往兩邊轉轉看？」

麻里亞在一旁焦急地說。我依照她的建議，整個手掌抓住岩石的尖端，向右轉。又「咚」了一聲，這次岩石向右旋轉了十度，下面大約開了五公分。定睛一看，裡面有個空洞。

「再轉一點。」

麻里亞好像也看到同樣的東西。我再往右邊轉十度增加裂縫。裂縫增加到了十公分左右後，很明顯的，裡面是個直徑約五公分的圓洞。之後不管多用力，岩石都不再動了。

「只能這樣。不會動了。」我回頭說，麻里亞咬著下唇，喃喃自語道：

「……解開了。」

江神彎下腰，手伸進小洞說：「裡面雖寬卻很淺。」好像什麼都沒有，放棄似地把手縮回。

「空的嗎？」

社長點點頭。

「那，跟這個無關……？」

眞沒道理。但仔細看，其實岩石曾被巧妙且精心地施工過。好像將原本分開的兩塊岩石的底部組合。堅固的岩石上隱約可見加工過的痕跡。有了這種匠心獨運的設計，還有什麼理由把寶石藏在別處。以前寶石一定在這裡。不過……有人先來。

「大概被誰拿走了。」

聽我這麼一說，麻里亞不滿地說：「眞是的。」她可是怪錯人了。

「拼圖解開了……」

江神指著空洞的旁邊說。那邊有個淺淺塗上，快要看不見的字。

小小的——T．A。

6

我們把岩石歸回原位後，走回水位到膝蓋的岩岸。爬回瞭望台上的步伐，顯得益加沉重，有種飲恨敗北的心境，就像棒球比賽的第九回合下半場，從二出局變成再見全壘打。

我們原本有某種程度的期待，現在卻落得一場空。

暫且先在涼亭下休息，整理一下所有的經過，並商量未來的方向。

可以確定的是，我們已經成功解開了摩埃拼圖。找到的小洞旁，有出題者英文名字的縮寫。洞的本身也有足夠的容積容納寶石。可惜的是，有人已經捷足先登，取走寶石。我們開始討論那究竟是誰。

「有可能是英人。」我先開口說，「因爲是他一個人獨立解開摩埃拼圖。」

「不知道。」江神抱持異議，「英人先生確實注意到摩埃面對的方向，也解讀出暗號。可是不能因爲這樣說他已經解出蠟燭岩——說太多的話，麻里亞會不舒服。」

「不會。」她搖搖頭說，「其實，今天早上當我聽到江神說，寶藏的位置好像在蠟燭岩時，就覺得奇怪。雖然我接受你們對拼圖的解法，但一方面想，如果你們是正確的，那麼英人說：『好像解開了。』就是個錯誤。」

「爲什麼？」我問。

「因爲，我們一直以爲英人已經解開拼圖，才在半夜一個人出海挖寶而碰到意外。如果英人在這蠟燭岩附近死亡的話，還說得過去。可是遺體是在烏帽子岩附近找到的……這不就是說他解題失敗了嗎？」

「不對。」我緩慢地說，「或許會讓人有些不舒服，但請想想昨天我們說的。英人爲了尋寶，捲入紛爭而被殺。他可能在蠟燭岩附近被殺，然後被兇手搬運到島的另一邊北灣附近。」

「有可能。」江神同意。「發現英人的遺體是在烏帽子岩，與蠟燭岩的方向相反，直線距離其實不遠。假設英人找到寶藏時，兇手就在旁邊。兇手可能是有計畫的，也有可能是財迷心竅想獨吞寶石而臨時起意，因此把英人推入海裡，讓他溺斃。兇手可能在體力勝過英人，或不只一人，總之就是殺了人。事後，兇手或是兇手們，不想把遺體放在原地，爲了誤導別人，故意把屍體搬離藏寶的位置，搬到一個令人想不到的地點——北灣的烏帽子岩。對兇手而言，那應該是理想的地點之一吧。雖然方位完全相反，沿著海岸線繞的話，距離也很遠，需跨越島的中央，要花點時間。……麻里亞，從這裡穿過樹林能到北灣嗎？」

「欸，雖然晚上要穿過樹林會很累，不過那也不是什麼茂密的樹林。聽江神這麼一說，兇手採取這種行動的可能性很高。那麼說，兇手扛著英人的遺體夜晚穿過樹林後……丟棄在北灣……」

她腦海裡或許浮現出了那種畫面，像是想把它甩掉似的，三番兩次地搖了搖頭。

「目前都還只是假設。」江神謹慎地繼續說，「發生這種事的可能性很高，但並沒有確切的證據。何況，根本不知道是誰殺害他，以及爲什麼要殺他？」

「三年前的意外相當可疑，與現在發生的連續兇案一定有關。因爲連續殺人兇手握有英人先生畫的摩埃地圖。至於如何相關，也有幾種假設。」

麻里亞在柳安木的桌上，一邊用手指畫著意思不明的圖形，一邊自言自語。

江神同意地說了聲：「對。」

「如何有關，我們各自說說看心裡的想法。要讓年輕力壯的英人溺死，所以我先假設兇手是複數。在三年後的今天，這幾個人可能發生了一些齟齬。兇手當中的一人，可能要求多分一點，或是威脅把風的人是共犯。……噢，不，也有可能是目擊者。或者是兇手當中的一個，受不了良心的譴責，想要自首，有人爲了阻止，於是一併將其他的人都給殺了。」

我說：「江神學長，這麼說的話，牧原完吾、須磨子和平川老師都跟英人遇害有關。這不可能吧？不管是把風的人或是目擊者，罪都是很重的。」

「我當然知道。」江神提醒我，「三年前的事跟目前在這裡所發生的事，若真相大白，不知道會有多不合情理。不管誰是兇手，都會傷害到大家。這件事情的結尾，會傷害到所有人。——我是這麼想的。」

「你會這麼說，是不是已經猜到兇手是誰了？」

江神的話，聽起來簡直就像是預言，讓我忍不住地問。

「完全沒猜到。……什麼，不要用懷疑的眼光看我。依目前的情況，怎樣找出兇手？你、我，包括麻里亞在內，島上的所有人都有行兇的機會。只有我自己才能斷言我不是兇手。」

「眞嚴厲的說法呀。」麻里亞苦笑道，「我跟有栖也是名正言順的嫌疑犯嗎？」

「當然我不是眞的認爲你們是嫌疑犯，不過我也沒有證據，足以說服其他人說：『這兩位學弟妹不是兇手。』」

「眞嚴格。」麻里亞說。

「回到正題。」我試著將話題拉回來。「我也想過三年前的意外事故，與這次的連續兇殺案是否有關，難道沒有其他可能的案件嗎？」

「有啊！」社長很乾脆地說。

「若是同夥決裂，跟英人先生關係較遠的人就很可疑。有血親關係的龍一、和人、未婚妻禮子小姐，會因財迷心竅，而殺了英人，最後彼此決裂嗎？光這一點就不可能吧！不過，還有另一種說法，採信那種說法的話，反過來剛才我提到的人就可疑了。──有人知道誰殺了英人，他可能爲了報仇而進行連續兇殺案。」

「這種說法也很殘酷。」麻里亞愁眉苦臉地說，「不管是哪一種說法，都把牧原父女和平川老師三人當作是殺害英人的兇手。我終於明白剛才江神所說的：『大家會因爲眞相受到傷害。』這句話的意思。難道無法避免嗎？」

「其他還能想到什麼？」

我繼續追問，江神回答：「沒有。」

「或許還有很多別的想法，可是，不管編成什麼樣的故事，都跳不出想像的範圍。──我們換個話題好嗎？要是能找出這次連續兇案的兇手，自然就知道殺人的動機和故事，也可以聽聽看兇手怎麼說。」

三年前的事，姑且放在一邊，先解開目前發生的事，或許才是上策。

「好吧，開始。」

7

「從牧原先生、須磨子小姐到平川老師被殺，我發覺好像只解開一個疑問。」江神開始說。

「也就是說，爲什麼要在這個完全與世隔絕的孤島上殺人。因爲，如果對牧原父女和平川老師三人有謀殺動機的話，一定要選擇三人齊聚一堂的機會——就是在夏天到這個島上。只有這時島上會聚集十位以上彼此熟悉的人。暗藏謀殺動機的兇手，或許認爲可以趁機埋伏在裡面。總之，他是考慮過後才敢在這裡殺人。也就是預謀犯案。」

「所以才沒準備兇器是嗎？才用這裡的來福槍？」

江神回應麻里亞的問題，說：

「也可以這麼說。兇手知道島上有來福槍，借用那把槍大概也在計畫之內。」

「可是江神，第一次的兇案是在暴風雨的夜晚，大家都喝得爛醉如泥，還可能行動嗎？那不是預謀行兇吧！」

「應該說是見機行事，麻里亞。第二次的行兇就是預謀吧？深夜裡騎一個小時的腳踏車，往返魚樂莊和望樓莊之間，殺了平川老師再回來。」

這麼說沒錯。我們可以了解麻里亞想否定冷酷無情預謀犯案的心理。可是透過剛才的辯證法，很清楚地確定就是預謀性犯案。

「第一次的兇案，誰都可能有行兇的機會，這麼說的話，模擬就結束了。」

「眞想解開那密室之謎。」麻里亞以認眞的表情說。「推理小說研究社，或許可以從那密室之謎，做些突破吧。」

江神一副不以爲然的表情。對「密室」好像有點厭煩。

「密室。我雖然覺得奇怪。不過也不應該在推測那個房間發生了什麼事這個問題上打轉。我根本無法斬釘截鐵指出：『就是發生了這件事。』」

「眞是一個說話模稜兩可的偵探。」麻里亞朝我小聲地說。

「有件事我覺得奇怪。」我說，「須磨子是胸前被射一槍，完吾先生卻是因爲大腿被射到後倒下撞到頭而昏迷，才失血過多死亡的。兇手那時不是應該再補上一槍置他於死地嗎？爲什麼兇手打中他的大腿後，卻揚長而去？這麼做對兇手而言，不是太危險了嗎？既不能安心地看著完吾先生斷氣，又要擔心他會爬到走廊上求救。……我想一定有什麼理由。譬如說，正要補上一槍置他於死地時，聽到有人上樓的聲音……」

兩人都同意這之中一定有原因。可是我的話只說到這裡。若有人反問我「然後呢」，我也說不出所以然來。

「第一次兇案發生的當晚與第二天，大家已經討論過很多了。但是關於殺害平川老師的兇案，問題尚未釐清，不是嗎？我們整理看看吧！」我換了個話題。

「有各種的供詞吧。我有筆記。」

麻里亞從腰袋裡取出約手掌大小的可愛筆記本。

「欸，借我看。」

江神說，麻里亞打開頁面放在桌上。雖然字體工整卻太細了，所以很難看。我跟江神湊上前，仔細地瞧。好像是依照時間順序，整理出每個人的供詞。

第二次兇案（四日晚上十一點到五日凌晨三點）

晚上十點三十分：

有棲、麻里亞翻船。

晚上十一點三十分到十二點十五分：

有棲、麻里亞坐在落地窗前的腳踏車上聊天。玄關旁邊還有一輛，三輛腳踏車都在。

翌日凌晨一點以前：

園部、麻里亞起來上廁所，兩人在走廊上碰到，並且都看到兩輛腳踏車並排停放。

凌晨一點二十分到二十五分：

江神與純二在走廊說話。純二看到魚樂莊附近移動的燈。（是兇手騎著腳踏車的燈？是錯覺？還是偽證？）兩人看到兩輛腳踏車並排放著。（玄關旁邊的一輛是否在，不明確。）

凌晨兩點到四點：

江神、和人在大廳喝酒聊天。三輛腳踏車都在。

「然後，過了行兇時間後，禮子和里美五點時在廚房碰面，園部在六點時晨浴，那時禮子準備好早餐。依照時間順序，也不複雜。」江神敘述著感想。「腳踏車三台都在的時間是十二點十五分以前跟兩點以後，這中間沒有『腳踏車的不在場證明』。這麼看來，純二說看到車燈的可疑證詞，剛好符合這段時間的中段。」

然而，也不能完全相信純二，因爲他也沒有不在場證明。——從摩埃地圖上沾有輪胎印，證明兇手曾經使用腳踏車。兇手可以騎腳踏車的時間，是麻里亞跟我回來以後，也就是凌晨十二點十五分以後。如果我們離開之後，兇手立刻騎上腳踏車，往魚樂莊奔去，來回要一個小時。行兇時間假設要五分鐘，一點二十分就可回到望樓莊。江神在走廊碰到他的時間是一點二十分，那時純二可能剛好從魚樂莊回來。所以當江神的眼神從窗戶挪開時，故意提高了聲音。說好像看到什麼……」

「嗯，我的不在場證明也不成立。」

江神摸著下顎說。

確實也是如此。三更半夜在走廊上說話，或是在大廳喝酒，不管如何發揮夜間活動力，社長的不在場證明還是不成立。總之他與純二一樣，兩人在走廊碰面的時間，也可以說成江神剛從魚樂莊回來。

看完麻里亞的筆記，並沒有讓我想起其他特別的事情。我又改變了話題。

「讓我們用來尋寶的那張摩埃方向圖，爲什麼掉在那裡的時間不是傍晚而是早上？雖然我們的結論是兇手在半夜掉的，但爲什麼兇手要帶著那張地圖？」

麻里亞接著說：「最令人不解的是，爲什麼那樣東西還留在世間？兇手可能在三年前保管了英人的東西，但是找到寶藏以後，不是應該趕快把這種麻煩的東西丟掉嗎？」

說得也是。很難理解爲什麼這種東西現在會突然出現？大概兇手還有些我們不知道的事情。

「對於挖出寶藏的兇手而言，應該想把地圖燒掉，把島內的摩埃全部拔光。」江神說，「摩埃可能埋得很深，因此無法拔除，也無法改變方向，可是地圖卻是可以馬上丟掉。……剛剛我們發現藏著寶藏的岩石表面，有很多不知道被什麼敲打過的痕跡。那可能就是兇手用石頭或榔頭敲打的。我認爲兇手原本想要除掉有藏寶的痕跡，敲過以後發現根本無法破壞才放棄。」

「或許是吧。如果眞是那樣，爲什麼地圖還保留得那麼完整……」我說。

不懂。

「我看過平川老師的被害現場後，也有不懂的地方。」這次是麻里亞發言。

「爲何椅子和桌子的周圍，散落了很多拼圖紙片？兇案的前一天已經完成一半的拼圖，是被誰破壞？又爲什麼要破壞？」

麻里亞的問題，當時我們曾跟園部談過。園部的主張是，儘管拼圖的碎片塗有聚乙烯樹脂，無法沾血寫字，但是當兇手看到平川老師要用自己的血寫下遺言，於是慌亂地把拼圖打亂。不過這種說法，有令人不解的地方。平川老師的手上不止沒有血跡，兇手也沒有再開一槍，這些都是很不自然的。所以爲什麼拼圖會被打亂，這一點依舊不清楚。

「我認爲那個被打亂的拼圖，是平川老師的臨終遺言。」

我說：「喂，不是說了嗎，那拼圖的表面或背面都不能沾血寫字，平川老師手上也沒血跡。」

「嗯，不是。我的意思是說，破壞拼圖的是老師自己，破壞行爲的本身就是一種臨終留言。」

我不清楚麻里亞沒說出來的部分。所以聽她詳細說明。

「臨終留言或是死前所說的話，以各種形式呈現，現在雖然不是菲爾博士的密室講課時間，但讓我講講看我對臨終留言的看法好嗎？啊，有栖露出一副厭煩的表情。算了。只講一點點。——總之，說到臨終留言大致上可分成四種。不以內容而以表現方法分類。首先是最常出現在懸疑推理劇中的文字符號訊息，例如受害者在臨死前寫下「MUM」或「王」。第二是所說的話，也就是死者臨死前說出「家」或「武士」。第三是所留下的東西，例如受害者臨死前手裡握著方糖糖砂製成的鐘。第四種是行爲訊息。像被子彈擊中嘴巴而無法說話的臨終受害者，就把烏鴉畫像打破。愛德華·霍克的《烏鴉殺人事件》就是很好的例子。其中也有複合式的，不過大致是這樣分類。所以，我想說的是，平川老師的留言應該屬於第四種——行爲式的留言。即使拼圖的表面或背面不能寫字，老師的手上也沒沾血跡，但他應該留下了死前遺言，我們一定要解讀出來。」

「謝謝精采的演講。」我很佩服地說，「這時候不用做懸疑推理劇的演講，妳直接講結論吧！我想聽的是平川老師把拼到一半的拼圖打亂，是想要告訴我們什麼嗎？」

讓人吃驚的是麻里亞並未想到。我們三人一起想那行爲的涵義吧。傾聽「臨終留言」的意義解說，好像沒啥意義。

「打亂的拼圖。亂七八糟的拼圖。……打亂的北齋。北，齋……」

江神開始很認眞地想。算了吧，不要再花腦筋想那個死前留言。因爲根本找不到任何一個合理的解釋。

「還有個疑問。」我又改變了話題。

「第一次的兇案是在暴風雨夜晚進行的。兇手行兇後無法走出望樓莊。那麼兇器來福槍藏在哪裡？第二天中午，和人和禮子好像搜查過家裡，當時也沒發現來福槍。不知道兇手是如何將兇器留在身邊。」

「這很難吧。」

麻里亞好像忘掉平川老師的臨終遺言，將話題轉移到這上面。

「因爲不是在發現屍體後馬上搜索，加上當時大家也沒想到會發展成連續殺人事件。我說過兇手可能直接把槍丟出窗外吧？要是在那個節骨眼上搜索就好了。由於暴風雨無法外出，兇手應該是把槍藏在家裡的某處。而和人跟禮子的搜索是在第二天中午以後，在那之前，兇手時間很充裕，可做任何事情。例如把藏在天花板裡的來福槍拿出來，移到附近的樹林或草叢裡都有可能。」

「對喔……」

我沉默著。沒有任何疑問。

「還有件更重要的事，兇手現在還持有來福槍。」

江神輕輕地回應，企圖消弭麻里亞的擔心。

「不知道還有沒有。或許這次兇手已經把槍丟到海上處理掉了。」

「不，一定還在計畫著什麼。」

我覺得現在還不是可以樂觀的時候。

「因爲我才剛被毒害。」

「毒害？啊，波布蛇事件。」麻里亞的手在桌上描繪著圖形。「對啊，眞恐怖。不過或許並沒有眞的要殺人的企圖。可能已經拔掉蛇的毒牙。只是單純的威脅。」

「威脅？爲什麼要威脅我？」

「對有栖和江神的警告吧。要你們對於追究眞相不要再那麼熱心，也不要再去想摩埃拼圖，更不要去挖英人的死因。也就是說要讓你們心生恐懼吧。這麼一來，你們說不定就會放棄了。……我們可不上當，對吧，有栖。」

「嗯。」雖這麼回答，但在昨晚以後，我即使打開廁所門，仍舊是戰戰兢兢的。爲什麼偏偏要用蛇當成恐嚇道具，這卑鄙的……

「可是，爲什麼對我，噢不，要警告江神跟我呢？摩埃拼圖今天才解開，其他的事情依舊是一團迷霧，根本不值得警告。」

「爲什麼沒人對一個根本不值得警告的我說可憐呢？」

這可是事實。即便對江神而言，也尚未鎖定兇手是誰。況且目前所知有限，心裡也不知如何鎖定兇手。

為什麼兇手要在我們的房間裡放條蛇？

「我還是對密室之謎感到可疑。雖然江神並不以為然。」

「密室嗎……」江神喃喃自語，「是有點可能，只是不知道有多少可能。在懸疑推理劇中，同樣的密室，目前為止就有幾百種被撬開的方法……」

「啊，江神，你否定推理劇中的密室詭計嗎？」

麻里亞很意外地說。江神沉默了一下。

「所謂密室在懸疑推理劇中，確實是某種假想。記得我第一次讀愛倫坡的《莫爾格街兇殺案》時的顫慄。可是後來，又碰到幾百個密室殺人的推理劇情，劇情的手法有些安排得很技巧，可是並不覺得有多興奮。幾位推理作家一再重複地打開旋轉門的密室，密室卻已經變成換裝人偶。眞想說喜歡推理小說的話，最好不要再寫密室了。不要再把可愛的人變成換裝的人偶了。因為吸引我的並不是編寫密室的手法，我想看的是密室原本的風貌。」

「原來江神不喜歡密室手法。」麻里亞說。

「與其說密室手法，我或許比較喜歡密室這種推理劇如何？只能說在不可思議的密室殺人事件裡，當在場的人只是呆呆地覺得恐怖時，偵探最後卻不發一語地在門上釘上木板，回頭對大家說了一句『回去吧』結束……」

我可以理解。

「我們回到現實，現在怎麼辦？」麻里亞還是不滿意似地問。

「那個房間要釘木板密封起來嗎？」

「那個令人不寒而慄的密室嗎？搞不好我們捉到兇手問他的話，他可能會回答說是：『這只是一種趨勢吧！』」

談話突然中斷。

總是要先追出兇手。毫無疑問的，有個兇手在島上。

究竟誰是兇手？……目前不知道。

還不清楚。

第五章 自殺拼圖

1

我們結束開到一半的檢討會，決定前往發生第二次兇案的魚樂莊，打算再勘查一次現場，抱著一絲希望看看會發現什麼。

一抵達現場，我們先對著床上的畫家遺體合掌行禮。爲了避免破壞現場，我們就像偵探一樣，小心翼翼地開始搜查。麻里亞似乎還是很介意散落一地的拼圖碎片，一邊檢視散落的狀況一邊陷入沉思，我則像是關在柵欄裡的熊，不停地在房間裡來回踱步。……江神呢？

社長站在房裡的書桌前。木製的陳舊桌面上只立了一枝筆。類似畫筆的東西，如鉛筆、木炭、軟橡皮和橡皮擦，全都整齊地插在畫架旁。江神一把抓出畫筆用具，一邊檢查筆架。並將筆架倒過來看，發現什麼都沒有。接著打開最上面的抽屜。

「有什麼嗎？」

我也走近瞧瞧。抽屜裡只有一把小小的鑰匙，應該是這個抽屜的鑰匙。江神試了一下果眞沒錯。

接著他把鑰匙放回去關上抽屜。再打開第二個、第三個抽屜看看，除了創作用的筆記外，就是山姆・洛伊德有名的方塊遊戲拼圖（譯註：在十六個方格裡面有十五個數字，空出一格移動，將十五個數字依序排列），不然就是沾有手垢的陳舊紙牌。而爲了無聊時殺時間的玩具則被丟在裡面。此外，沒什麼引人注目的東西。只是令人奇怪的是，附鎖的那個抽屜裡面卻是空空的。

「滿意了，回去吧！」

「發現了什麼嗎？」

聽我這麼問，江神假裝生氣的表情說：「很複雜耶！」

「江神，有栖，等一下。」麻里亞聽著我們的一來一往。我還以爲她還要再調查什麼。結果，她手指向窗外，有船朝我們這邊過來。船上的人是敏之和禮子。我忘了自己的身分，以偵探的本能懷疑他們來做什麼。除了探查外，大概還有其他的事吧。我們決定在這裡等他們上來。

他們倆人上來後，看到我們在這裡並不驚訝。或許原本就認爲我們在這裡，也沒問我們在此做啥，敏之便開始說明來此的理由。

「禮子說想要來看看老師過世的現場，所以我帶她過來。」

禮子手上拿著幾朵九重葛花，說要用老師喜歡的漂亮的花祭拜。她從廚房裡取出杯子，插上花後，對著畫家合掌行禮。敏之跟我們也合掌敬禮。

「本來要帶我太太過來的。想親眼確認到底發生了什麼事。可是她說太恐怖了不敢過來。禮子聽到就說：『那帶我去。』……要看老師的臉嗎？很平靜的表情喲！」

對敏之的提議，禮子靜靜地回答說：「不用了。」獻花之後，心情算是告一段落。
「須磨子小姐和平川老師相繼被殺，有沒有什麼意義？」
他也對著禮子問。禮子用右手摩擦著左邊的上手臂，「欸」地應了一聲。
「老師跟須磨子小姐曾有一段時間特別親密，你認爲這與兇案有關嗎？」
江神直截了當地問，敏之望著禮子說：
「我不清楚他們兩個人實際上親密到什麼程度。三年前的夏天，須磨子小姐爲了當老師的繪畫模特兒，整天泡在這裡。──我用詞不妥吧──不過是眞的，但也可能是旁觀者胡亂猜的……。禮子，妳認爲呢？」
「我不認爲三年前的事跟兇案有關。」禮子低頭看著地板說。「他們兩人曾經親密是事實，但時間好像很短，我想不出任何理由說這與這次的兇案有牽扯。」
禮子抬起臉問敏之。
「他們兩人曾經親密這件事，與兇案的眞相有關，是和人說的嗎？」
「嗯。」敏之欲言又止。「昨晚我跟他聊過一些。他相信這之間有些關聯。不過也沒有什麼根據。只是……」
敏之往裡面牆壁上須磨子的畫像看去。
「因爲那幅畫。在跟和人聊天以前，只覺得那幅畫不錯，知道畫家跟模特兒的事情以後，再看那幅畫，內心不禁湧現別種感慨。感覺到平川老師把對須磨子小姐的熱情，全都融在筆尖畫出來。那幅畫沒有掛在望樓莊，反而掛在魚樂莊的床上可以清楚看到的位置。由此可見，平川老師到現在都還愛戀著須磨子小姐。——三年前的故事，或許正是一切事情的開端。」

「和人說那些話時，只有犬飼夫婦在場吧？」

「是的。……啊，我懂了，禮子小姐。妳是不是擔心純二在？不用擔心。那個時候他正在洗澡。——對喔，純二對須磨子小姐的過去一概不知嗎？」

「說過去我覺得有點誇大，他應該不知道，也沒必要特別告訴他。」

「這是當然。我們夫妻碰到純二先生，是絕不會說的。現在因爲不用擔心才敢說。」

我們靜靜地聽著他們的對話。推斷三年前英人的溺水事件，或許有段恐怖不可告人的隱情，也可能就是今年兇案的源頭。三年前的戀愛故事被拉上舞台，究竟與此有何牽連？

我想起昨天我們把平川的遺體移到房間後純二的表情。他以憎惡的眼神，望著亡妻的畫像。難道他知道妻子的過去？

「我們回去吧！」江神說，正要走向須磨子畫像的敏之，停下來回過身。

「我們也回去。划船只要十五分鐘，我們應該會先到。待會兒見。」

五人一起出了魚樂莊。看著敏之和禮子走下石階，我們才騎上腳踏車。

2

回到望樓莊，看到大家都在大廳。一進門就感受到現場凝重的氣氛，我挺直身體，直覺有事。

剛剛在魚樂莊分手的禮子，先察覺到我們回來，她面帶吃驚的表情；而其他人抬起頭，轉過身來看著我們。

「啊，有栖川先生你們回來啦。和人，你就快點道歉吧！」

龍一斥責地對和人說。和人把藤椅轉過來對著我們，倔強地憋著嘴角，眼睛望著窗外。

「怎麼了？」

終於江神開口問。龍一難以啓齒地說：

「眞的很抱歉。剛剛才知道把蛇放進有栖川先生房間的，就是這傢伙。」他抬抬下巴示意和人說話。「他說怕發生危險，已經拔掉毒牙，是一場沒有意義的惡作劇。大概也沒什麼好說的，姑且聽聽他扯些什麼？」

和人還是緊閉著嘴。龍一大聲地喊：「喂！」第一次聽到他那麼大聲。

「爲什麼知道是和人惡作劇的呢？」

江神好像對這方面比較有興趣，龍一怒不可遏地回答：

「犬飼先生和禮子抓到現行犯。他們兩人划船回來時，看到這傢伙抓著兩條波布蛇在草叢裡砰砰地敲。他正要拔出毒牙。我聽到這事不知該覺得恐怖，還是覺得沒出息。」

「我嚇壞了。」

禮子摸著左肩說：

「我叫說：『是和人嗎？』他嚇了一跳，跳了起來。我問他：『爲什麼做這種事？』他把蛇一丟，只說：『為了行使緘默權。』然後就像蚌殼一樣，緊閉著嘴巴。」

「和人，你不說的話，會被認為是連續殺人的兇手。」站在桌旁的敏之挑釁似地說，而和人只說：「不是我。」

「那麼，你做那種事有什麼道理？」敏之用兇狠的眼光看著和人。

「我認為你是兇手，所以對查明眞相不遺餘力的江神先生和有栖川先生，發出警告，要他們歇手，這是很合理的解釋。如果還有別的原因，你快說清楚。」

和人還是不發一語，江神慢慢地問：

「昨天的蛇也是你放進去的？」

和人只說「是」後，便繼續沉默以對。如果只是單純的惡作劇，應該有其他不同的反應吧。突然說緘默權，聽起來好像承認自己的罪行一樣……他是兇手嗎？大概敵不過衆人虎視眈眈的目光，和人突然起身，不給任何人阻止的機會，快步消失在走廊。

「你給我等等。」

當龍一大叫「你給我回來」時，只聽到後門猛烈關上的聲音。有人嘆了一聲氣。

「有栖川先生，對不起！」龍一深深地低下頭。

「簡直不知道他在想什麼。可能有難以啓齒的理由吧。那傢伙現在也在氣頭上，可以寬容一點時間嗎？」

我回答：「是。」我好像也和龍一一樣震怒，所以無法平靜下來。江神還是很冷靜，麻里亞卻呆若木雞。

「我大概懂了。」

喃喃自語的是園部。這次大家都注視著他。依照現場的氣氛來看，他應該是要說明爲何和人要弄蛇來嚇我們。想聽聽看究竟是怎麼回事。

「那是過度的惡作劇。當然，他那麼做是有理由的。難以開口的原因是——對有栖川的嫉妒。也就是吃醋。」

「吃醋嗎？」

我鬆了一口氣。原本以爲背後有多兇狠的陰謀，結果卻是有點可愛又小心眼的話。

「對，嫉妒！」

「爲什麼和人要嫉妒我？我不是這裡的小混混嗎？」

「整體來說，應該是和人不對。那也沒辦法，他可是禮子小姐和麻里亞的粉絲喲！看到麻里亞跟你情投意合，大概不舒服吧！當每個人說明平川老師被殺那晚的行蹤時，你的供詞讓他好像很痛苦。你跟麻里亞夜晚划船出海，翻船後再一起游泳回來，之後又在外面聊天；他可能從房裡看到你們聊天的情況，像這樣羅曼蒂克的夜晚，讓他很嫉妒。加上之前又看到你們一起在海邊快樂戲水，而他可是完全不會游泳，或許這些都讓他感覺不舒服，也讓他更嫉妒。」

我想起兩件事。第一，我們翻船後的第二天吃早餐時，和人的樣子就不一樣。不但話少，還一個人對著牆壁喃喃自語，不知在說些什麼。之二是我們在做海水浴時，好像有人從望樓莊的二樓看著我們。當時麻里亞曾說：「是和人吧？」果然就是他。眞是陰沉。

「那就奇怪了，醫生。」麻里亞困惑地說：「你說和人因爲我而吃醋，眞奇怪。另一層意思是指我跟有栖翻船有什麼嗎？」

「因爲麻里亞的事情讓和人吃醋，會很奇怪嗎？不，這是常有的事。再加上又跟游泳有關。他很懊惱這裡只有自己不會游泳，這讓他更顯得孤單吧。」

「我太太其實也幾乎是不會游泳。」

敏之看著里美說。

我又想起兩件事。一件是與犬飼夫人不會游泳有關。敏之游泳時，她一直坐在沙灘的陽傘下。另一件是關於和人不會游泳的心理情結，我問他「你衝浪嗎」的那一瞬間，他露出不悅的表情。

「總之我認爲，和人對有栖應該是不具好感。又對自己的堂妹心存嫉妒，連他自己的內心都覺得不好意思吧。而且，他自認比不過你們那位頗具威嚴的學長。所以才會做出那種陰險又令人討厭的事。」

「眞奇怪。因爲我？怎麼可能。」

麻里亞有點靦腆。別害臊嘛，爲了這種事。

「這也是醫生的想像吧？」敏之有點客氣，但口吻清楚明快，「實際上也可能有其他不同的理由吧。」

聽到後門打開的聲音。和人回來了吧。

「頭腦稍微冷靜了吧？你……」

正要說時，龍一把後面的話吞了回去。——因爲和人再次出現在大廳，右手握了一隻手槍。

「和人！」

「你！」

禮子和龍一大叫，大家都發出短暫的驚呼聲。我全身僵硬，滿身的雞皮疙瘩，聽到自己的喉嚨裡發出咕嚕的聲音——那個槍口該不會是要對著我吧？

「我一直偷偷地藏著這個。跟來福槍一起拿到的。和來福槍比，可能只是一個小玩具，它可是一把貨眞價實的S&W（譯註：Smith & Wesson，為美國四〇年代製槍工廠）喲。我試射過兩三次，裡面還剩三發子彈，原本只是觀賞用。我現在向大家公開。偷了我的來福槍殺人的人，請仔細看清楚，我有這傢伙。如果你不喜歡這島上的好男人，所以計畫下一個要殺我的話，爲了你自身的安全，最好死了這條心。我是不會輕易認輸的。要是衝著我來的話，我會用這個還擊。這可是正當防衛，我會毫不客氣地開槍。——給我好好地記住。」

「和人！」

龍一的太陽穴青筋浮現。

和人不理。槍口雖然向下，他的手指卻扣在扳機上。一不小心會發生意外的，所以最好不要太刺激他。我雖不是十分了解他，但他應該不會眞的開槍。

「我現在不會開槍。」和人用力地說出，「是因爲我不知道要射誰。在這裡的人當中一定有一位兇手，我已經不耐煩。兇手，我在等著你。」

他倏忽轉身，快步地消失在走廊。

「眞是對不起……」

說到這裡，龍一像頭痛一般地用手抵著額頭不動。看著覺得可憐。

「我不介意。」園部叼著菸斗說，「那孩子從小就小心眼。雖然小時候常常說：『誰要是小看我，我可不怕他。』其實那正是他害怕的時候。現在即使害怕也沒辦法。」

「所以才危險啊！」禮子擔心地說，「眞沒想到他竟然偷偷地藏了一把手槍。對於動不動就害怕，或容易衝動的人，手上有那種東西，萬一碰到了什麼事，說不定就開槍了。」

有人不高興地咳了一下。是兩手交叉胸前的純二。

「那樣吆喝一下，就說他是因爲害怕而喪失理智開槍，也未免太便宜他了吧。我要是在這裡也揮舞著菜刀，說著同樣的台詞，是不是也可以脫罪？」

園部稍微動了一下眉毛。好像對他的發言有點意外。

「你是說，和人企圖要猴戲來隱藏他就是連續兇殺案的眞兇？」

「是啊。不能說沒有這個可能，我只是想確認一下。我們這些人當中，最會使用來福槍的人，大概就是他了。他被懷疑也是應該的。不過，他非法持有手槍，我倒是挺驚訝的。……嗯，醫生，大家原本以爲島上的槍械，只有現在不知去向的來福槍，結果現在又有手槍。說不定兇器有可能是那枝手槍？」

「不可能。手槍跟來福槍的槍傷完全不同。我可以斷言那種小槍枝不是兇器。」

「可是，看那個樣子，說不定他可能還有機關槍或火箭砲之類的東西。其他的可能才是眞正的兇器。」

「不，不可能還有那麼大的槍。」龍一斷然地否定了。「其實，那傢伙帶著一個包裝奇怪的行李來島上。那時大家已覺得奇怪，問他是什麼也不說。到了這裡，打開行李後，才知道是來福槍。而且只有一把。——總之他不可能帶來福槍或是獵槍那種大的槍械來，而不讓我們知道。那是不可能的。那傢伙只有那次帶了奇怪的行李來島上。」

「有沒有可能是其他的人帶來？」純二問。

「不可能。包括平川老師在內，任何人要將那麼顯眼的行李偷偷地拿進來是不可能。」

「沒錯！」園部重新在菸斗裡裝上菸葉。「手槍還有可能，來福槍不能偷偷地帶來。」

「我稍後去他房間拿。他冷靜以後應該會交出來。」

禮子這麼一說，純二輕輕地從鼻子哼了一聲。

「麻里亞跟我一起去拿吧？我們躲起來用擴音器說服他。」

麻里亞的手放在額頭上，好像在說「饒了我吧」。

3

一陣騷動過後，今天的午餐還是延遲了。禮子和麻里亞把午餐端給獨自關在房間的和人。他像坐困愁城的愚蠢國王。

「他，怎樣了？」

敏之問回來的二人，麻里亞搖了搖頭，一副無計可施的樣子。

「他不讓我們進去。只說『放在外面』，好像還在生氣。」

「不想讓我們看到他出糗的樣子。」禮子庇護似地說。「那樣胡作非爲，一定正後悔呢！」

「眞笨。」

餐桌上的氣氛相當微妙。大家說著和平的話題，諸如希望這個島上沒有任何不祥的事，或是和人不在島上的話就好了。敏之詳細地說了很多有關新開拓進口牛肉的管道；禮子發表她的朋友最近戒菸成功的特殊方法；園部敘述在德國旅行時碰到的糗事；江神發表日常觀察京都人氣質的見解。這是幾天以來餐桌上話題最熱絡的一次。而這時我正在說到大阪交響樂廳的音響效果。

飯後，犬飼夫婦看電視。不，正確地說，應該是開著電視，坐在電視機前。畫面也不是他們想看的，是幼童的玩偶劇。

「忍耐到明天就好了。再撐一下。」

聽了丈夫的話，里美疲倦地回答說：

「是呀，也不過再撐一下，像是在雪山裡遇到山難時的反應。——加賀先生一定對我們的度假羨慕不已。回去之後應該要給他一個禮拜的假期。」

「加賀的故鄉在五島的福江縣。他應該很久都沒回去了，最近應該休個長假。」

像這樣有一搭沒一搭地閒聊的期間，我注意到一件事，就是好幾次里美都忍不住打呵欠。她不是常吃安眠藥嗎？這樣的話，應該不會睡眠不足吧？她爲了顧及禮貌，吃飯時用手掌遮住，打了好幾次呵欠。原以爲無聊，但似乎又不是那樣。我注意到她甚至兩眼紅紅的。——很明顯的，她睡眠不足。

「欸，我，去睡一下午覺好嗎？連續發生那麼多事，好累。」

里美跟老公撒嬌似地說，證明我的想法是對的。她晚上一定沒睡好。——但爲什麼呢？難道是安眠藥吃完了嗎？不，無線電雖然被破壞，無法呼叫接駁船，可是他們原本就預定留到明天，應該帶了足夠的藥量來。甚至可能會多出一些可以分給老公。那又爲什麼？——答案只有一個。她晚上不想睡覺，所以沒吃安眠藥。那她晚上有什麼事嗎？——疑問從我內心不斷地湧現。

「去陽台？有栖？」

麻里亞叫我。我抱著滿腔的疑惑，含糊地應了聲「喔」後，就跟著她出去。江神又再跟醫生玩拼圖。

純二也在陽台，他兩腳伸直坐在窗沿上看著海，視線的遠端是滿潮岬。他跟我打招呼地喊了聲「有栖川先生」。

「那個時候，江神先生眞的沒看到車燈嗎？」

所謂的車燈，就是指平川被殺的當晚，他看到的腳踏車燈吧。我也只能重複同樣的回答。江神說過並非懷疑他的證詞。因爲不管他當時說話的態度與表情有多逼眞，也不能把沒看到的事硬說看到了。如果純二眞的看到了那個車燈，社長的反應一定讓他很心急。

「可惜，他斬釘截鐵地說沒看到。」

「是嗎？我看到了喲，確實看到了。那個就是兇手。想到就會不寒而慄。大概是以前的事。——我在國中的時候，有一個晚上臨時抱佛腳熬夜唸書，突然抬頭看到對面的公寓房間熄燈，那時大概是凌晨一點左右。當時我想那個房間的人平常都晚睡晚起，現在竟然都睡了，所以心想『我也差不多該睡了！』於是闔上書本去睡覺。第二天傍晚才知道，住在那房間的單身男子自殺了。我看到的是那男人在上吊前關燈的模樣。到今天都忘不了當時人聲鼎沸的恐怖情形。」純二宛如憂心這世間的一切，茫然地望著大海。他的靈魂像出竅一般，不知是對妻子莫名地被暴力奪走而感到無常，還是對兇手的來去自如感到無力……

「不但牧原家，有馬家也完了。到底是誰殺的。」

純二微開著唇齒喃喃自語。我發現他的眼裡，泛著溼潤的淚光。

陽光海風滿溢的南島，悲劇正緩慢地前進旋轉。一切已無力阻擋，只能迎接結局的到來。我覺得結局馬上就要來臨了。

4

藍天裡聽到槍響。
這一天，此時的槍響，一定是在遙遠的過往就註定了。
現在又一聲槍響。
我心中直覺沒救了。

5

隔壁棟。
我們呆呆地站著，低頭看著趴在桌上的男子屍體。坐在椅上斷氣的是有馬和人。他右手彎曲地放在桌上，左手垂吊著。太陽穴上有個黑洞，從裡面流出的血，經過肩膀流到胸前，正迅速地凝固。桌上靠近右手的地方，有一枝手槍和一張紙。桌子旁邊立了一枝我們見過的來福槍。房間的空氣裡瀰漫著淡淡的煙硝味。
「我不相信！」
龍一抱著頭坐在床上。禮子跌跌撞撞地靠在牆上。痲里亞跑過來緊緊地抱著雙臂，禮子把手放在她的肩膀上，說了聲：「沒問題吧？」

和人的死跟先前的狀況都不同。這裡有兇器——一枝手槍和來福槍。但槍太多了。用看的難以判斷是哪一枝槍讓和人的腦漿四溢。不過，乍看到這個畫面，會覺得他是用手槍射穿頭部後倒在桌上，然後手槍自右手開脫掉在桌上。

「自己用手槍打的。」

園部粗略地看了一下傷口說。應該是吧。如果用來福槍自殺的話，只能用腳趾扣住扳機。而他是穿著鞋，好端端地坐在椅子上。

江神把臉靠向桌上的手槍說：「有味道。」他快速地看了一眼和人手邊的紙，停了一會兒才開始慢慢地朗讀紙上內容。

我，有馬和人爲了償還曾犯下的罪行，在此自我了結。殺害牧原完吾、須磨子和平川至三人的，就是我。我一再地重蹈覆轍，犯下了人類最殘酷的罪行，請各位儘管憎恨詛咒我吧！

我是一個不值得同情寬恕的殺人犯。這殘忍的過程請各位暫且忍耐一下，繼續讀下去。我親手完成這遺憾的殺人事件，不僅僅只有前面三個人，還有另有一個人也是我親手殺害的，就是我的哥哥。說到英人，我內心的苦楚，直到如今都讓扣著扳機的手顫抖不已。三年前哥哥並非因意外事故死亡。他是被謀殺，我就是兇手。我這個殺人兇手，從三年前就醜陋地苟且偷生到現在。不止葬送了三人的性命，也毀了我自己。

有關我爲何犯下那麼恐怖的罪行，請容許我用最簡單的方式說明。

各方面都勝過我的哥哥，讓我在成長過程中一直都覺得自己差人一等，並常感到自慚形穢。三年前他帶著未婚妻來島上度假，他那幸福的表情，讓我內心的憎惡如同盛夏的溫度計中的水銀柱，迅速地竄升。憎惡最後終於導致悲劇的發生。他告訴我他解開祖父的拼圖，要我幫他挖出鑽石。他的解讀是對的，我們成功地取得寶石。就在那個時候，我腦海裡「啪」地一聲，踢倒了哥哥，把他的臉壓在水裡。我和哥哥的體力雖然不相上下，但這突然襲擊，讓他一時慌亂，最後無力抵抗。我也想不起來爲何會變成那樣，之後我茫然若失地自問，我有那麼恨哥哥嗎？

長話短說。我行兇的現場被當時正在祕密幽會的平川和須磨子看到。他們倆搶走了鑽石，並答應絕口不提，也幫我把遺體搬到別人想不到的地方。可是，平川竟向我敲詐封口費。我對他假稱說要向父親要，卻也激起我對他的恐懼與憤怒。最後決定還是不能放過目擊者，所以我把他們兩人殺了。完吾伯父只是運氣不好，碰巧跟須磨子在一起，我對他沒有任何恨意。我沒有任何懺悔的話，只是對自己的罪惡與罪行打顫發抖。

證據在桌子抽屜裡，請檢查。

我自己了斷。

各位，再見了。

爸爸，你願意的話，請原諒我。

有馬和人

江神朗讀結束後，大家痛苦地沉默著。他手裡拿著和人的遺書，動也不動，最後交給龍一。過度的衝擊讓身爲父親的龍一，根本無法再讀一次。

「你們覺得如何？」

江神問。敏之好不容易回答說：

「太驚訝了。眞遺憾……眞悲慘，但總算告一段落了吧！」

對，好像是告一段落了。不過，我尙未釋懷。我的意思並非說他遺書裡有什麼不合理的地方。也並非不相信他膽敢做那麼恐怖的事。只是，感覺好像看了一場演到中場，畫面卻突然出現「終」字而結束的電影。剛剛才在大家面前，揮舞著手槍，義憤塡膺地說「誰要惹我，我就跟他拚了」的和人。卻在過了兩個小時，打穿自己腦袋，這未免也太唐突了吧？又沒人懷疑他是兇手。而且除了他之外，也沒有特別的人被懷疑。兇手既已逃脫，爲何急著自殺？——是因爲良心的譴責？這樣可以接受嗎？我有點迷惑。

「和人能殺掉四個人嗎？不可能吧……」

麻里亞兩眼無神地喃喃自語著。我知道她想要說什麼，不過那也是沒什麼根據的看法。我在心裡否定麻里亞的說法，因爲在邏輯上和人是有犯案的可能。

「這遺書很奇怪。」

大家望著龍一。

「連最後的署名都用電腦打。雖然我知道這傢伙的字寫得不好，遺書的結尾簽名不是應該親筆簽名嗎？」

「我也這麼想。」

江神立即回答。

「我也覺得奇怪。」

因爲並非是親筆簽名，所以也沒證據顯示遺書是和人自己寫的。噢不，是他自己打的。

麻里亞的肩膀微微顫抖。

「那份遺書有可能是和人以外的其他人打的。如果眞是那樣，那和人就不是自殺，跟須磨子他們一樣，不知被誰殺了……」

「等一下。」敏之愁容滿面地說，「麻里亞小姐，請不要隨便亂說。我這麼說可能很失禮。我認爲和人一向都很注重外表。死時也介意自己的字不好看，所以才用電腦打出名字。——這裡有遺書和兇器，若說這是他殺的話，請提出更強更有力的證據。」

「我也有同感。」純二把一隻手插在口袋裡，靠在牆上說。「和人剛剛果然在大廳裡演猴戲。我想到了，這個遺書雖然寫得有點亂，內容還滿能接受的喲！」

「最好不要妄下結論。」園部不由分說地反駁。「這如果是謀殺，遺書或許是兇手打的，來福槍或許也是兇手藏好後拿進來的。不管是哪一種都很難判定，再詳細查查看吧！」

江神把臉湊向和人的右手說：「有煙硝味。」自殺說法記上一分。他接著用左手從桌上的筆筒取出一枝鉛筆，將手槍勾起，拿到與眼齊平的高度，用手帕將右手包起來，然後旋轉一次彈夾。

「彈夾裡還有一顆子彈。剛才和人說手槍裡還有三顆子彈，如果是眞的話，就代表已經射了兩顆子彈。所以聽到兩聲槍響。」

一顆子彈的去向很清楚，就在和人的腦袋裡。另一發子彈打到哪裡？向四周看了一下，馬上發現。

「那裡嗎？」

離桌子兩公尺處的右邊牆壁上掛了一幅畫。不，是紙片拼圖的完成品，畫的是從瞭望台往下望蠟燭岩跟雙子岩的風景，好像是平川的畫風，平川說過正在畫晨曦中的退潮岬，畫好的話希望做成拼圖。所以這個拼圖是舊作。我用手指出上面中間有個黑洞。

和人的死或許眞的是自殺。他先把藏好的來福槍拿出，立在桌子旁邊。然後用電腦打好遺書，再拿起手槍。這時，看到右手邊牆壁上掛著平川的畫，由於那是心中憎恨的男人畫的，加上畫的又是自己最忌諱的場所。在有點憎惡，又有點恐懼的情況下，他的槍口對著那幅畫，扣下了扳機。在畫的中間弄了一個彈痕之後，接著把槍口對準太陽穴，了斷自己。——我的腦海裡虛構了這樣合理且可接受的故事。

「他討厭這幅畫嗎？」

園部盯著畫喃喃自語著。難道他心裡也浮現跟我一樣的情景嗎？他微微地點頭，好像說他也知道原因。

「啊，看看抽屜吧！」敏之大聲地說，「遺書的結尾不是寫著證據在裡面嗎？看看吧！」

「噢，對喔。」

園部拍了一下手，打開最上面的抽屜。看到一本《從政須知》及一本好像以「魚樂莊非日記」爲標題的日記。他的手伸向日記。大家全都望向他手裡的日記，不知事件的眞相是否就在裡面。

園部看了一下，打開皮革製的封面，有兩張對摺兩次的紙從日記裡，自空中滑落掉到地板上。幾個人的視線都追著它跑。

「什麼？」

醫生彎下腰撿起打開。突然用力地皺著眉頭，發出「哼」的洩氣聲。

「是什麼，是什麼，醫生？給我們看。」

敏之焦急地說。園部把日記夾在腋下，兩手各拿起一張紙，左右搖晃讓大家都能看到。

「摩埃的地圖！」

敏之伸出頭說。

「這是……另外兩張拼圖？對啦，對啦。」

沒錯。就是另兩張畫了二十五個箭頭的地圖。其中的一張上已用線把二十五個記號連起來。另一張則像是從八個封閉曲面，組成蠟燭岩形狀的鉛筆素描。並且，在角落寫了一句「退潮？」這不就是我們解出的摩埃拼圖的過程重現嗎？

「這個圖不就是蠟燭岩嗎？這麼說……寶石難道藏在蠟燭岩？」敏之興奮地說。

我聽他這樣問，不禁想起僅存在我們三個人之間的祕密：如何解開拼圖，追到藏寶位置，然後發現寶石早就不見了。

「對啦，一定是。」

純二這麼說時，依偎在牆壁的禮子嘴裡發出了輕輕的一聲。

「那是英人的字……」

龍一從床上起立。

「果眞是他寫的？」

房裡因出現了有力的物證而陷入一片混亂。最初解開摩埃拼圖的好像是英人，另一項證據是和人的遺書。可是，我想說的是這些都不是引起騷動的原因。不是該早點看日記嗎？

「醫生，日記裡寫些什麼？」

被江神催促，園部把紙片放在桌上，翻開頁面。江神，敏之和我靠在旁邊盯著日記看。……看到這一頁。

七月三十日（星期二）晴

今天也沒客人。

一天裡只說了「啊」、「好」兩三聲。整天都在素描外海。不是構圖，只是大海。感覺存在著爽快的倦怠感。

果然是日記。雖以「魚樂莊非日記」為標題。大概是模仿永井荷風的《斷腸亭日記》吧。……這一頁。

八月五日（星期一）晴

完吾先生與須磨子小姐來舍。因為已三天都沒客人來，大概太寂寞，我不停地說話。忘了他們兩位都未開口。完吾先生話題豐富。須磨子小姐更美了。他們給了我快樂的一天。

「須磨子小姐更美了。」多引人注目的一句。園部很快地過目後，一頁一頁地往下翻。日記恰如標題，只記載他停留在島上的情形。在八月九日裡，有一行「明日，回歸俗塵。」之後就跳到一九八六年七月二十八日。

「一九八六年，是三年前。」

敏之口中念念有詞。園部的手戛然而止，一邊翻頁一邊仔細研讀。——例如七月三十一日。

七月三十一日（星期四）晴

颱風過境。

須磨子來舍。在休息與畫畫之間共花了五小時。兩人都疲憊不堪。喝茶、聊拼圖、談論英人的未婚妻等事。

這次注意到了「須磨子」這一語。不寫「須磨子小姐」，而是「須磨子」，大概兩人之間的關係，或是畫家的心情起了變化吧。園部翻頁的速度更慢了。

八月一日（星期五）晴朗

畫須磨子。

英人和未婚妻一起來舍，四人愉快聊天。心情愈來愈年輕了。

應該注意這裡的「心情愈來愈年輕了」。和年輕的未婚夫妻閒聊，畫家因何感到年輕？推斷是他與須磨子開始戀愛了。身為一位優雅生活的信奉者與實踐者的他，寫的簡短日記，讓人讀不出字裡行間的意思。

八月二日（星期六）多雲晴

只要去掉背景後再加工，須磨子的畫便大功告成。我只好恢復為原來的風景畫家。

感謝須磨子。

每天心情愉悅宛如浸淫於羊水裡的胎兒。

畫家興致勃勃。

八月三日（星期日）晴朗

整日與須磨子度過。

有馬家曾經以不是理由的理由，邀我過去住一晚。不知爲何，透過須磨子愼重地婉拒了。或許是面對牧原會不好意思吧。夢想著兩人能再一同釣魚。

須磨子十點半過後離開魚樂莊，有點擔心。

簡短卻有力的文章。我們被藍色文字的內容所吸引。只管看究竟寫些什麼，無視於其他人的存在，默默地繼續讀著。

終於讀到了八月四日。

「這是英人過世的那一天。」

園部這麼一說，我們重新調整了一下日記，讓大家看得更清楚。

八月四日（星期一）晴

不關心人世，隨意任性、無所作爲地活著。如果這種生活本身，是一種罪惡的話也好。我生來就是罪人。罪惡這字，如同它字面意義那樣恐怖，現在儘管有多不願意，感覺它就在身邊。

我，爲了生活，今晚做出承諾。內心雖如千斤重擔，手腳卻輕如羽毛。明天早上，不知醒來時會是何種心情。已無法挽回既成的事實。

須磨子、和人，要如何度過今晚？隔著暗夜深海的對岸海岬，感覺到他們正屏氣凝神地撐過一夜。先睡一覺吧！儘管時間令人討厭，終究是會過去的，任何事情也是會慢慢化爲稀鬆平常。

我累了。感覺能比平常睡得更沉。我是共犯。希望這個晚上趕快過去。讓我先休息吧！

對英人眞是抱歉。用你的性命換取這世間多餘之物，只是爲了我這毫無作爲的男人的生活。請讓我在另一個世界得到懲罰。

你留下來的地圖，我除了把它當作你勝利的紀念，也當作我們三人的罪證，只要我活著的一天，絕對不離開身邊。只是今天情非得已，暫且先鎖在抽屜裡。

明天是個悲傷的日子，但願醒來後的我能忍耐得了。

眞的睡吧！

明天會悲傷的人們，今夜至少讓他們睡得安穩吧！

6

我們唸完後，不發一語。實在太奇怪了。目擊兇案的人，幫忙收拾屍體，最後向兇手勒索封口費，爲什麼要寫下這麼支離破碎的文章。似乎是萬般衝動下寫的文章。爲何事過境遷後不銷毀？反而把自己的罪行寫在日記裡，是否曾打算就此封印住罪行？

「你們認爲這眞的是平川老師寫的嗎？」

對江神的疑問，園部點頭示意。

「應該沒錯。是他的筆跡，警察鑑定後就知道了。與和人遺書的內容，雖然並非完全相近，但好像是一致的。」

正當園部想讓大家瀏覽日記時，江神阻止說：

「對不起，日記後面還有寫嗎？」

園部翻著頁面。

「啊，有寫呀。只是翌日的部分只寫了一句『悲傷的日子』，第二天只寫『明天離島』。」

「稍後，我要再看全部內容。先看前天的部分。」

「前天？……這裡吧。」

八月四日（星期五）晴天

戰戰兢兢地重讀了三年前那個晚上的日記。第一次重讀後，忘不了的過去無法抹滅。從箱底取出我們的罪證——三張地圖。姑且不說完吾的死。須磨子的死將那一晚的罪惡從過去又拉了回來，她是否是被攻擊的，並無證據。……不，不可能。完吾先生應該是受到牽連，雖然同情，但我沒有眼淚，只有悲傷。

優雅的生活。

對現實的復仇。

江神這麼說，覺得很奇妙。他好像不是在說我，而是說他自己。

今晚微風。一片安靜。

月下海灣，船出來了。看不到人影不知誰在遊船？

過了零點。

好像過了第三個犯罪紀念日。

以上是他的絕筆。平川是在寫完這篇日記的幾小時後被殺？還是寫完立刻被殺？人無法預知死神何時降臨。但死者的日記裡卻把這嚴肅的事，血淋淋地傳達給我們。

「三張地圖，果然地圖有三張……」

江神如夢話般地喃喃自語。地圖有三張，其中兩張在這裡。剩下的一張，就是我在路邊撿到的那張。這麼說來合理。

「可以了吧？」園部問了聲江神，就把日記傳閱。

「三張地圖當中的一張是有栖撿到的……」

正當大家在傳閱日記時，江神一個人站在一旁。只有我歪著頭看著學長。

「是物證。」右邊傳來敏之的聲音，「這一定是平川老師的東西。具有重要意義。很明顯兇案是在零點以後發生的。」

「爸爸也眞可憐。」左邊聽到純二的聲音，「若是被牽連的話……」

「和人會做這種事嗎？」後面是里美的聲音，「眞不敢相信。」

「輪胎的痕跡……」江神獨語，「那是……」

「眞不懂平川老師。」麻里亞不知在哪兒自言自語，「他到底想要什麼。」

「現在英人……」禮子的聲音從相同的方向傳來，「英人或許可以稍微安心了……」

「有兩輛腳踏車。」江神抬頭斜望著天花板，「一點以前，一點二十分左右……」

「鑽石不知怎樣了。」純二對敏之說，「老師知道洗錢的管道嗎？」

「大概知道吧。」敏之回答，「那種都是殺價購買的，錢早就沒了吧。」

「所以，才又……」里美小聲地說，「又向和人要錢。」

「和人……」龍一還坐在床上，「英人……」

「還有很多事情不清楚。」園部自言自語，「細節要等到檢察官搜索後才知道。」

「很麻煩。」是純二的聲音。「一定會是很大的新聞。」

江神靠近桌邊，開始重新讀一遍和人用文字處理機所打的遺書。

「都是父親的錯。」龍一痛苦地說。

「那個拼圖招來的慘劇。」

「都是和人。」麻里亞聲音顫抖，「最壞的就是和人。他是最惡劣的人。」

「別說了！」禮子冷靜地說，「不要再說了。」

江神放下遺書，靠在牆壁，仔細地看繪畫作成的拼圖上所留下的彈痕。

「他也痛苦。」園部不知在對誰說話，「緊繃的神經瞬間斷裂。」

「這麼說他的自殺是突發的囉？」有人回應。

「剛踏入這個房間時眞是嚇一跳。」男人的聲音。

「我還是認爲他是被殺的。」女人的聲音。

「可以安心了吧。」不知是誰的聲音。

「結束了吧！」不知是誰的聲音。

「是吧。」不知是誰的聲音。

「不！」

江神的聲音響徹整個房間。大家看著站在牆邊的他，等著聽他要說什麼。

「不，好像還沒結束。」

一片寂靜，時間過了幾秒，終於園部代表大家開口問。

「江神，什麼還沒結束？」

社長毫不猶豫地回答說：「兇殺案尙未解決。」

「你說什麼！」純二不悅地提高了聲音，「兇手寫了遺書，也留下兇器，加上足以成爲證據的日記、地圖，然後在你的眼前自殺。到目前爲止，你又聽到什麼？看到什麼？憑什麼這麼說？」

「就這個。」

江神手指著牆壁拼圖中央的彈痕。隨著他手指的移動，所有人的視線都挪向那黑洞。

「那個剛剛看過了。那是和人死前對讓他不愉快的畫先射一槍的痕跡。請問那有什麼問題？」

「有問題。」

由於幾個人無法同時一塊看那個小洞，江神先用手招了招純二，請他靠過來。接著叫園部，而我和其他人只好緊繃著聽覺神經。

「這個洞無疑是被手槍的子彈打到的痕跡。可以從洞裡面看到子彈崁在牆壁上呢……再仔細看看這裡。這個洞的右上方。這裡是血濺上去的痕跡，是和人槍擊自己頭部時，濺上去的血跡。請看這血跡的左下方，跟彈痕的右上方，不是相連的，而是重疊。不仔細看不會注意，很小的一點。但確實是重疊的。」

純二和園部的頭靠近。大概眞的不仔細看就看不出來，他們兩人靜默了一下，都點頭同意。

「請看重疊的部分。在彈痕的中央，血跡是否呈現凹陷的形狀？如果不是的話，我的假設就不成立。」

兩人靜默沒回答。最後園部先抬起頭：

「不對，不是那樣。反而相反，血跡的邊緣，因爲彈穴而有缺陷。很小的一部分……」

「牧原先生，如何？」

被這麼一問，純二抬起了頭。

「對喔，血跡的左下方部分，有一點缺陷。」

「讓我看一下可以嗎？」發覺事情的嚴重性，敏之慌慌張張地走向畫，我也跟著。然後紛紛確認他說的事情。

「眞的耶，這傢伙眞傷腦筋。這麼說來，先是血濺到畫上，然後才被手槍的子彈打到。這就麻煩了。」

「現在不是說麻煩或不麻煩的時候，犬飼先生。」

江神回應說：

「這是關鍵性的矛盾，犬飼所說的彈痕和血跡的關係是對的。先是和人的頭被子彈擊中，然後才是畫被擊中。也就是說他死後，不知是誰擊中了畫。是誰呢？爲什麼要這樣做？雖然不知是誰，有一件事卻可以肯定。那個人就是殺和人的兇手，也就是一連串兇案的兇手。」

「和人被殺？你們說和人也是被殺的嗎？」

里美呆呆地問。誰都不願相信，但江神冷靜地繼續分析。

「除此之外，還有別種可能嗎？我們先假設和人是自殺，但那時，還有一個人在房間裡面。和人把來福槍立在一旁，再把遺書放在桌上——或當場打好——然後取出手槍，射擊自己。接著在一旁觀看的人，拿起他右手脫落的手槍，毫無意義地朝著牆壁上的拼圖畫開了一槍，最後放下槍揚長而去。——我無法相信現場有這種旁觀者存在。」

「等等。」純二說。

「確實很難令人相信有這個旁觀者。可是，自殺不行嗎？和人槍擊自己以後，還未斷氣，眼前看到那幅令人不愉快的畫，用最後的力氣朝那幅畫開了一槍。」

「你究竟聽到了什麼！」園部不耐煩地說，「我說過什麼？和人是立即死亡。」

純二悻悻然不語。這次是敏之質問江神。

「江神先生說的也很奇怪。假設和人的死是他殺。兇手射了和人，之後很快地將來福槍、遺書與日記放好，然後沒有意義地朝著牆壁上的畫開了一槍。——這樣對嗎？因爲兇手對牆壁的畫開槍簡直是沒有意義。」

江神不動如山地開始說明。

「我接受這種說法。因爲兇手開槍射擊牆壁上的畫應是有理由的。雖然只是一種猜測，卻是合理的。噢不，我確定兇手對牆壁的畫開槍是有一定理由的。換句話說，兇手有必要開第二槍。目標是牆上的畫，或地板，或天花板，不管哪裡都好。」

敏之問：「爲什麼？」

「若是不讓和人的右手抓著手槍，開槍射擊的話，他手上就沒有煙硝反應。警察調查過後就會起疑，這是兇手的考量。」

「煙硝反應？是什麼？那是什麼？」

對於敏之的問話，江神沉穩又果斷地回答：

「你應該知道。牧原先生和須磨子小姐被殺之後，我曾經在各位前面說過同樣的話。——開槍射擊，火藥的藥粉會噴到射手拿槍的手上，科學鑑定就檢測得出來。這裡的每位，包括兇手，應該都知道。總之，兇手殺了和人，爲了僞造成自殺，故意在他的右手留下煙硝反應，所以才又開了第二槍。不管射哪裡都行。兇手選平川老師的畫當作目標，大概還是希望各位想起過去的怨恨吧。」

江神說完，是龍一沙啞的聲音。

「誰……殺了和人？」

7

寫到這裡，我想省略掉之後大家移往大廳，調查不在場證明的過程。

先從結論說起。有馬和人的奪命槍聲響時，竟然沒有人有不在場證明，這很奇怪。此外，這次的行兇時間是在下午五點二十分，與前兩次不同。這段時間有的人在自己的房間裡發呆，有的人出去散步，例如當時我在海邊。江神在房裡，麻里亞在洗衣服。龍一……。做什麼事並不足爲奇。只是，此時所有的人，完全處於孤立狀態，實在太巧合了。

沒有人有不在場證明。

噢不，也沒有一個人看到離開兇案現場的人影。

兇案發生或許並非偶然。大家經常都是在傍晚時各自活動。從現場的窗戶未鎖得知，兇手如果從窗戶逃走，可以暫時隱身於望樓莊後面或附近的樹林，聽到槍聲後再現身，混入匆匆趕往現場的人群裡，這或許也在計算之內。

當時不管誰在坐禪或誰在爬樹都一樣，我再說一遍，沒有人有不在場證明。

「事情更麻煩了。」

當各自表述後，發覺都沒有不在場證明時，敏之苦著臉說。麻煩的是幾天前也是這樣。他已戒菸，此時卻想再抽一根。或許是想到曾經請人抽菸的和人已經不在了，敏之立起食指和中指示意，做出呑雲吐霧的表情。

「這個可以的話。」純二拿出亡妻的薄荷菸。

敏之表示不要，純二爲自己點燃了一根。

園部手裡拿著菸斗，陷在藤椅裡說：

「三年前這個島上究竟發生了什麼事，大概知道了。」是兇殺與勒索。那個佐證的日記與其他證物已經陸續出現。——問題是兇案之間有何關聯。是爲了英人先生的報仇嗎？還是平川老師與和人之間的金錢糾紛？或是其他事情？這些尚未釐清。

還有一項疑問。兇手知道平川的日記，也知道三年前的事情。三個人拚命隱瞞的祕密，兇手是如何挖掘出來的？這也令人起疑。

醫生停止左右搖晃的菸斗，望著坐在遠處的江神。

「江神，怎麼一直都不說話？讓我主持？你比較行。」

社長沒有反應。園部的表情變爲僵硬。或許是對社長失禮的態度，感到不悅。——江神的表情憂慮，不發一語。他看著窗外深思。

「江神……？」

麻里亞輕輕地叫喚。

江神「嗯」了一聲，微微點頭。

面對東邊的窗外，天色漸漸地暗了。西邊的大廳，如果有窗戶的話，或許可看得到水平線上的夕陽餘暉。

「累了吧！」園部解釋著。

「回房休息吧？」

社長回答「好」之後，很唐突地對禮子和里美說：

「請教一下兩位，平川老師被殺的當晚，早上五點你們在廚房碰面時，有從大廳的窗戶往外看嗎？有的話，我想知道當時三輛腳踏車都在不在？」

雖然不知他爲何問，但是兩人都表示三輛腳踏車都在。江神再次丟了另一個莫名其妙的問題給禮子和園部。「六點以前是否從大廳往外看，有的話，當時腳踏車在嗎？」兩人都言明三輛腳踏車都在。

「都在啊……」

「啊，該吃飯了，我來做。吃了飯再休息。」禮子對著正要起立的江神說。

「謝謝，現在沒什麼食慾，等一會兒再吃。對不起，請留一點下來……」

說到這裡，江神的話令人不懂，也沒聽到語尾。我看他有點心不在焉。

「喔，好，那待會兒再下來吃。」

「謝謝。」

江神點了點頭，又向她說了聲謝謝，他欲言又止，大概不知如何開口吧！正當我目送著他的背影消失在樓梯上，江神回過頭對著我說：

「有栖！」

我回答：「是。」

「等一下，來我的房間。」

挑戰讀者

或許您快要知道兇手是誰了。可能有人在這個故事三分之一，或是一半的地方，內心已猜到兇手是誰。或者有人就在剛才，或是現在，指出兇手是誰。最可能找到正確答案的是後者。

作者認爲江神與讀者諸君站在相同的已知條件下，可知兇手即將出現，所以想挑戰讀者。對於兇手的名字，不要憑直覺，應該要以推理方式找出來。即使不知道謎題的全部解答，也可猜出兇手是誰。

這裡有個謎題。

請用您的手爲這個小小天地，重新安排一下秩序。

第六章　紙片拼圖

1

——有栖，等一下來房間。

我遵從江神的話回到房間時是九點。其他人留在樓下。

「我來了。」

我喊了一聲，打開未上鎖的門。江神在床上，靠著牆壁坐著。與他四目相接的我手握著門把站著說：「我來了。」

簡直是廢話，站在他眼前一看就知道了。

「有什麼重要事嗎？譬如說幫你傳情書給禮子。」

江神毫無笑容。啊，糟糕，竟然說出那麼不好笑的笑話。社長冷靜地說：

「有栖，有話想問你。當然是有關這裡發生的事。你一邊聽我說，若覺得有不對的地方請馬上提出來。我好像知道連續兇殺案的兇手是誰了。我剛才自己一個人在心裡驗證，結論快出來了。現在請你幫忙驗證。拜託。」

「不用拜託。」聽他突然這麼說，我有點困惑。

「希望能幫上忙，只是沒信心。」

「請坐。」

我坐在對面的床上。在此之前，先將門上鎖，當然不是因爲怕兇手闖進來，只是一個單純的理由——與外界隔離。

「從哪裡開始說起呢？」

江神說話給人輕鬆的感覺，我肩膀上的壓力也稍微減輕。

「剛才看到平川老師的日記後，我弄清楚了。先從知道的地方推理起。我發現符合兇手條件的只有一個人。——從日記中我了解的地方說起。八月四日，老師被殺當晚所寫的文章中寫到『優雅的生活』等等，是那天中午我們在魚樂莊跟老師談話的內容。其中也記載半夜在海灣漂浮的船。從這件事可知道寫日記的人是老師本人，他平常在晚上沒事都會寫日記。三年前的事讓他一直耿耿於懷，重新讀過那天的日記後，他又陷入沉思。當時，桌子上有三張摩埃地圖，時間是零時。——可以嗎？」

應該是問我可以繼續嗎，有沒有需要停下來重新討論的地方。

「園部醫生證實平川老師是在魚樂莊被殺的，外行人的我和你也親眼看到。所以那個晚上，老師的日記和三張地圖都在魚樂莊。你先確認這兩點，我才能往下說。簡單地說，兇手不是在那之前拿到日記和地圖的。你可以確認這件事吧？」

繼續吧！

「夜晚，不知幾時幾分，兇手拿著來福槍站在老師的前面。射殺他之後，兇手拿了日記和三張地圖離開魚樂莊。日記和地圖原本鎖在桌子的抽屜裡，可是兇手不知以什麼方法取得。可能是用來福槍威脅老師打開，這也是很容易的。——到這裡可以嗎？」

沒什麼大問題。我點點頭。

「兇手拿到日記和地圖後，騎腳踏車回望樓莊。他應該是把來福槍與日記、地圖用繩子綁在後座車架上；三張地圖則夾在日記裡。兇手害怕被人發現，拚命地踩踏板，希望趕快回到望樓莊。」

我腦海裡又描繪出兇手月下騎車奔馳的影像。奇妙的是竟然有種感動的心情，覺得那種畫也不錯。如果有，我會將這景象製成紙片拼圖……

「兇手越過幾處緩坡，繞過幾處小山丘，騎到直線的附近再加快速度。半路上，摩埃地圖中的其中一張從日記裡掉了出來，但兇手沒發現。因爲他不可能回頭看，當然就沒有發現。兇手回到望樓莊後，拿了後座的日記和槍，偷偷地回房間睡覺。——這樣的話奇怪吧？」

當然奇怪。

「這跟其中一張有輪胎的痕跡不符。」

「對。」

江神看著天花板，後腦勺抵著牆壁，發出「砰」的聲音。

「就是那樣。那樣的話，掉在地上的地圖就沒機會被腳踏車輾過。這就怪了。——我被那沾有輪胎印的地圖和地圖當晚在魚樂莊這件事，給弄糊塗了。如果兇案當晚，那張地圖在望樓莊的話，還說得過去。兇手不知什麼理由，拿著那張地圖騎車去魚樂莊，卻掉在半路上。假設兇手到了魚樂莊時，並未發現地圖掉了。之後回來的路上，也沒發現掉在地上的地圖，再從上面輾過。這樣的話就說得過去。可是，如果那張地圖當晚就在魚樂莊的話……」

「就很奇怪了。」

我這麼一插話，江神收起下巴直直地瞪著我。

「不奇怪。兇手知道。就這件事，能殺平川老師的，在這個島上只有一個人。」

「只因爲這件事……？」

我半信半疑。突然出現的畫家日記成爲兇案的新證物，裡面並無暗示兇手是誰，或與兇案有關的敘述。江神好像只是要說兇案當晚，那張印有腳踏車輪胎痕跡的紙在魚樂莊。既然這樣，憑這件事就能斷定兇手是一個人嗎？我對此完全沒概念。

「不懂，請說說看是怎麼回事？」

「所以才叫你來，當然要聽聽看。」

我身體向前傾，江神開始慢慢地說故事。

「地圖原本在魚樂莊。那麼爲何地圖上會有腳踏車輾過的輪胎痕跡？只有一種情形。就是兇手拿著地圖離開魚樂莊，但是途中地圖掉了。他回到望樓莊後，又再騎腳踏車去魚樂莊。途中也沒發現剛剛掉在半路上的地圖，從上面輾過。」

「欸？什麼？什麼？你說什麼？回到望樓莊以後，兇手又騎車回去魚樂莊？爲什麼要這樣？這樣不是很奇怪嗎？剛剛江神你不是這麼說嗎？『兇手拚命地踩著踏板，只希望趕快回望樓莊。』這樣對吧？可是，拚命趕回的兇手，爲什麼又一定要折回魚樂莊呢？掉了東西以後又忘了什麼嗎？」

「回去當然有不得已的理由，這個理由我們暫且擱置一旁。『可能兇手忘了什麼。但我不知道是什麼……』──用這種方式說的話，不過是二流的偵探吧？──我先把這個理由擱置一旁。我的意思是掉在地上的地圖之所以沾有輪胎印，只可能是兇手折回魚樂莊時踩上的，好嗎？」

「不好，不好。」我稍微加強語氣：

「也有可能是其他的狀況。那就是兇手如果是複數。先假設兇手有兩個人。兇手A和B爲了殺平川老師，騎車去魚樂莊。殺了人後取得地圖，A把地圖綁在腳踏車後座，和B一起回望樓莊。然後在半路上，地圖從A的腳踏車後座上掉了下來，跟在後面的B也沒發現，從上面輾過。──好嗎？也可能是這種情形。」

「不好，不好。」社長學我的語氣：

「有栖，請你想想那晚你、麻里亞、園部醫生、純二先生、和人還有我的供詞。十二點十五分以前，你和麻里亞都看到三輛腳踏車在望樓莊。一點以前，是園部跟麻里亞；一點二十分左右，純二和我從走廊的窗戶往下看，我們四個人全都看到落地窗的旁邊有兩輛腳踏車。然後兩點到四點十分之間，和人跟我在大廳時，也看到三輛腳踏車。懂了嗎？十二點十五分、一點以前、一點二十五分和兩點以後，這些預估行兇的時間點，至少都有兩輛腳踏車在望樓莊。雖然十二點十五分到兩點以前，停在玄關旁的第三輛腳踏車沒有不在場證明，可是其餘的兩輛可都有不在場證明的喲！」

社長所說的事我能理解。如果，麻里亞跟我在十二點十五分回房間以後，兇手A和B出現，騎了兩輛腳踏車去魚樂莊，單程就要三十分鐘，回到望樓莊就是一點十五分以後。但一點之前，有園部醫生和麻里亞兩人看到兩輛腳踏車在窗戶下；在一點二十分時，江神和純二也都看到兩輛腳踏車。假設兇手A和B是在那以後出現，回到望樓莊應該是兩點二十分以後。但根據江神與和人的證詞，兩點時三輛腳踏車都在望樓莊。所以，兩輛腳踏車不可能同時往返望樓莊和魚樂莊之間。

「這我知道。我同意。總之，兇手用一輛腳踏車在望樓莊和魚樂莊往返兩次？」

江神搖頭，「不是。」

難道我說了什麼奇怪的事嗎？

「不對，有栖。」

2

「我說了什麼奇怪的事嗎？」我問。

「就邏輯性來說。仔細想就知道一輛腳踏車不可能往返兩次。你和麻里亞看到三輛腳踏車是在十二點十五分。和人跟我看到三輛腳踏車是在兩點。這中間只有一個小時又四十五分鐘。單趟就要三十分鐘的路程，要如何往返兩次？」

「不是，江神你錯了。兇手不知爲何要回魚樂莊，所以第二次的往返也可以在兩點以後啊？」

「兩點以後的什麼時候？我跟和人四點十分以前都在大廳。五點左右禮子和里美都看到三輛腳踏車。快六點時禮子和園部醫生也都證實有三輛腳踏車。交叉多人的證詞，得知望樓莊的腳踏車，不可能持續一個小時以上不在。」

這麼說來沒錯。我終於發覺自己說的話不合邏輯。不過，這樣又如何？我只能靜靜地聽著江神後面要說什麼。

「我重複一次你剛剛反駁前的情況——地圖上的輪胎印是如何來的？兇手從魚樂莊到望樓莊的路上掉了地圖，然後，在望樓莊到魚樂莊的路上輾過地圖。事情的演變，已令人想像不到。望樓莊的人在魚樂莊殺了人後，騎著腳踏車回來。之後，又爲了某種理由再騎車回魚樂莊。很清楚的，總共來回兩趟。所以，第一次是如何從望樓莊到魚樂莊？最後一次又是如何從從魚樂莊回到望樓莊？這個答案的先決條件——一定不是腳踏車。」

「用走路嗎？」

「不。平川老師在零點以前還活著。假設零點行兇，兇手再走回來，到望樓莊也是一點半。馬上再騎腳踏車回魚樂莊，在兩點以前是回不來。騎腳踏車可能是想要避免離開望樓莊的時間過長，或是在路上遇到波布蛇。所以先決條件——絕不會是用走的。」

我終於明白江神想說什麼了，大大地嘆了口氣。

「用游泳的？」

只能那樣。這個島上的交通工具只有腳踏車和船，而船又被我和麻里亞在那晚十點半左右就給弄翻了。

「快要接近核心了，你還要打斷我嗎？」

江神突然說了一句。

「對不起，一定要做這種火花四射的討論。」

「繼續。」

社長微微地笑了一下。

「兇手的行動是這樣。從望樓莊游泳到魚樂莊。殺人後，騎腳踏車回到望樓莊。接著再騎腳踏車折返魚樂莊，最後再游泳回望樓莊。」

「很奇怪的行動。三更半夜殺人順便做耐力訓練嗎？」

「故意蒙騙。這裡要注意的是兇手所使用的腳踏車。游泳渡海到魚樂莊的兇手，騎車回望樓莊時所用的車是平川老師那輛紅色腳踏車。兇手借用那輛車騎回望樓莊。之後爲何還要折返回到魚樂莊的理由就在這——把平川老師的腳踏車還回去。」

「江神，這麼說，就變得很複雜了。」

我噤聲不語。想起了發現平川老師屍體前被江神笑的事。如何往返望樓莊和魚樂莊之間的「嘉敷島拼圖」……

「這樣也很奇怪。爲何還要拚命地把死人的腳踏車給還回去呢？爲什麼趕緊回房睡覺？第二天早上大家看到腳踏車，或許會知道那是行兇用的，但仍不知是誰騎回來的呀？」

「那會有麻煩。——那樣會有麻煩，請繼續忍耐聽我說。如果行兇以後，平川老師的腳踏車在望樓莊，會有何結果？大家會這麼想：『魚樂莊的腳踏車在這，是兇手騎回來的。反面意思就是說兇手是游泳過去的。因爲船那時在海上漂流。這麼一來，兇手是我們當中會游泳的人……』這樣對兇手很麻煩。理由是兇手計畫要殺和人並將一切事情嫁禍給他，所以不能讓大家知道兇手會游泳。這間接證明和人是清白無罪。」

眞複雜，但這點我可以接受。不過還有其他難以理解的地方。

「江神，我覺得另有奇怪的地方。因爲游泳比騎車快，所以兇手以游泳的方式到魚樂莊。那爲何兇手行兇後不再游回來？反而故意騎平川老師的腳踏車回來，然後騎回魚樂莊，最後游泳回來。眞不懂是怎麼回事。爲什麼中間一段要用腳踏車來回？」

「有意義。想像一下當時的情形就知道了。……兇手希望日記、地圖，更重要的是來福槍不要弄溼。兇手不可能拿著來福槍跑來跑去，所以才要在晚上把來福槍帶回來。」

「不要弄溼……啊，日記、地圖與來福槍，都是不能沾水的東西。對喔……」

「有栖，你同意嗎？」

江神再確認一次。我回答：「欸。」

「那麼，下一站就是終點了。兇手只有一個人，一舉浮現腦海。」江神停頓了一下說，「沒被你打斷。」

剛才說「你要打斷我嗎？」，現在又說「沒被你打斷。」，社長究竟想要說什麼？難道……難道他知道的兇手，正是我不願意承認的人？江神無法由自己來否定，所以希望我來否定他的推論。

「兇手希望來福槍在不被弄溼的情況下帶回望樓莊。如果只有日記和地圖的話，或許還能密封在一個小的塑膠袋裡，之後再游回去。就算第二天再若無其事地去搬來福槍，也不會被盤問。

「但來福槍就麻煩了。爲了不弄溼來福槍，所以才冒著危險騎車，多餘地來回一趟。如果船沒翻覆的話，去和回都能用船。」

「江神。」我叫他。

「最後一問。是我的自問自答。這麼說，兇手爲了殺平川老師游泳而渡海去魚樂莊，來福槍是怎麼搬過去的？」

「江神。」

我再叫他一次，他好像拒絕回答似的，滔滔不絕地繼續說。

「用某種防水措施的話，應該能帶回來。但兇手卻沒那樣做。大概是沒時間做那種防水措施。因爲到海邊後，發現原本應該在的船卻不見了。」

「江神，麻里亞她？」

「你知道這是什麼意思嗎？對，兇手不是在那個時候攜帶來福槍過去的。事前，也就是中午的時候，把藏好的兇器——來福槍，先運到魚樂莊附近的滿潮岬。」

「爲什麼沒叫麻里亞一起來？她可比我更厲害，可以更機敏地反駁……」

「前天晚上，牧原完吾先生和須磨子小姐被殺後，加上暴風雨來襲，即使雨過天晴，大家還是待在望樓莊裡沒出去。只有我們三人例外。除了跑到魚樂莊，下午在山丘上的瞭望台一直聊天。在瞭望台上……」

「江神，你爲什麼沒叫麻里亞……？」

我的胸口一陣刺熱，快要哭了出來。

「在瞭望台上我跟你都看到了，麻里亞應該也看到了。那艘從望樓莊划向魚樂莊的船上只坐了一個人。兇手在兇案當天的中午，先把來福槍拿到滿潮岬去。」

「怎麼？」

「兇手就是坐那艘船去的，只可能是禮子。」

我們倆人同時噤聲不語。窗外傳來的浪聲打破我倆之間的沉默。我垂頭喪氣，恍惚地盯著自己右腳的腳趾。

「……所以，把麻里亞……」

我只能說這些，也終於明白江神爲何滿臉愁容。

「要跟麻里亞怎麼說？」

原以爲聽到誰在喃喃自語，結果是自己。我將視線挪往左邊的腳趾，歪著頭一動也不動。

過了一會兒，我抬起頭。與江神對望著，不知爲何令人感覺恐怖。我歪著頭望向窗外，一如平常，是星光燦爛的黑夜。而我們與黑暗隔離著，一陣虛無飄渺……

我偷看了一下社長。他依然靠著牆壁，好像也望著窗外。我們互相默默無語。

此時，有敲門聲。我倆同時望向門。

「可以打攪一下嗎？」

門另一邊的聲音讓我內心狂喊。

禮子的聲音。

3

江神起立開鎖。轉門把，門靜靜地開了。她站在門外。

「可以打攪一下嗎？」

江神對著禮子用左手示意夜燈桌旁的圓凳。

「請坐那邊。」

她靜靜地進入屋內，走過我和江神面前，安靜坐在窗邊的圓凳上，抬頭挺胸，手放在膝蓋上。

爲什麼在這個節骨眼上，傳說中的主角出現了呢？江神說「待會兒來房間」的對象，應該只有我才對。她來這裡或許並無特別的理由，只是通知我們吃晚餐；也或許是來試探江神的反應？不是嗎？若這樣，當江神說「請坐」時，她就不應該馬上進來坐在房間裡的圓凳上。到底有什麼事？——我不禁忙著想。

「想請教您兇案的事情。」

禮子說了這麼一句，然後看看我們的臉。最後眼神停留在衣衫不整，靠在牆壁上的江神身上。

「我們兩人正在討論這件事。」江神一副理所當然的口吻說，「禮子小姐敲門以前，我們剛好得出一項結論。這個結論是，陸續殺害牧原完吾先生、須磨子小姐、平川老師以及和人先生四人的兇手，就是妳。爲什麼會有這種結論，我已經跟有栖分析很久了，他也沒否定我的推論。不過，也不能因爲他無法舉出反證，就認爲這一切已經解決了。這之間還有很多不清楚的地方。由於沒有物證，所以我們所做的拼圖還有很多沒拼好的缺口。現在想一個個塡滿，完成拼圖。禮子小姐可以幫忙嗎？」

江神說話時，我一直盯著禮子臉上的表情。只有說到「兇手是妳」時，她的肩膀微微顫抖了一下，其他時候都一如平常，面無表情。絲毫沒有像小動物被追至窮途末路時的楚楚可憐的模樣。當我凝視她時，她所散發出的美麗光澤，似乎益發耀眼。

「你說我是兇手？叫我幫忙解釋事情的來龍去脈？」

江神點頭。

「是的。請先確實回答。殺這四個人的就是妳？」

她果然愣了一下，雙目低垂，然後小聲地說：「是的。」

「我們從非常小的事得知妳是兇手。不過，剛剛說過，還有很多不清楚的細節。有些事情要問妳才知道，妳可能也有些不清楚的地方。——開始吧。」

禮子再回答：「是。」

「首先妳爲何毅然決然地做了這件事，應該是爲了幫英人報仇吧？」

「對。」

「很難從平川老師的簡短日記，全盤了解究竟三年前發生什麼事。不過我大致整理一下內容，應該是這樣。和人一時衝動殺了解開拼圖的英人，不幸被平川老師和須磨子小姐看到。平川老師向他要挖出的鑽石當作封口費。和人答應，而傾心於平川老師的須磨子小姐也保持沉默。三人把英人的遺體搬運到北灣丟棄，並決定當晚忘掉所犯的罪行。妳在某個時候知道這件事。雖然最痛恨直接下手的和人，但也無法原諒幫忙掩飾罪行的平川和須磨子。結果，從須磨子和平川開始，最後殺了和人，並且嫁禍給和人，再假造成他自殺。」

江神的話最後並未用問句，禮子還是回應說：「是的。」

「我是不知道妳在何時知道英人死亡的眞相，又是如何知道。是兇案發生過後？還是一年以後？或是兩年以後？還是今年來此才知道的。不管何時候知道的，犯罪的地點必然是在這個島上。因爲只有在此時在島上，才可能與和人在同一屋簷下生活，也才有機會碰到平川老師和須磨子小姐，尤其是平川老師。──妳決定先從須磨子小姐開始報仇，機會是在暴風雨之夜。」

禮子一邊聽江神說，一邊摩擦著無袖露出肌膚的左肩。

「大家喝醉了。倉庫的門又啪搭啪搭地響，槍聲應該聽不到。純二在大廳爛醉如泥，須磨子上了二樓，妳決定犯案。趁著大家不注意，上了二樓，拿出來福槍。」

「我上二樓是因爲要跟麻里亞一起回房間。」

禮子終於打斷江神的話。

「她一直堅持要睡長椅上。我戰戰兢兢地怕事跡敗露，所以小心翼翼地溜出房間，殺了兩個人後再回去。看到麻里亞的被巾掉在地板上，正要幫她蓋上，她微微地張開了眼。碰到我的手指，笑著說：『禮子，妳手好冰啊。』然後又睡著了。我不經意地舉起手盯著看，當時，我聞到火藥味，馬上慌慌張張地跑到洗手台上洗手……」

江神直率地點了點頭。

「妳拿了倉庫裡的來福槍，走向須磨子的房間。——妳本來就知道來福槍的使用方法，因爲和人說過這個島上的每個人都試射過。——很快地帶著槍來到門鎖壞掉的須磨子房間。以下是我的想像。因爲恨，同時也非殺她不可，所以妳什麼都沒說就開槍了吧？」

禮子露出驚訝的神情。

「你怎麼知道？」

「這是試了很多次拼圖的結果。我的推測在這裡跳了兩三次。妳突然開槍，子彈穿過須磨子的胸前，情節到這裡是對的。只是妳沒想到的是，房間裡還有她的父親——完吾先生。妳開槍後才發現，又慌慌張張地對著他開了一槍。爲什麼那麼慌張呢？應該是因爲他是突然出現吧？」

「爲什麼？」

禮子本來要說同樣的話，說到一半就打住了。

「我是亂猜的。——完吾先生是突然出現在床頭邊吧？他本來是趴在床底下伸手找掉在床下的打火機，卻被突然聽到的槍聲嚇得站起來。妳看到他也嚇一跳，想到『被看到了』，所以又開了一槍。不過因為是瞬間發生的事，妳並沒瞄準，只射到他的大腿。他被槍擊中後倒下，頭撞到夜燈桌腳而昏迷。真是一齣不合理的鬧劇。妳一共開了兩槍，並且告訴自己兩人已經倒下了，然後慌張逃離現場。因為頭昏腦脹，所以並未再補上一槍。也可能妳認為要是連發三槍，會被人發現。」

禮子聽到這裡，大致上都承認。她回到寢室以前，先把兇器來福槍藏到原來倉庫房間裡的天花板上，然後再到和人房間把無線電破壞掉。——那兇案現場為什麼又變成了密室狀態呢？

「妳逃離後，須磨子的房間裡發生了什麼事？誰都不清楚。我說說看，不過是一種故事罷了。沒有任何根據的。希望聽聽就算了。——妳離開後留下大腿持續出血並昏迷的完吾先生，以及胸部被槍擊中的須磨子。究竟是誰上鎖，讓房間是密閉狀態？很明顯當然是須磨子。問題是她為何要這樣做？這就是拼圖。其中的片是，她的父親是資產家；二、她老公需要錢；三、父親大腿失血很嚴重；四、她受到致命槍傷；五、她本身有看護和法律知識。——以這五片圖片，我所組合的故事是須磨子已知道自己沒救了，也察覺父親若是止血急救，可能救回一命。若開門求救，自己會死，而父親會得救，所以，她就此打住。因為不求救的話，自己死後可能留下更多的希望。反正自己要死了，就讓父親和自己一起死吧。並讓自己看到父親先走，這樣，就能繼承父親的遺產。即使，比父親晚一秒鐘死亡，全部的遺產也可由最愛的老公繼承。她用盡最後的力氣，跌跌撞撞地走到門邊，把堅固的門鎖用力往下扳。知道了嗎？因為不想要任何人打擾到自己與父親的死亡。」

禮子第一次聽到這種異樣的說法，好像有點驚訝。停下摩擦左肩的右手，呆呆地聽著江神說。

「她不讓任何人進入房間。之所以橫趴在昏倒的父親身上，可能是想祈求父親的原諒，也可能是與父親一同死亡不會害怕。不過，最大的理由應該是，希望自己被判定是後來擊中，後來死亡的人。當我問兩個人當中誰先被射到時，園部醫生曾說過無從判斷。她可能知道這在醫學上是很難斷定的案件。——或許並無直接關係，但我以前聽過這種判例。有一個家庭因爲土石流而被活埋。只知道每個人的死亡時間都相當接近，但是從外觀檢查無法判定死亡的順序，可是因爲牽涉到繼承的問題，所以希望能斷定出死亡順序。你們認爲最後是用什麼方法判斷的？通常好像都認定被埋在最下面的人最先死亡。」

對我這不用功的法學部學生而言，這種判例還是第一次聽到。不過，說不定須磨子知道，並在死前想起來，然後把那種理論用到自己身上。她如今已死，這件事情也無法向她澄清。

「說了些無聊沒用的話。結束了。我拿木板和釘子出去，把那個房間封起來吧！立個牌子寫請勿靠近。」

江神的口氣有點放棄的意思。大概她自己也察覺了，改變了語氣說：「下一件事。」

4

「平川老師的兇案。我來說說看，妳所做的，並不輸前一個兇案。妳在暴風雨後天空放晴的那天中午，把藏好的來福槍移到屋外。所以和人搜家的時候才沒找到。然後再把當晚要用來殺平川老師的兇器，事先搬到現場附近，對吧？」

江神問禮子，她撥了一下短髮。

「是的，那個時候大多數的人，都已經認爲牧原先生他們的死是他殺，也沒有人認爲兇手可能計畫要連續行兇，而且都猜測來福槍可能被丟到大海裡。所以在大家認眞追究來福槍的行蹤以前，我先將槍藏在樹林裡，再運到滿潮岬。還好平川老師忘了他的背包，我就藉口幫他送到魚樂莊。」

「和人爲了找來福槍而搜家是什麼時候？那時來福槍已經在樹林裡了。我想他可能進一步要搜查屋子的周圍，所以妳趕快用船將槍運到位在滿潮岬的魚樂莊。」

「知道了。——那麼我來說當晚的事。由於妳已在中午時把兇器搬到魚樂莊附近，所以兩手空空地準備去魚樂莊。妳偷偷地步出望樓莊，下了石梯，正想搭船時卻不知所措，因爲船不見了。」

我腦海裡完完全全地將感情投射在禮子身上，並浮現出禮子出乎意料的畫面。我手心沁出微微的汗水。

「妳應該採取的行動，到這裡分爲兩種選擇。一是爬上石梯回來騎腳踏車？或是游泳渡海？妳可能曾經選擇了前者。不過，並未採行。是不想被人發現妳騎車出去？還是因爲坐在車上聊天的有栖和麻里亞，不知會聊到什麼時候？」

禮子一句一句地回答：

「因爲，有栖先生、和麻里亞、在的關係。」

「所以，妳決定用游泳的。——其實妳可以把行兇時間挪後，或是延期，結果妳並未採行。」

「我想早點結束。改日的話，擔心來福槍會被發現。」

「原來如此？——妳在夜晚的海水游泳。T恤、短褲、短髮對游泳毫無妨礙。到了滿潮岬，妳取出藏好的來福槍，走進魚樂莊。門沒鎖。那時，平川老師在做什麼？」

「……正在拼圖。」

「就是那幅北齋的浮世繪拼圖？我很難想像妳是突然開槍？還是開槍之前說了些什麼？」

「老師他……」

禮子低下頭。暗夜自她身後的窗戶，逐漸擴散開來。

「我的槍對準他以後，他看了一眼只說了一句話：『是要替英人先生報仇吧？』……」

原來畫家瞬間明白了所有的事情。或許他早有覺悟，這種優雅的生活，不知何時會被一隻槌子重重地擊碎破滅。

「我只回答了一聲：『是的。』對著老師站了一會兒，正準備要扣扳機時，老師說：『可不可以等一分鐘。』他慢慢地站起來，走向桌邊打開抽屜，從裡面取出東西。我以爲他要拿出藏好的手槍，結果卻讓我嚇了一跳。老師把那本日記和三張地圖遞給我說：『這是我犯罪的告白書和英人的紀念品。這個要是被發現的話，不止對妳不好，我也會丟臉。請妳處理掉。』我伸出手接過東西。老師回到原來的椅子上坐下，閉上眼睛，臉上浮現意義不明的微笑。我正想著爲何不能原諒這個人時，我……開槍了。」

禮子突然打住，江神凝視著低著頭的她，一時間大家都沉默不語。

終於，還是……

「妳行兇後抱著日記、地圖和來福槍，想著要如何回到望樓莊。若是游泳的話，證據和槍可能都毀了。走回來的話又怕遇到波布蛇。在不得已的情況下，只好借用平川老師的腳踏車，並把這三樣東西綁在後座上，騎回望樓莊。由於沒必要騎到望樓莊的門口，所以在這之前就下車，把證據和兇器藏在樹林裡，再悄悄地走回家就可以了。——不過還有一個問題。平川老師的腳踏車，若是沒騎回魚樂莊的話會帶來麻煩。而那邊的腳踏車在這裡，會讓人想到一定有誰先過去；再者因為要嫁禍給和人，就不能讓人知道兇手會游泳。妳雖然已身心俱疲，但仍決定還要把車再騎回去。」

「為什麼你那麼清楚我的行動？」

禮子可能感覺不舒服。

「從妳回望樓莊的路上，掉的地圖上的輪胎印推測出來的。」

「我確實是掉了一張地圖。行兇後，回到房間打開日記才發現，但當時完全沒想到要回去找。我不知道掉在哪裡，即使被人撿到，也無法證明兇手是我。啊，還有那天晚上，我為了不留下煙硝反應，帶著手套，所以拿到地圖時，並未沒留下指紋。但還是……」

「如果只是掉了地圖，也不會知道妳是兇手。妳在地圖上輾過的輪胎痕跡，才是造成事跡敗裂的真正原因。」

江神把剛剛對我說過的理論，又很客氣地說給禮子聽。她並未提問，只是靜靜地聽。

「妳是爲了把腳踏車歸回原位，才回魚樂莊，然後，再游泳回退潮岬的吧？」

當禮子回答「是」後，我第一次插嘴：

「等一下。有件事想問禮子小姐。」

禮子歪著頭看我。

「爲何平川老師弄的拼圖，會散落在現場的地板上？那是老師自己弄的嗎？還是？」

禮子欲言又止。我瞄了一下江神。

「我也想問。我們不懂爲何那個拼圖會那樣？」江神說。

「不可能懂。」

她好像在幫偵探說話，溫柔婉約地說：

「不在現場，是不會懂的。」

「請說。」

偵探在拜託兇手。

「平川老師雖然像是有所覺悟地等我開槍。但終究對我還懷有怨恨吧！——這次我也沒再補上一槍，就飛奔逃離現場，所以當我把腳踏車騎回魚樂莊，戰戰兢兢地進入房裡查看，想確定老師是否斷氣。老師趴在桌上已經死亡，但他留下揭發我是兇手的證據。」

寫在哪裡？桌上、地板和拼圖，應該都無法用血寫字。正當我這麼想時，江神「啊」地一聲。

「知道了，他用拼圖。」

「是的。」禮子點頭。

「不，那個拼圖的表面是聚乙烯樹脂，平川的手指上也沒血跡。」我提出疑問。

「不是，有栖。老師不是在拼圖上寫字。而是用拼圖寫字。」江神說。

「欸？」

「從完成的左半邊抽出幾片，在空白的地方留下留言吧？」

禮子又點頭。

「是的。剛好有個空白地方寫著『REIKO』。我不禁哭叫了出來。垂死的老師勉強寫的字，雖然歪歪斜斜，但確實看得出來是『REIKO』。我運氣不好，還要把腳踏車騎回來，但卻幸運發現了老師的臨終留言，覺得安心不少。只是一時間不知道該如何去掉這個留言。因爲很多人都知道拼圖已經完成一半，最好的處理方式就是把抽出來的十幾片拼圖，歸回原處。但是，抽出來的拼圖和其他幾百片放在一起，根本沒時間找出來。我沒辦法，才把拼圖全部打亂，撒在地板上……」

果然是臨終留言。難怪解不開。正確地說，那應該是臨終留言的殘骸。

「妳是在有栖和麻里亞在外面說話時去殺人的。」

江神整理一遍。

「是十二點以前對吧。游到滿潮岬時是十二點十分的話。行兇時間十五分鐘。回到望樓莊放好證據和兇器的時間，是十二點五十五分；再回到魚樂莊是一點二十五分。這與純二先生說彷彿看到腳踏車燈的亮光在魚樂莊附近移動時的時間完全符合。然後妳放好腳踏車，發現臨終留言，破壞拼圖後，再游泳回望樓莊，那時是一點四十五分。——冒了相當大的風險。」
「我雖然看起來柔弱，卻是個很有行動力的女人。」
兇手這麼說，與偵探同時露出了纖細的微笑。

5

「剩下來是和人的死。」
江神繼續說。
「情節已經全部出來了。最後就是將所有罪行嫁禍給和人。妳事先用文字處理機打好假造自殺的遺書。令妳意外的是和人還有把手槍吧？不過，他對妳好，所以槍也不是難題。或許更是假扮成自殺的好機會。——五點二十分時，妳判斷大家各自活動的時間是最好的下手機會，決定讓整個事件急轉直下。於是拿著來福槍、證據和僞造的遺書到和人的房間。」
「然後，我……」禮子接著說，「我並不是輕視和人的粗心。當我拿著來福槍抵住他，搶奪他的手槍後，雖然時間不多，我依舊說了一些恨他的話。他跟平川老師相反，一直說：『爲什麼？爲什麼？』也嚇得站不起來。我將手槍的槍口對準太陽穴，扣下扳機。」
江神接受了她的說法。
「然後爲了留下煙硝反應，讓他的手握住手槍，隨便找個目標射擊，例如牆上的拼圖畫。」

「那個也失敗了……」

「嗯，是失敗了。——妳把證據、遺書和兇器留下後離開。我不知道妳是不是認為這樣就全部結束了。」

「在三年前就全部結束了。」

禮子第一次語氣堅定地說。

「對孤獨的我而言，能夠和英人共度一生，就像找到自己的家一樣。可是他卻突然去世。從那一天開始，我就生不如死。」

突然她淚水盈眶。

「他死以後，我精神異常。也許眞的發瘋還比較好，但又沒到那種程度。我像是在接受殘酷的拷問，連吶喊『快殺了我吧』也不行。那時我要是自殺的話，這裡的四個人也就不會喪命，但我卻沒自殺。我要讓大家知道，失去英人的我是多麼地悲傷，也想讓自己知道，我……眞想發瘋。」

淒慘的話語，令人不忍。

「我悲傷地等著發狂。由於精神惡化，我的行徑也愈來愈囂張怪異。和人、須磨子和平川老師大概都認為我不行了，基於同情，他們一起到個別病房看我。我當時像是忘了人類的語言，不過實際上還有點清醒。須磨子既擔心又可憐我，於是大聲地哭了出來。事情演變成這樣，任何人都會自責。就在當時短暫的爭吵當中，我了解了全部的狀況。除了讓我非常震驚，也好像直接將我送入地獄的特等病房。」

江神閉著眼聽著。

「我無法發瘋，卻又無時無刻，無不覺得現實生活如地獄般地痛苦。我想了又想，既然活著這麼苦，爲什麼還要活著。我知道死就能解脫，但我已經失去最好的時機。——只有在復仇時，我才是瘋了吧，所以我決定爲復仇而活。」

禮子的背後一片漆黑，雖然是一個星光燦爛的夜晚，但暗夜似乎更暗了。

「我認爲須磨子小姐一定是爲了這件事而離開平川老師。她可能無法說出眞相，所以才和平川老師分手。她內心也很苦吧！或許你們認爲我應該原諒須磨子，可是我做不到。她雖然痛苦地跟平川老師分手，但馬上又愛上別人，恢復昔日的笑容，這是我絕對無法寬恕的……」

她淚水直流。

「難道妳都沒想過，自己所做的事，會招來怎樣的後果嗎？」

江神的口氣雖然平穩，但語意卻是冷靜而透澈，令人心情沉重。

「爸爸是嗎？你想說我沒有考慮到父親連續失去兩個兒子的悲傷嗎？嗯，我有想過，但這也無法阻擋我。無法一了百了的我，本打算終生陪伴父親，竭盡所能地減輕他的悲傷……我是這麼想過的，卻從沒想過要原諒和人。兩年前的冬天，我才出院不到半年，他竟然厚顏無恥地對我求愛。看著呆呆的我，他才趕快說是開玩笑。從那時起，在我心裡已經不知對他扣下扳機多少次。我僞造他的遺書裡，提到殺害英人的動機，並非是幻想，全都是他一個人在病房時喃喃自語所說的。只有平川老師今年又要錢是我捏造的。」

「妳一生要奉獻給龍一先生，就絕對不能讓他知道妳是兇手。」

江神面露憂色地說：

「所以，我才一個個否定妳那些比紙張還要薄的理由。那些理由是無法一笑置之的。」

禮子不發一語。

既然如此，既然如此，江神為何還要當面揭發她呢？只要江神不說，不就什麼都沒發生了嗎？

「我不是通知妳說我要檢舉妳。只是，看到妳剛才的表情，忍不住要告訴妳，有人已經知道妳的罪行了。這件事不管妳受不受得了，都沒辦法。因為妳本身就是整個事件的目擊者，想逃都逃不掉。過沒多久，警察就會進來，妳一定會受到很嚴格的調查，妳非得忍耐不可。然而為什麼，妳卻連我的說法，都不辯駁呢？」

禮子淚流滿面地起立，「我的問題，我自己會解決。」

她微微地低下頭，通過我們面前走向門。她手握門把背對著我們說：

「我想就是這樣吧，突然打擾了。難得這個場面麻里亞不在。」

禮子稍微抬起頭，背對著我們輕輕地嘆了一口氣。終於打開門，背影消失在走廊裡。

畫家曾經在日記裡寫到。

——明天是一個悲傷的日子。

在接駁船來以前，我深深地咀嚼著這句話。

6

淺眠之後，迎接悲傷的一天。

朝陽從走廊上並排的六扇窗戶斜射進來，再反射到每個房門上時，江神和我已經醒了。我們躺在床上望著牆壁和天花板，僵持了一個小時以上。早晨海浪拍打的聲音，無法緩和心情。

當家裡的人都各自起床以後。

「下樓吧！」江神說。我們洗完臉換上衣服，走到大廳。麻里亞正在廚房準備早餐。

「啊，早安。」

聽到她清脆的聲音，我的胸口發疼。

「禮子今天早上難得賴床。偶爾該讓她休息一下。今天我來吧！」

她好像很高興禮子賴床，正快樂地切著火腿。

「今天早上眞特別，難得江神和有栖第一次早起。離早餐做好還要一點時間，去散步吧？」

「啊，好吧！」

江神回答後，我望著他的下巴，今早刮過鬍子的他還留著一些鬍鬚。我們像是外宿回家的人，搖搖晃晃地步出了望樓莊。

我們靜靜地來到通往停泊船隻的石階附近。瞄了一下畫家沉眠的魚樂莊，再往下眺望早晨的海面時……

看到海灣的中央飄著船。

似曾相識的光景。

誰在晚上划船出去？然後又把船丟在那裡？

「江神……」

學長沒有回答。

終章

禮子被打撈上岸的地點在烏帽子岩附近的岩岸，和發現英人的地方一樣。大家一起找、一起發現並一起把她抬回望樓莊，氣氛哀傷。

「我一直認爲唯一能肯定的是絕對不是禮子。」里美哭喪著臉說，「我連老公都懷疑。只有禮子是不可能……」

好像心中放不下任何東西似的，里美就近對著我，滔滔不絕地訴說著心事。由於犬飼先生曾參加過飛盤射擊，加上餐廳的經營需要資金，因此她懷疑自己的老公是兇手，並且對此感到不安、無奈。她假裝吃了安眠藥，觀察老公半夜是否偷溜出去，導致睡眠不足。

「眞奇怪呀！我平常都吃安眠藥，原以爲不吃的話，會因爲睡不著而能夠監視。結果一過了凌晨，就迷迷糊糊的了。除了睡眠不足外，也沒有找到老公不是兇手的確切證據。」

當事人敏之對著江神不知在問些什麼。純二對園部說：

「沒想到眞是殘酷的結尾。」

裡面禮子的房間傳來龍一和麻里亞的嘆息聲。

船終於來了。

船長搖著槳哼著歌，船馬上就要靠岸了。大家是否要走近靠碼頭的地方，排成好像歡迎船的樣子。若是手持歡迎布條的話就更棒了。

歡迎來到這死亡之島。

靠近外開的窗戶的園部，把半開的窗戶完全打開。他朝向大海，大聲說：

一路上爬山涉水而來的旅途，
又繞到了地平線的盡頭。
沒看到對面有誰過來，
路只有去的路，未見歸來的旅人。
我們是木偶，被上天操縱的木偶。
這不是比喻，是現實。
演完一齣戲，
我們可以一個個地被放進空盒子裡吧！

起風了。

遠遠的桌上，散落著終未完成的拼圖。

※

夏去秋來。好像技術熟練的司機，將列車安靜地駛入月台，我也靜靜地滑入秋天。那個島上發生的大事，有多少被公開，有多少被隱瞞；剩下來的，又有多少變成聽過就忘的故事。這些都已經與我無關。

麻里亞不見了。

不管我如何呆呆地坐在大教室裡上完債權總論，都沒再聽到她的聲音。不管我如何在成群結隊要退出教室的學生群中尋找，也苦尋不著。

我未能祝賀她二十歲的生日，九月八日就過了。詢問法學院辦公室，很會化妝的女職員告訴我說她辦休學了。

走出校園，在從未來過的咖啡店吃完中餐，卻不想起身。我現在坐在餐廳二樓面對出川路的窗口，可以看到來來往往車流對面，就是京都御所。我想那御所的楓葉染紅時，她的傷也痊癒了吧。

那樣就好了。

在那之前，我一邊看著向江神借來的《魯拜集》，一邊等待著。

後序

有栖川有栖

對大多數的小說家而言，第二本小說應該是最需要深思熟慮的。有句膾炙人口的話說：「每個人都寫得出一本小說。」至於第二本就憑實力了，我就是意識到這一點才提筆的，這是理由之一。理由之二是，不論是他或她，大部分第二本小說，都是第一次接受編輯的請託才寫的。

本書是繼《月光遊戲》發行半年之後的第二本著作。東京創元社的戶川總編要求我寫下一本小說時，幾乎與第一本處女作決定付梓是同一時間，我猶記得當時複雜的心情。昨天以前，還抱著期望自己作品問世的心境，敲打著文字處理機，今後卻是以出書爲前提（半途夭折也是有可能的）寫小說。這種轉變很難令人有眞實的感受。

雖然已經有了大致的構想，一旦開始寫時，卻有很多準備不足或考慮欠周之處。不管是躺在棉被裡或是出外買香菸的路上，心底總是嘀咕著：「第二本，第二本。」話雖如此，也不是背負著什麼特別的壓力。

整理好心中的故事架構，開始下筆寫眞是快樂無比。出道以來已歷經七年半的時間，現在的我是享受著寫小說的快樂，尤其在寫這篇小說的當時更是如此。爲免誤會招致非議，我此時應該說我像隻小鳥，還記得當初終於學會飛行時的心境。

寫作速度慢的我，一天至多只能寫四十五頁。我記錄下寫這本書時的情景。因爲抑制不了想寫的衝動，我假生病之名向公司請假，從早晨到深夜埋首於寫作的自己，是最令我滿意的。重新閱讀當時所寫的情節，當天的事又歷歷在目。一直想著應該盡快辭掉工作，但等到眞正實現卻是四年以後的事。

我這麼說好像老人絮叨著在編織回憶，我想讀者不會喜歡。那麼若問爲什麼要寫呢，我或許只想說明：「面臨出版發行，應當要大膽地修改訂正，但我還是想尊重當初執筆撰稿的自己，最後只能做些細微的修改罷了。」或許因爲這是自己二十來歲最後所寫的小說也說不定。

一九九六・七・一

孤島之謎／有栖川有栖著；陳祖懿譯. -- 初版. -- 臺北市：小知堂, 2006[民95]
面； 公分. -- （有栖川有栖；13）
譯自：孤島パズル
ISBN 957-450-499-9（平裝）

861.57 95011520

知 識 殿 堂 · 知 識 無 限

有栖川有栖 13

孤島之謎

作　　者 有栖川有栖
譯　　者 陳祖懿
發 行 人 孫宏夫
總 編 輯 謝函芳
發 行 所 小知堂文化事業有限公司
地　　址 臺北市康定路62號4樓
電　　話 (02)2389-7013
郵撥帳號 14604907
戶　　名 小知堂文化事業有限公司
法律顧問 永然聯合法律事務所
書店經銷 勤力國際股份有限公司
231臺北縣新店市寶橋路235巷6弄1號1樓
TEL：0800-302-888　FAX：02-2910-6891~3
登 記 證 局版臺業字第4735號
發 行 日 2006年8月　初版一刷
售　　價 240元
原著書名 孤島パズル
KOTO PUZZLE(THE ISLAND PUZZLE)
by ARISUGAWA Alice

購書網址：www.wisdombooks.com.tw
本書如有缺頁、破損、裝訂錯誤，請寄回本公司更換。
郵購滿1000元者，免付郵資；未滿1000元者，請付郵資80元。
ISBN 957- 450-499-9

有栖川有栖

有栖川有栖